W0003103

Buch

England, Anfang 19. Jahrhundert. Carina, wohlerzogene Tochter und reiche Erbin eines Landedelmanns, soll in London in die vornehme Gesellschaft eingeführt werden. Auf der Reise wird sie von dem Marquis von Peterborough in der Öffentlichkeit zu einem Kuß gezwungen. Sie ist über das Benehmen dieses Libertins tief empört, über ihre Gefühle aber ebenso sehr verwirrt.

Bei ihrem Debüt trifft Carina den Marquis wieder; er scheint sich einen Spaß daraus zu machen, sie zu kompromittieren. Wider alle Vernunft verliebt sie sich in diesen skrupellosen Spieler, ahnt aber nicht, daß auch der Marquis Feuer gefangen hat.

Eine unselige Wette, die der Marquis nicht verhindern konnte, macht Carina zum Gespött der Gesellschaft. Nur mit Mühe gelingt es der Mutter des Marquis, Carina davon zu überzeugen, daß ihr Sohn besser ist als sein Ruf.

Autorin

Caroline Courtney wurde als jüngste Tochter eines hohen britischen Offiziers in Indien geboren. Sie schrieb in ihren Mußestunden zahlreiche Liebesromane, weigerte sich aber lange, sie zu veröffentlichen. Als schließlich ihr erstes Buch erschien, wurde es sofort ein Welterfolg.

Außer dem vorliegenden Band sind von Caroline Courtney als Goldmann-Taschenbücher erschienen:

Davinia. Königsweg der Liebe. Roman (3994)
Lucinda. Geheimnisvolle Liebe. Roman (3965)
Olivia. Triumph der Liebe. Roman (6361)
Stella. Sehnsucht des Herzens. Roman (6373)
Miranda. Auf verbotenen Wegen. Roman (6406)

Caroline Courtney

Carina

Die Liebeswette

Roman

Deutsche
Erstveröffentlichung

Titel der Originalausgabe: Libertine in Love
Originalverlag: Arlington Books Ltd., London
Aus dem Englischen von Evelyn Linke

Made in Germany · 5/82 · 1. Auflage · 1.–25. Tsd.

Umschlagentwurf: Atelier Adolf & Angelika Bachmann, München
Umschlagfoto: Fawcett, New York
Satz: Fotosatz Schröter GmbH, München
Druck: Mohndruck, Graphische Betriebe GmbH, Gütersloh
Verlagsnummer: 6401
Lektorat: Ria Schulte · Herstellung: Gisela Ernst
ISBN 3-442-06401-5

1

Im ›King's Head‹ herrschte an diesem Spätnachmittag im Frühling Hochbetrieb, als eine Reisekutsche in den Hof vor den Stallungen einfuhr. Der Großknecht warf einen Kennerblick auf die beiden kräftigen Pferde und auf das alles andere als elegante Gefährt; es verriet deutlich, daß es vom Landsitz eines Edelmanns stammte, der vielleicht wohlhabend war, ganz gewiß aber nicht der eleganten Welt angehörte. Seufzend bedeutete der Großknecht einem Stallburschen, die Pferde auszuspannen. Seine stets wache Hoffnung auf ein paar Goldstücke schwand dahin; diese Art Gäste würde höchstens einen oder zwei Schillinge geben, aber bestimmt keine Guineen.

Er wandte seine Aufmerksamkeit einem flotten Zweispänner zu, der in halsbrecherischem Tempo in den Hof einfuhr. Auf dem Kutschbock saß ein hochmodisch gekleideter junger Herr, der sich geräuschvoll bemerkbar machte. Das war genau die Sorte Kundschaft, von der er das erhoffte großzügige Trinkgeld erwarten durfte. Mit einem unterwürfigen Lächeln auf dem nußbraunen, runzligen Gesicht schritt er auf den Zweispänner zu. Wie gesagt: Im ›King's Head‹ ging es heute ungewöhnlich geschäftig zu: am nächsten Tag sollte in der Nähe ein Preisboxkampf stattfinden, und der Strom der Kutschen verschiedenster Bauart riß nicht ab. Angesichts der vielen flotten jungen Herren aus London, die laut nach Unterkunft für ihre Pferde und sich selbst verlangten, konnte man einer Reisekutsche aus der Provinz nicht viel Zeit widmen.

Hätte der Großknecht abgewartet, bis die Reisenden ausstiegen, wäre er noch weniger beeindruckt gewesen. Dem soliden Gefährt entstiegen zwei weibliche Wesen, deren Äußeres keineswegs der Mode entsprach. Die ältere der beiden Frauen hätte man sogar für eine Bedienstete halten können, wenn ihre Kleidung nicht so offensichtlich damenhaft gewesen wäre; mit ihrem streng unter den schlichten Hut gekämmten Kräuselhaar und ihrer steif aufgerichteten Haltung wirkte sie irgendwie altjüngferlich. Die jüngere, ein zierliches kleines Ding, war auch nicht so leicht einzuordnen. Unter dem adretten Strohhut lugten kastanienbraune Löckchen hervor, und ihre ausdrucksvollen grauen Augen blickten lebhaft umher. Sie trug einen unauffälligen grauen Reiseumhang, der in seiner Schlichtheit fast quäkerhaft war, aber die Qualität des Tuchs und die selbstsichere Art, mit der das Mädchen seine Umgebung musterte, ließen auf eine Dame der Gesellschaft schließen. Sie trug schlichte graue Handschuhe aus weichem Leder, aber die Schnallen auf ihren ebenso schlichten Schuhen waren aus echtem Silber.

»Oh, Miss Humphries«, sagte sie mit einem etwas gequälten, aber dennoch bezaubernden Lächeln, »mir tun alle Knochen weh. Diese Straßen sind so schrecklich holprig!«

»Wenn Sie erst einmal so viele Reisen in die Hauptstadt hinter sich haben werden wie ich, Miss Quincey«, erwiderte ihre Gefährtin, »wird Ihnen klarwerden, daß die Straßen ganz im Gegenteil ausgezeichnet sind. London ist so günstig gelegen, daß von dort Straßen zu den meisten anderen großen Städten führen, die für Kutschen und Pferde gleichermaßen angenehm sind. Ich darf Ihnen versichern, Miss Quincey, daß es in unserem Land sehr viel schlechtere Straßen gibt. Aber wir wollen hier nicht herumstehen und müßig schwatzen. Wo ist der Wirt?«

Aber von diesem wackeren Mann war in dem Durcheinander von Pferdeknechten und klappernden Hufen keine Spur zu entdecken. Die beiden Damen blickten fragend um sich, dann sagte die jüngere besorgt: »Ich will hoffen, daß unsere Zimmer nicht an andere Gäste vergeben worden sind. Dieses Gasthaus ist ja förmlich überlaufen, Miss Humphries.« Ohne das geringste Anzeichen von Schüchternheit wandte sie sich an den Knecht, der gerade eines der Pferde ausschirrte. »Kannst du uns den Grund für all diese Betriebsamkeit verraten?«

»Gehen wir, Miss Quincey, für solche Fragen haben wir keine Zeit«, mahnte ihre Begleiterin ungeduldig.

»Es ist der Preisboxkampf, Miss«, sagte der Pferdebursche, indem er auf das zierliche Mädchen mit den unschuldigen grauen Augen hinunterblickte. »Der Marquis hat fünfzig Guineen für den Kampf zwischen dem Schwarzen und Harry Ruck ausgesetzt. Alle jungen Herren aus Lunnon sind hergekommen.«

»Danke sehr«, sagte das junge Mädchen mit einer etwas seltsam anmutenden Würde, während sie ihm eine Münze in die Hand drückte. Der Knecht bedankte sich und wandte sich wieder seiner Arbeit zu.

»Gehen wir, Miss Quincey«, wiederholte Miss Humphries mit grämlicher Stimme. Das Mädchen folgte ihr gehorsam zum Hintereingang des Gasthofs, wo der stämmige Wirt, hochrot im Gesicht und sehr abgehetzt aussehend, soeben aus der Küche kam.

»Ich bin Miss Humphries«, sagte sie herablassend zu ihm. »Wir haben zwei Schlafzimmer und einen Privatsalon bestellt, guter Mann. Bitte führen Sie uns in den Salon.«

»Tut mir leid, meine Damen«, sagte der Wirt standhaft, »die Schlafzimmer können Sie haben, die habe ich für Sie reserviert, obwohl das nicht jeder getan hätte. Aber mit dem Salon kann ich Ihnen nicht zu Diensten sein. Er ist bereits in Beschlag genommen, und wie Sie ja selbst sehen können, bin ich mit meiner Weisheit am Ende – all diese jungen Herren, die nach Zimmern schreien, und wir sind schon bis unters Dach besetzt.«

»Aber Sie haben doch schon vor Wochen die briefliche Bestellung erhalten«, sagte Miss Quincey entrüstet, »und darin wurde ausdrücklich ein Salon verlangt.«

»Es ist der Marquis von Peterborough, Miss.« Der Wirt zuckte mit den Schultern, als ob sich jede weitere Erklärung erübrige.

Die junge Dame war offensichtlich nicht beeindruckt und wollte ihm weitere Vorhaltungen machen, als sie bemerkte, daß ihre ältliche Begleiterin den Kopf schüttelte. »Kommen Sie, Miss Quincey«, sagte sie mit erhabener Würde, »wir wollen uns in unsere Räume zurückziehen. Da es für uns nicht in Frage kommt, im öffentlichen Gastzimmer zu speisen, werden wir uns das Abendessen in unseren Zimmern servieren lassen.«

»Wie Sie wünschen, Miss. Das Mädchen wird Sie zu Ihren Räumen bringen.« Und schon wandte der Wirt sich den nächsten Gästen zu, um sie zu begrüßen. Zweifellos hatte er nicht übertrieben, als er sagte, daß sein Gasthaus bis unters Dach belegt sei.

In Miss Humphries' Gemach angekommen, ging deren junge Schutzbefohlene nicht sofort in ihr eigenes Zimmer weiter. »Warum haben Sie den Kopf geschüttelt, Miss Humphries?« fragte sie geradeheraus. »Dieser Spitzbube von Wirt wußte sehr genau, daß wir den Salon bestellt haben. Warum hat er ihn irgend so einem Marquis gegeben? Das ist einfach ungerecht!«

»Meine liebe Miss Quincey, es geziemt einer Dame nicht, in solchen Dingen hartnäckig zu sein«, erklärte Miss Humphries mit der ganzen Autorität einer Frau, die es gewohnt ist, anderen Vorschriften zu machen. »Es ist sehr unschicklich, wenn eine junge Dame sich in den Vordergrund drängt, und außerdem kann es nur Unheil bringen, wenn man den Weg des Marquis von Peterborough kreuzt. Es würde mir nicht gut anstehen, mich weiter über den Charakter dieses Edelmanns zu äußern. Deshalb will ich nur sagen, daß er ein zügelloser Geselle ist, ein Libertin, in dessen Gegenwart keine junge Frau sicher ist. Für eine Dame gibt es nichts anderes, als sich zurückzuziehen, Miss Quincey, und deshalb erwarte ich von Ihnen, daß Sie heute abend auf Ihrem Zimmer bleiben. Vergessen Sie nicht, daß in unserer Nähe morgen ein vulgärer Preisboxkampf stattfindet, der sicherlich viele unerfreuliche Personen anlockt. Sie setzen sich nur Unhöflichkeiten und anderen Unannehmlichkeiten aus, wenn Sie sich nicht beizeiten zurückziehen.«

»Aber, Miss Humphries, ich muß noch mit dem Kutscher reden, bevor ich auf mein Zimmer gehe. Er macht sich Sorgen wegen der Pferde, und ich weiß, er wird sich erleichtert fühlen, wenn ich mir noch anhöre, was er auf dem Herzen hat.«

Miss Humphries blickte mit überlegener Miene auf das junge Mädchen hinunter, das auf ihrem Bett saß und das einfache Strohhütchen an seinem grauen Band hin und her baumeln ließ. »Folgen Sie meinem Rat, Miss Quincey. Ich vertrete zur Zeit bei Ihnen Elternstelle. Gewiß, Sie sind nicht meine Schutzbefohlene im üblichen Sinne, aber in meiner Eigenschaft als erfahrene Gouvernante bin ich gebeten worden, während dieser Reise für ihr Wohlergehen zu sorgen. Ich kann nicht verlangen, daß Sie mir gehorchen, aber ich kann sie warnen. Es ist ein Gebot von Anstand und Vernunft, daß Sie in Ihrem Zimmer bleiben.«

»Ich danke Ihnen für Ihre Ratschläge«, erwiderte das junge Mädchen höflich. »Es ist sehr freundlich von Ihnen, daß Sie sich um mich kümmern, und ich bin für Ihre Betreuung sehr dankbar. Wie Sie jedoch selbst sagten, können Sie von mir keinen Gehorsam fordern. Ich bin der Meinung, daß es meine Pflicht ist, mit dem Kutscher zu sprechen. Keine Sorge, ich bleibe nicht lange weg. Ich werde mich begnügen, nur ein paar Worte mit John zu wechseln.«

Sie hatte diese Worte ruhig, aber entschieden vorgebracht und erhob sich nun. Carina Quincey war klein und zierlich, aber ihr Auftreten war ausgesprochen selbstsicher. Ihre grauen, weit auseinanderstehenden Augen unter den zart geschwungenen Brauen blickten Miss Humphries mit einem deutlichen Anflug von Rebellion an. Sie hatte ein Stupsnäschen, einen rosigen kleinen Mund, die glänzenden kastanienbraunen Locken, die das herzförmige Gesicht umrahmten, vollendeten das Bild. Miss Carina Quincey besaß weder das griechische Profil noch die goldenen Locken oder die hochgewachsene Figur, wie sie das gängige Schönheitsideal erforderte; aber ihr Charme ließ diese Mängel vergessen.

Mit energischen Schritten ging sie hinaus und ignorierte Miss Humphries' verärgertes Schnaufen. Während sie die Treppe zum Stallhof hinunterlief, beschäftigten sich ihre Gedanken mit den unangenehmen Begleiterscheinungen, die sie als Miss Humphries' Schützling ertragen mußte. Einen ganzen Tag lang war sie mit der ältlichen Gouvernante in der Kutsche eingesperrt gewesen, die ihr zur Unterhaltung aus einem erbaulichen Buch mit dem Titel ›Die Altertümer von London‹ vorgelesen hatte, das sich als ›ein Bericht über alles, was altertümlich, seltsam oder bemerkenswert ist in bezug auf Paläste, Türme, Kirchen, die Börse, Zunfthäuser und alle öffentlichen Bauwerke‹ anpries.

Wenn Miss Humphries in dieser Aufzählung von staubtrockenen Einzelheiten über Londons Bauwerke einmal eine Pause einlegte, erzählte sie Begebenheiten aus ihrer Laufbahn als Gouvernante, und Carina war aus Höflichkeit gezwungen gewesen, ihr zuzuhören. In einem endlosen Redestrom ergoß sich eine Beschreibung der exquisiten Vornehmheit des Hauses der Milgraves in London, das Miss Humphries' Reiseziel war, über sie. Sie hatte so viel über die Schönheit und Vernunft der ältesten Tochter der Milgraves – die einzige, die bereits ihr Debüt in der Gesellschaft gegeben hatte – anhören müssen, daß sie glaubte, schon die bloße Erwähnung von Miss Milgraves Namen nicht mehr ertragen zu können. Es schien ihr, als ob die ganze Unterhaltung der Gouvernante aus einer Aufzählung von Namen der Reichen, der Eleganten und der Vornehmen bestand, die in jeden Satz eingeflochten wurden. Sie erweckte den Eindruck, als ob sie mit vielen Familien des Hochadels auf vertrautem Fuß stehe.

Da Carina keine Erfahrung mit Gouvernanten hatte, konnte sie nicht beurteilen, ob eine solche Intimität überhaupt möglich war, aber ihr angeborener Scharfsinn sagte ihr, daß sie wohl kaum der Wirklichkeit entsprach. Zweifellos hatte Miss Humphries in vielen großen Häusern als gewissenhafte und gebildete Lehrerin gewirkt, aber es erschien Carina unwahrscheinlich, daß sie zu allen so intime Beziehungen gepflegt hatte; schließlich war die Stellung einer Gouvernante nicht sonderlich angesehen.

Während ihr diese Gedanken noch durch den Kopf gingen, hatte sie den Hof erreicht, in dem immer noch Betrieb herrschte. Sie blickte sich suchend nach ihrem Kutscher um, konnte ihn aber nicht entdecken. Vielleicht war er schon in seine Unterkunft gegangen. Aber dann wurde ihre Aufmerksamkeit von etwas anderem gefesselt. In einer nahe gelegenen Ecke des Hofes, direkt vor der Küche, schluchzte ein kleines, ziemlich schmutziges Mädchen, das die Kleidung einer Dienstmagd trug, als ob ihr das Herz brechen würde. Ihr Gesicht war von einer nicht gerade sauberen weißen Baumwollschürze verdeckt, und die mageren Schultern, die sich unter dem etwas zu großen Kleid abzeichneten, zuckten auf und ab.

Ohne zu überlegen, suchte Carina in ihrer Börse nach einer Münze. Ihr Vater, Sir Basil Quincey, hatte zwar nichts von blinder Barmherzigkeit gehalten, doch hatte er sehr wohl gewußt, daß Geld die Macht hat, die Nöte der Armen zu lindern. Er hatte seine Tochter dazu erzogen, sich für wohltätige Aufgaben zu engagieren, denn er hielt es für die Pflicht aller, die das Glück hatten, im Wohlstand zu leben, denjenigen zu helfen, die es nicht so gut hatten. Sir Basil war niemals bewußt an menschlichem Leid vorbeigegangen, ohne zu versuchen, Hilfe zu bringen.

Carina überquerte den Hof, wich einem vorbeihastenden Stallburschen aus, stieg über ein Pferdegeschirr, das jemand auf den Boden geworfen hatte, und blieb vor der erbarmungswürdigen, schluchzenden kleinen Gestalt stehen. Sie berührte leicht den Arm der Küchenmagd und fragte mit ihrer sanften Stimme: »Sag mir doch, warum du so weinst. Kann ich dir helfen?«

Die junge Magd blickte sie ängstlich an und machte eilig einen Knicks; nach einem letzten Schluchzer schniefte sie einmal durch die Nase und bemühte sich, das Zucken ihres tränenverschmierten Gesichts zu beherrschen. »Bitte, Ma'm, es ist nichts«, war alles, was sie leise hervorbrachte. Sie sah eher verängstigt als getröstet aus und warf einen hastigen Blick über ihre Schulter in die Richtung der Küche.

»Ist jemand böse mit dir gewesen? Vielleicht die Köchin? Hast du deshalb geweint?« Carina gab nicht nach.

Das Mädchen blieb stumm, und ihr Gesicht war noch verschreckter als zuvor. Der Klang einer harten Frauenstimme drang aus der Küche in den Hof, was offensichtlich ihr Unbehagen noch steigerte. Carina mußte einsehen, daß jede weitere Befragung sinnlos sein würde. So nahm sie eine Münze aus ihrer Börse und drückte sie der Dienstmagd in die Hand. »Hier. Gib es mit Vernunft aus.«

Das Mädchen warf einen verstohlenen Blick auf das Geldstück, und seine Angst verwandelte sich in freudige Überraschung. Die

Tränen versiegten; der Mund verzog sich zu einem Lächeln, und über das verweinte Gesicht breitete sich seliges Entzücken aus. Sie machte noch einen Knicks, dann einen dritten; sie schien etwas sagen zu wollen, doch versagte ihr die Stimme. Statt dessen beugte sie sich zu Carinas Hand hinunter, küßte sie hastig, wandte sich um und eilte in die Küche zurück.

Carina blickte ihr lächelnd nach und wollte sich ebenfalls umwenden, als sich eine Hand auf ihre Schulter legte. Überrascht, aber nicht erschrocken, drehte sie sich unbefangen um und erblickte zu ihrem Erstaunen die elegante Gestalt eines Mannes, der offensichtlich den vornehmsten Kreisen angehörte. Mit der schlichten Reithose, dem Gehrock und den Stulpenstiefeln war er wie ein Sportsmann gekleidet, aber niemand hätte ihn für einen Landedelmann halten können. Die rehlederne Reithose hatte eine makellose Paßform, und die Stiefel zeigten einen Glanz, der die Hand eines vorzüglichen Kammerdieners verriet. Um den Hals hatte er eine schlichte weiße Halsbinde geschlungen, die mit einer Nadel mit einem großen Solitär festgesteckt war. In einer Hand hielt er eine Reitgerte.

»Ja, Sir, womit kann ich Ihnen dienlich sein?« fragte sie mit einem kleinen schüchternen Lächeln.

»Mein süßes Quäkermädchen, Sie können mir mit einem Kuß dienlich sein«, lautete die ganz und gar unerwartete Antwort. Der junge Herr hatte Carinas Hand ergriffen und grinste so vergnügt, als ob seine unverschämte Forderung die natürlichste Bitte der Welt wäre. Seine Augen glitzerten so eigenartig, daß Carina sich fragte, ob er ganz nüchtern sei.

»Bitte, Sir, lassen Sie meine Hand los«, sagte sie mit stockender Stimme. Das beste wäre jetzt wohl, die Hand wegzuziehen und wie die kleine Dienstmagd in den sicheren Hafen der Küche zu fliehen, überlegte sie, aber der Gedanke an das Aufsehen, das sie erregen würde, hielt sie zurück. Vielleicht war der Mann verrückt, und sie sollte ihm lieber gütlich zureden. Der Hof war ein öffentlicher Platz, und sie wußte, daß sie durch eine schnelle Flucht alle Augen auf sich lenken würde.

»Aber, mein Schätzchen, warum so prüde? Ein so strenges Kleid erweckt in mir die Frage, ob es ein Herz voller Liebe verbirgt.« Der Mann schien sich über sie lustig zu machen. Sie konnte sich seine Sticheleien nicht erklären. Während er sprach, hatte er sie näher an sich herangezogen, legte blitzschnell einen

Arm umd ihre Taille und preßte das sich sträubende Mädchen an seinen muskulösen Körper.

»Sie sind wohl wahnsinnig«, protestierte Carina energisch. »Oder ist das ein geschmackloser Scherz? Hören Sie, ich bin keine Dienstmagd, sondern eine Dame der Gesellschaft.«

»Bravo, meine Liebe. Wie ich sehe, sind Sie eine Frau mit Temperament und Feuer. Ich habe gewettet, daß ich das erste hübsche Frauenzimmer küssen werde, das mir über den Weg läuft, und das sind Sie. O ja, teuflisch hübsch sind Sie obendrein. Es wird mir ein Vergnügen sein, die Wette zu gewinnen. He, Ponsonby, schau dir mal an, was das Schicksal mir beschert hat.« Mit kräftigem Druck schwang er Carina herum, und zu ihrer Schmach mußte sie feststellen, daß die Szene vor Zuschauern stattfand. An einem Sportkarriol lehnte in träger Haltung ein junger Dandy, in jedem Arm eine geschmacklos aufgeputzte Frau. Über dieser Gruppe lagerte der starke, unverkennbare Geruch von Brandy.

»Sie sind betrunken, Sir«, keuchte Carina wütend. »Lassen Sie mich sofort los, oder ich schreie.« Aber ihr Peiniger lachte nur und zog sie mit eisernem Griff noch fester an sich heran.

»Betrunken von Ihrer Schönheit, meine Liebliche. Und nun will ich von diesen verführerischen Lippen trinken.« Sehr langsam und bedächtig neigte er sich zu ihr hinab, um sie zu küssen. Um seinen Mund spielte ein spöttisches Lächeln. Carina versuchte verzweifelt, sich zu befreien, konnte aber seinem kräftigen Griff nicht entschlüpfen. In letzter Sekunde wurde ihr bewußt, wie würdelos ihr Gezappel wirken mußte; ihr Körper wurde stocksteif, und sie versuchte, sich in die Falten ihres Reiseumhangs zu verkriechen. Sie konnte sich nicht gegen diesen brutalen Menschen wehren. Es blieb ihr keine andere Wahl, als seine widerlichen Aufdringlichkeiten mit würdevoller Gleichgültigkeit über sich ergehen zu lassen. Schreien war zwecklos. Das würde nur das Aufsehen erregen, das sie so verzweifelt zu vermeiden versuchte. Es gab keinen Ausweg für sie.

Seine Lippen preßten sich hart auf ihren Mund. Sie schienen zu fordern – aber auch ihr innerstes Wesen zu erforschen.

Sie stand wie versteinert da, angewidert und beschämt. Sie spürte, wie das Blut in ihren Adern pulsierte und ihre heißen Wangen zum Erröten brachte. Jeder Herzschlag schien laut zu dröhnen. Sie war sich des großen, kraftvollen männlichen Körpers, der sich gegen den ihren preßte, deutlich. Einen Augenblick lang glaubte sie, daß ihre Sinne schwanden; aber dann, in den geheimsten Tiefen ihres Herzens – und dieses Gefühl ließ sie erschauern –, reagierte sie auf diese beleidigenden, diese fordernden Lippen. Ihr war, als ob von ihnen eine verzehrende Glut ausgehe, die ihren ganzen Körper ergriff und ihn dazu zwang, sich demütig zu unterwerfen.

Gerade als sie dachte, daß weder ihr Körper noch ihre Seele es länger ertragen könnten, daß sie das Bewußtsein verlieren oder vor Schande sterben müsse, gaben seine Lippen sie frei. Sie konnte das spöttische Lächeln, die gefährlich glitzernden Augen über ihrem Gesicht sehen. Sie versuchte kraftlos, sich aus seinem Griff zu winden, mußte jedoch entdecken, daß er sie immer noch fest umschlungen hielt.

»Na, wo bleibt denn das angekündigte Geschrei, meine Schöne?« höhnte er.

Sie blickte ihn schweigend an. Ihre Hände ballten sich ganz von selbst zu Fäusten, und sie verspürte den sehnlichen Wunsch, in diese spöttische Fratze hineinzuschlagen. Aber dann erinnerte sie sich an die Zuschauer. Es vertrug sich nicht mit dem Stolz einer Quincey, ein öffentliches Schauspiel dieser Art zu bieten. Sie würde es nicht ertragen, wenn die anderen hören könnten, wie sie um Gnade flehte. Verschwommen dachte sie an die geschminkten Frauen, die den jungen Mann am Karriol flankierten. Ganz instinktiv wußte sie, daß die beiden keine Damen der Gesellschaft waren. Sie würden ihr nicht zu Hilfe kommen, sondern sie viel wahrscheinlicher ebenfalls verspotten.

»Benötigen Sie noch mehr Provokation?« fragte er höhnisch und tat so, als ob er sie nochmals küssen wollte.

Carina hatte genügend Zeit gehabt, um ihre Beherrschung wiederzuerlangen, bevor sie antwortete. Mit einer steifen Bewegung wandte sie das Gesicht zur Seite. Immer noch heftig errötend, gelang es ihr zu sagen: »Da Sie mich nicht freilassen, muß ich wohl Ihre Beleidigungen weiter ertragen. Sie verhöhnen mich, um Ihre Begleitung zum Lachen zu bringen. Sie haben Ihre schmutzige Wette gewonnen, Sir. Es kann Ihnen nichts daran liegen, mich weiter zu quälen.«

»Sie unterschätzen Ihre Reize, meine Liebe«, sagte die verhaßte Stimme. »Selbst diese quäkerhaften Kleider können Ihre Schönheit nicht verbergen.«

»Sie haben gewiß genug Schönheiten zu Ihrer Verfügung – und

willige dazu, möchte ich wetten«, entfuhr es ihr. »Heben Sie Ihre Küsse für diese auf und lassen Sie mich gehen, wenn Sie ein Gentleman sind.«

»Ich bin ein Edelmann, kein Gentleman«, erwiderte er. »Ich bin der feschen Damen etwas müde und hätte große Lust auf einen zweiten Quäker-Kuß, meine Liebe.«

»Ich bin kein Quäkerin, Sir.« Carina verlor allmählich die Beherrschung. Die peinliche Lage, in der sie sich befand, erfüllte sie mit Entsetzen. Was mochten all die Leute im Hof von ihr denken? Inzwischen mußte sich ja eine beträchtliche Menge versammelt haben, einschließlich aller Pferdeknechte, die im ›King's Head‹ arbeiteten. »Ich bitte Sie, Sir«, sagte sie, den Tränen nahe und bereit, ihren Stolz zu vergessen, »ich bitte Sie ...« Das Ausmaß ihrer Demütigung überwältigte sie so, daß ihr die Stimme versagte.

Der Mann machte keine Anstalten, sie freizulassen. Er betrachtete sie ungerührt, als ob er überlege, ob er sich weiter auf ihre Kosten amüsieren solle oder nicht. Der Ausdruck seiner glitzernden Augen jagte Carina Angst ein.

Da wurde sie von seinem Freund aus ihrer Lage erlöst. »Heiliger Himmel, Auberon, laß das Mädchen endlich in Ruhe.« Der junge Mann ließ die beiden Frauen stehen und kam langsam auf seinen Gefährten zu. Sein Gang verriet deutlich, daß er betrunken war. Carinas Peiniger lockerte seinen Griff ein wenig. Jetzt hätte sie sich losreißen können, aber sie war viel zu verstört, als daß sie daran gedacht hätte. Sie hatte genug damit zu tun, ihre Beherrschung nicht vollends zu verlieren.

»Mylord, so kommen Sie doch!« quengelte eine der Frauen. »Wir fühlen uns schändlich vernachlässigt. Lassen Sie das Frauenzimmer stehen. Wir haben bessere Kunststückchen auf Lager als diese Dorfschlampe.« Ihre Gefährtin begleitete diese Worte mit einem etwas heiseren Lachen.

Carina hatte das sichere Gefühl, daß es viel mehr die spöttischen Bemerkungen der Frau als die Worte seines Freundes waren, die den Mann davon abhielten, sie noch einmal zu küssen. »Ich verlasse Sie jetzt, meine Teure«, sagte er, »aber bevor ich gehe, muß ich ein Liebespfand von Ihnen haben. Also, was geben Sie mir? Eines Ihrer hübschen braunen Löckchen? Ihre Perlenkette?« fragte er leichthin. »Oh, ich sehe, daß Sie die Sprache verloren haben und nicht antworten können. Nun, dann will ich mich mit einem von Ihren Handschuhen zufriedengeben. Vielleicht werde ich ihn wie ein echter fahrender Ritter als Liebeszeichen stets bei mir tragen.«

Carina blieb bewegungslos stehen, während seine starken Arme sie freigaben, und sie ließ es widerstandslos zu, daß er ihr einen Handschuh entwand. Sie starrte auf die Pflastersteine unter ihren Füßen und wartete nur darauf, daß die Qual ein Ende fand. Sie wagte nicht, die Augen zu heben, weil sie dann bestimmt den spöttischen, widerwärtigen Blicken der beiden Frauen begegnen würde. Dann wurde ihr bewußt, daß die beiden sich von ihr abgewandt hatten und mit kokett wirbelnden Unterröcken ins Gasthaus gingen.

Als sie endlich aufblickte, sah sie, daß der junge Mann, den der andere Ponsonby genannt hatte, immer noch verlegen in ihrer Nähe stand. »Ich bitte vielmals um Entschuldigung, Madam«, sagte er und bemühte sich, eine tiefe Verbeugung zustande zu bringen. »Manchmal ist er wie vom Satan besessen. Wenn ich Ihnen irgendwie dienlich sein kann?«

»Der einzige Dienst, den Sie mir erweisen können, ist, mich in Ruhe zu lassen«, sagte Carina scharf. »Gehen Sie nur Ihren Freunden nach. Ich will nichts weiter, als diesen schockierenden Auftritt vergessen.«

Anscheinend hätte der blonde Mann gern noch weitere Entschuldigungen und Erklärungen vorgebracht, aber dann überlegte er es sich anders, zuckte mit den Schultern und ging. Gleichzeitig zerstreute sich die Gruppe der Stallburschen und müßigen Zuschauer, die in der Nähe herumgelungert hatten. Die Arbeit auf dem Hof nahm wieder ihren normalen Verlauf, und Carina hätte denken können, daß niemand etwas bemerkt hatte – aber sie wußte sehr genau, daß dem nicht so war.

Als jemand sie schüchtern am Arm zupfte, fuhr sie nervös herum. Es war das Küchenmädchen, dem sie zuvor geholfen hatte. Die Kleine war wieder aus der Küche herausgelaufen und machte einen Knicks, und Carina sah, daß sie in einer Art von schwesterlichem Mitgefühl errötete. »Wenn Sie gestatten, Ma'm, begleite ich Sie zum Zimmermädchen«, sagte sie zaghaft.

»Danke, mein Kind«, erwiderte Carina ernsthaft. Es beruhigte den Aufruhr ihrer Nerven, daß das Mädchen so offensichtlich besorgt um sie war. »Aber ich brauche keine Hilfe. Ich glaube, ich werde jetzt in mein Zimmer zurückgehen.«

»Ich helfe Ihnen, Ma'm«, sagte das Mädchen hartnäckig. Resolut drehte es der Küche und den streitenden Stimmen, die man darin hören konnte, den Rücken zu und marschierte entschlossen in die Vorhalle des Gasthofs.

Es war eine ganz ungewöhnlich fügsame Carina, die ihm folgte und kaum von ihrer Umgebung Notiz nahm. Der emotionale Tumult, der in ihrer Brust tobte, wollte nicht abklingen. Sie war zutiefst aufgewühlt, und es kostete sie Mühe, einen Fuß vor den anderen zu setzen. In der einen Hand immer noch den ihr verbliebenen Handschuh festhaltend und den Umhang noch enger um sich gewickelt, folgte sie dem Mädchen gehorsam die Treppe hinauf.

»Das ist Miss Humphries' Zimmer«, brachte sie mühsam hervor und deutete auf eine Tür.

Das Mädchen hielt ihr die Tür auf, und Carina ging auf die Gouvernante zu, deren Rat sie vor so kurzer Zeit in den Wind geschlagen hatte. Halb ohnmächtig ließ sie sich auf das Bett niedersinken. »Gott sei Dank, Sie sind hier, Miss Humphries...«

Die Gouvernante hatte vor dem Spiegel gestanden und ihr graues Haar geordnet. Carinas erregter Zustand versetzte sie in Erstaunen. Ihr erster Impuls war, das junge Mädchen auszuschelten, aber dann sah sie, daß es einer Ohnmacht nahe war.

Miss Humphries langte nach dem Riechsalzfläschchen, das sie stets bei sich trug. Sie schwenkte es energisch unter Carinas Nase hin und her. Die erwünschte Wirkung trat sofort ein. Carina setzte sich auf, würgte etwas und nieste dann. »Besten Dank, Miss Humphries, aber ich brauche kein Riechsalz«, sagte sie. »Bitte nehmen Sie das scheußliche Zeug weg. Ich kann es nicht ausstehen!«

Miss Humphries war über diese schroffe Zurückweisung ihrer freundlichen Geste beleidigt. Nicht zum ersten Mal bedauerte sie ihre Zusage, Carina in ihre Obhut zu nehmen. Zum Glück war sie keiner ihrer Zöglinge. Vor dieser Reise hatte Miss Humphries das ungebärdige Mädchen nie gesehen. Die Hallidays, bei denen sie in Stellung gewesen war, hatten Sir Basil Quincey nur flüchtig gekannt. Es war notgedrungen eine flüchtige Bekanntschaft gewesen, weil Sir Basil sehr zurückgezogen gelebt und sich damit begnügt hatte, sich um seinen Besitz zu kümmern, auf dem er mehrere wohltätige Institutionen eingerichtet hatte. Die Sonntagsschule, die Ausgedingehäuser, sonntägliche Bibellesungen für die Armen und eine Suppenküche, in der im Winter an die Armen

Essen ausgeteilt wurde, hatten ihn so in Anspruch genommen, daß er nur selten seinen Nachbarn einen Besuch abgestattet hatte. Wirklich, dachte Miss Humphries, die Erziehung seiner Tochter war schandbar vernachlässigt worden.

Die Hallidays hatten Miss Humphries lediglich gefragt, ob sie Carina nach London begleiten würde. Leider waren die Kinder der Hallidays dem Zöglingsalter entwachsen, und deshalb hatte Miss Humphries eine neue Stellung bei den Milgraves in London angenommen. Sie brauchte nichts weiter zu tun, als während der Reise ein Auge auf Carina zu haben. Das junge Mädchen hatte vor kurzem seinen Vater verloren und sollte nun im Haus ihrer alten Großmutter in London leben. Miss Humphries hatte sich sofort einverstanden erklärt, da man ihr für diese leichte Aufgabe außer der Erstattung der Reisekosten eine ansehnliche Entlohnung bot. Sie war sogar dankbar für die Gelegenheit, in einer privaten Kutsche reisen zu können, selbst wenn es nur langsam voranging und die Pferde nicht gewechselt wurden. Miss Humphries schätzte es gar nicht, mit der öffentlichen Postkutsche zu fahren, wo man unter den Mitreisenden so gewöhnliche Leute wie Bauersfrauen oder gar Händler treffen konnte.

Sie war schon nach kurzer Zeit zu der Ansicht gelangt, daß das junge Mädchen, das sie begleiten sollte, eine höchst unschickliche Eigenwilligkeit entwickelt hatte, was wahrscheinlich darauf zurückzuführen war, daß der Vater zu lange ihre einzige Gesellschaft gewesen war. Miss Humphries konnte einen verärgerten Schnaufer nicht unterdrücken, wenn sie daran dachte, wie ihr gut gemeinter Rat, lieber im Zimmer zu bleiben, in den Wind geschlagen worden war. Und jetzt war tatsächlich etwas Schlimmes passiert. Das Mädchen war noch immer blaß, obwohl ihr Gesicht langsam wieder Farbe bekam. Offenbar hat sie eine böse Erfahrung mit einem Mann gemacht, dachte Miss Humphries. Nach allem, was sie über junge Mädchen wußte – und das war eine ganze Menge –, hingen böse Erfahrungen stets mit Männern zusammen. Für gewöhnlich war Miss Humphries durchaus fähig, den Übermut, das alberne Gekicher und andere unerwünschte Charakterzüge, die sich bei ihren Zöglingen zeigten, zu dämpfen und so die Gefahr von unerfreulichen Zwischenfällen auf ein Mindestmaß zu reduzieren.

Aber bei Miss Quincey lagen die Dinge anders. Sie hatte während der ganzen Reise Miss Humphries' Autorität nie anerkannt, sondern von Anfang an klargestellt, daß sie ihrer Ansicht nach zu erwachsen sei, um sich den Anweisungen einer Gouvernante zu fügen. Nicht daß Carina unhöflich war, dachte Miss Humphries, man konnte auch nicht sagen, daß sie sich schlecht benahm; weder kicherte sie albern, noch flirtete sie drauflos. Aber sie war einfach zu selbständig und hatte einen Hang zu Gefühlsausbrüchen, die Miss Humphries für übersteigert hielt. Mit Schaudern erinnerte sie sich daran, wieviel Mühe es sie gekostet hatte, Carina davon zurückzuhalten, mir nichts, dir nichts auszusteigen und ein paar Zigeuner zur Rede zu stellen, die einen armseligen Esel mißhandelten. Nach einem lebhaften Wortgefecht war Carina einverstanden gewesen, daß die Kutsche weiterfuhr und nicht anhielt. »Papa hätte sicherlich gewünscht, daß ich anhalten lasse, aber ich will zugeben, daß Sie aufgrund Ihrer überragenden Kenntnisse von den Straßenzuständen wohl recht haben, wenn Sie meinen, daß wir nicht genug Zeit haben«, hatte das junge Ding gesagt. Irgendwie hatte diese Bemerkung einen unerfreulich schnippischen Unterton gehabt, dachte Miss Humphries.

Aber jetzt machte Carina den Eindruck, als sei ihr eine scharfe und unangenehme Lektion erteilt worden. Mit einem dünnen, säuerlichen Lächeln beugte sich Miss Humphries zu dem Mädchen hinunter. »Was ist denn geschehen, Miss Quincey? Warum sind Sie so verstört?«

»Ach, liebe Miss Humphries, ich glaube, ich muß mich bei Ihnen entschuldigen. Ich hätte Ihrem Rat folgen und in meinem Zimmer bleiben sollen. Es ist etwas ganz Schreckliches passiert...« Carinas Stimme erstickte in Schluchzen, als sie an die Erniedrigung dachte, die ihr widerfahren war.

»Beruhigen Sie sich, Miss Quincey. Atmen Sie fünfmal tief ein und zählen Sie bis zehn; vielleicht haben Sie dann Ihre Beherrschung so weit wiedererlangt, daß Sie mir genau erzählen können, was geschehen ist«, sagte Miss Humphries aufmunternd. »Also. Ich warte auf Ihren Bericht.«

Mit großer Anstrengung holte Carina fünfmal tief Luft und zählte bis zehn. Zu ihrer Überraschung schien diese Methode zu funktionieren. Das Schluchzen verebbte, und sie fühlte sich ruhiger. »Miss Humphries«, flüsterte sie mit bedrückter Miene, »ich schäme mich so sehr, daß ich es Ihnen fast nicht erzählen kann. Ich war im Hof und suchte den Kutscher, konnte ihn aber nicht finden, weil er wohl in seine Unterkunft gegangen war, und da kam dieser fremde junge Mann – ein mir gänzlich unbekannter Gentleman –, und – und – nun, er beleidigte mich. Ich fürchte, es war der Mann, den der Wirt erwähnt hatte ... der Marquis.«

»Der Marquis von Peterborough? Inwiefern hat er Sie beleidigt, Miss Quincey?« fragte Miss Humphries drängend. »Sie dürfen mir nichts verschweigen. Wenn Sie es mir nicht sagen wollen, bin ich gezwungen, den Wirt zu fragen, der weiß bestimmt Bescheid. Ich muß die Wahrheit wissen!« Miss Humphries, die über eine mehr als zwanzigjährige Erfahrung mit jungen Mädchen verfügte, wußte sehr genau, wie man eine Geschichte aus ihnen herauskitzeln mußte.

»Bitte, Miss Humphries, gehen Sie nicht zum Wirt, ich würde vor Schande sterben!« rief Carina erschrocken. »Lieber erzähle ich es Ihnen selbst. Wenn ich nur wüßte, wie ich mich ausdrücken soll. Ja, also, er hat mich beleidigt, indem er mich – indem er mich umarmte! Und das ist noch nicht alles! Es standen viele Leute herum, die bestimmt alles gesehen haben; und dann waren da seine Freunde – ein Gentleman, der, wie ich glaube, betrunken war, und zwei weibliche Wesen, die sehr eigenartig aussahen.«

»Was für weibliche Wesen?« fragte Miss Humphries, die über diesen nicht zur Sache gehörenden Umstand ehrlich erstaunt war. Sie hatte nicht erwartet, daß in Carinas Geschichte ›weibliche Wesen‹ vorkamen.

»Was für weibliche Wesen?« Carina überlegte, wie sie die beiden beschreiben konnte. »Es waren keine Damen, wenn Sie verstehen, was ich meine. Ich glaube nicht einmal, daß es ... anständige Frauen waren.«

»Sie brauchen nichts weiter zu sagen, Miss Quincey«, kommentierte Miss Humphries schockiert. »Ich preise mich glücklich, daß ich niemals mit Frauenzimmern dieser Sorte etwas zu tun gehabt habe, und ich bin der Meinung, daß Sie ihre Existenz möglichst schnell vergessen sollten. Junge Mädchen, Miss Quincey, sprechen nicht über solche Dinge, sie *wissen* auch nichts von solchen Dingen. Ich halte es jedoch für meine Pflicht, Sie darauf hinzuweisen, daß dieser Zwischenfall die unerfreuliche Folge Ihres Ungehorsams war. Man hat Sie für diese Reise unter meine Obhut gestellt, und ich bin verpflichtet, mein Bestes für Sie zu tun, Miss Quincey. Wenn Sie mir nicht gehorchen wollen, muß ich Sie Ihrem Schicksal überlassen. Bedenken Sie nur, welche Vorwürfe Ihre Großmutter mir machen wird, wenn sie von diesem abscheulichen Vorfall erfährt. Gewiß wird sich ihre Mißbilligung gegen mich richten, weil ich Sie nicht so behütet habe, wie es sich gehört.«

»Es tut mir so leid, Miss Humphries«, sagte Carina zerknirscht. Und dann fügte sie, ganz wie Miss Humphries es erwartet hatte, schreckerfüllt hinzu: »Muß meine Großmutter unbedingt über diesen – diesen Zwischenfall informiert werden? Es wäre mir viel lieber, wenn niemand etwas davon erfahren würde.«

Miss Humphries gestattete sich abermals ein dünnes Lächeln. Es erfüllte sie mit Genugtuung, daß das Mädchen sich ihr fügte. Nach dem ausgestandenen Schrecken war es vielleicht bereit, auf ältere und erfahrenere Menschen zu hören. »Einerseits könnte man sagen, Miss Quincey, daß es meine Pflicht ist, Ihrer Großmutter über dieses unselige Ereignis zu berichten, andererseits gebe ich offen zu, daß auch ich zum Teil schuld daran bin, weil ich nicht darauf bestanden habe, Sie in den Hof zu begleiten. Ich war müde von der Reise, doch hätte ich nicht zulassen dürfen, daß meine Erschöpfung stärker war als mein Sinn für korrektes Verhalten.« Wie sie erwartet hatte, begann Carina sich sehr unbehaglich und schuldbewußt zu fühlen, als sie vernahm, wie müde die Gouvernante gewesen war.

»Aber auch mir wäre es lieber, wenn dieser unerfreuliche Zwischenfall in Vergessenheit geriete«, fuhr Miss Humphries fort. »Ich glaube, ich kann Ihnen mein Wort geben, daß ich Ihrer Großmutter nichts erzähle – vorausgesetzt, daß Sie versprechen, sich während der restlichen Fahrt meinen Anweisungen zu fügen. Was meinen Sie dazu, Miss Quincey?«

»Sie wollen mich wirklich nicht verraten? Oh, ich danke Ihnen. Sie sind so gütig!« Das junge Mädchen sprang glückstrahlend vom Bett auf und umarmte die zurückzuckende Gouvernante.

Miss Humphries war ebenso erschrocken wie peinlich berührt. Mit bewußt übertriebenen Bewegungen zupfte sie ihre Kleidung zurecht, wo sie durch Carinas Umarmung in Unordnung geraten war, und sagte: »Meine liebe Miss Quincey, Sie vergessen die Haltung, die einer jungen Dame geziemt. Eine junge Dame zeigt niemals ungezügelte Freude. Die wahre Vornehmheit des Geistes weicht niemals einer impulsiven Anwandlung. Sie sollten stets daran denken, sich gelassen und gemäßigt zu benehmen. Wie man mir berichtet hat, ist Miss Charlotte Milgrave, die älteste Tochter der Familie, zu der ich reise, ein Muster an gutem Betragen. Es würde Ihnen guttun, wenn Sie sich ein Beispiel an ihr nähmen, Miss Quincey.«

Carina dachte im stillen, daß Miss Milgrave entsetzlich langweilig sein mußte. Wiederum dankte sie insgeheim ihrem Schicksal, daß ihr Vater, Sir Basil, ihr niemals eine Gouvernante aufgebürdet hatte. Wenn alle Gouvernanten so waren wie Miss Humphries, dann redeten sie anscheinend ständig über Anstand und Gelassenheit und Pflichten und andere lästige Tugenden. Sir Basil hatte die Erziehung seiner einzigen Tochter selbst in die Hand genommen. Sie sprach recht gut Französisch, hatte eine wohlfundierte humanistische Bildung und war belesen, was sie der umfangreichen Bibliothek ihres Vaters verdankte. Sowenig sie Miss Humphries auch kannte, Carina konnte sich nicht des Eindrucks erwehren, daß die Gouvernante in all diesen Dingen ziemlich unwissend war.

Miss Humphries mochte zwar wenig Ahnung von Latein und Griechisch haben, aber sie war eine Meisterin in all jenen Fertigkeiten, die eine junge Dame beherrschen sollte, wie zum Beispiel feine Stickarbeiten, Klavierspielen und Zeichnen. All das hatte Sir Basil seiner Tochter leider nicht beibringen können. Zum Ausgleich hatte er sie in der Ausübung von wohltätigen Werken unterwiesen. Carina hatte ihm bei der Leitung der Ausgedingehäuser geholfen und wußte ganz genau, was ein alter Pensionär pro Woche benötigte. Sie wußte auch, wie man eine Sonntagsschule leitet und Bibellesungen für die Armen organisiert. Im Winter hatte sie die Aufsicht über die Suppenküche gehabt, und sie hatte mitgeholfen, die Nöte der Landarbeiter auf dem Besitz ihres Vaters zu lindern. Sir Basil hatte nicht soviel über Anstand und Pflicht geredet, aber er hatte diese und andere christliche Tugenden praktiziert.

Die Erinnerung an ihren Vater ließ sie aufseufzen. Sie vermißte ihn schmerzlich. Sir Basil hätte gewünscht, daß sie Miss Humphries, die eigentlich ein ziemlich mitleiderregendes Geschöpf war, freundlich behandelte. »Ich bin Ihnen dankbar, Miss Humphries, daß Sie sich um mich kümmern«, zwang sie sich zu sagen. »Ich verspreche, daß ich Ihnen für den Rest unserer Reise gehorchen werde. Auch ich bin ziemlich müde und gehe jetzt zu Bett.«

Der Weg zu ihrem Schlafzimmer bereitete ihr keine Mühe, aber ihre Ruhe wiederzufinden, war etwas ganz anderes. Carina aß ein paar Häppchen von der Mahlzeit, die von einem abgehetzten Zimmermädchen serviert wurde, doch mußte sie feststellen, daß sie keinen Appetit hatte. Ihre Gedanken kreisten unablässig um das unglückselige Ereignis, das sich auf dem Hof abgespielt hatte. Es kam ihr nicht nur beschämend und peinlich vor, sondern auch überaus merkwürdig. In ihrem abgeschiedenen, ländlichen Elternhaus hatte sie kaum etwas darüber gelernt, wie vornehme Leute sich benehmen. Weder ihr Vater noch sie selbst hatten für ein reges gesellschaftliches Leben Interesse gehabt. Ihre Beziehung zueinander war so eng, so liebevoll und so glücklich gewesen, daß sie keine Anregungen von außen gebraucht hatten. Die Folge war, daß Carina nicht die geringste Ahnung davon hatte, wie junge Herren sich benahmen, denn sie hatte nie welche kennengelernt. War es etwa üblich, daß sie dumme Wetten darüber abschlossen, das erstbeste weibliche Wesen zu küssen? War es normal für sie, sich so schlecht aufzuführen?

Sie war in dem Glauben aufgewachsen, daß sie eines Tages einen jungen Mann kennenlernen und sich in ihn verlieben würde. Sir Basil hatte sehr viel von der Liebe gehalten. »Ich habe deine Mutter geliebt, Carina«, hatte er oft gesagt, »und deshalb sind wir damals durchgebrannt. Ich habe es nie bereut.« Dann pflegte er in Schweigen zu versinken und der bezaubernden jungen Frau zu gedenken, die auf so tragische Weise im Kindbett gestorben war. Carina hatte also ihre Mutter nie gekannt, aber Sir Basils Worte hatten bewirkt, daß sie davon träumte, sich eines Tages genauso zu verlieben. Und in diesen Träumen hatte auch das – nun ja, das Küssen eine Rolle gespielt.

Aber so wie der Mann auf dem Hof sich benommen hatte, dieser harte, fordernde Mund, diese Spötteleien – das konnte doch gewiß nichts mit Liebe zu tun haben? Diese Gedanken ließen sie nicht einschlafen, und so drehte sie sich in ihrem schmalen Bett von einer Seite auf die andere, ohne Ruhe zu finden.

Auch die Geräusche aus dem Gasthaus, die in ihr Zimmer drangen, störten sie immer wieder. Sie konnte das nicht abreißende Stimmengesumm aus dem Schankzimmer hören, ab und zu schnaubte ein Pferd auf dem Hof, oder Hufe klapperten, wenn ein Tier sich in seiner Box unruhig bewegte.

Aber es gab noch andere Geräusche. Sie schienen aus dem Privatsalon zu kommen, der ein Stockwerk tiefer lag. Einmal ging eine Tür auf, und das helle Gelächter einer Frau schallte den Korridor entlang, bis es in einem erstickten Kichern erstarb, als ob jemand – als ob jemand die Lachende umarmt hätte. Carina konnte das Klirren von Gläsern, die tiefen Stimmen der Männer und die hellen Stimmen der Frauen hören. Dort unten ging es anscheinend recht lebhaft zu. Sie erinnerte sich an die aufreizend gekleideten Frauen auf dem Hof, deren Blicke so schamlos einladend gewesen waren. Carina errötete, als sie daran dachte, daß die beiden sie in ihrer peinlichen Lage beobachtet hatten, und ihre Wangen glühten noch stärker, als sie sich ausmalte, was man dort unten wohl über sie sagen mochte. Oder war der Vorfall von den Vergnügungen des Abends in die Vergessenheit gedrängt worden? War es nur eine plötzliche Laune des Marquis gewesen? Eine Laune, die so alltäglich war, daß er und seine Freunde sie vergessen würden?

In gedämpfter Stimmung und mit dunklen Schatten unter den Augen nahm Carina am nächsten Morgen neben Miss Humphries in der Kutsche Platz. Die Gouvernante ließ durch ihr Verhalten klar erkennen, daß sie von ihrer Schutzbefohlenen Gehorsam erwartete. In Carina war jeder rebellische Funke erloschen; nach einer solchen schlaflosen Nacht, nach durchwachten Stunden, die nur von Angstträumen unterbrochen worden waren, hatte sie nur noch den Wunsch, den Staub des ›King's Head‹ möglichst schnell von den Füßen zu schütteln.

Sie reisten zu früher Stunde ab, bevor die meisten anderen Gäste sich rührten. Auf dem Hof striegelten die Pferdeburschen einige der schönen Vollblüter, die gestern von eleganten jungen Männern in Zweispännern kutschiert worden waren. Von den Besitzern war allerdings nichts zu sehen, ebensowenig wie von den zwei aufgedonnerten Frauen oder dem Marquis. Carina vermutete, daß sie nach dem nächtlichen Gelage wohl noch schliefen.

In der Kutsche las Miss Humphries sofort an der Stelle der ›Altertümer von London‹ weiter, wo sie am Tag zuvor aufgehört hatte. Mit monotoner Stimme leierte sie: »Es gibt in London drei große Fontänen oder Brunnen, nämlich Holy-Well, Clement's Well und Clark's Well. Der Fluß Wells – der Fluß der Brunnen – im Westen fließt unter der Holborn Bridge und der Fleet Bridge hindurch und ist so breit und tief, daß in alten Zeiten zehn oder zwölf mit Handelsgütern beladene Schiffe von der Themse her einfahren konnten ...« Als Carina schließlich im weiteren Verlauf erfuhr, daß ›River of Wells‹ ein anderer Name für den Fleet River sei, über den in der Nähe des Fleet-Gefängnisses eine Brücke führte, hatte sie den kleinen Reiseführer von ganzem Herzen satt.

Die einzige interessante Tatsache, die in ihm erwähnt wurde und die ihr ins Gedächtnis drang, war, daß die Gegend berühmt dafür war, daß dort Paare, die es eilig hatten, heimlich heiraten konnten.

Sie überlegte, ob sie Kopfschmerzen vortäuschen sollte, um Miss Humphries zum Schweigen zu bringen. Dann blickte sie mürrisch aus dem Fenster und versuchte, sich gegen die nicht enden wollende Aufzählung von langweiligen Einzelheiten, die Miss Humphries vorlas, taub zu stellen: »Früher pflegte man diese Brunnen zu besuchen, und insbesondere am 18. September des Jahres 1562 ritten der Oberbürgermeister, die Stadträte und viele angesehene Persönlichkeiten dorthin ...« Würde es denn nie aufhören?

Carina nahm ihren ganzen Mut zusammen und unterbrach die Lektion. »Ich möchte Sie um Ihre Hilfe bitten, Miss Humphries. Ich weiß so wenig über die vornehme Welt, daß ich mich gefragt habe, ob Sie wohl Ihr interessantes Buch für einen Augenblick beiseite legen und mich belehren würden. Ich hätte gern gewußt, ob in der vornehmen Gesellschaft viel gespielt wird? Papa lehnte Glücksspiele ab, und wie Sie ja wissen, habe ich bis jetzt sehr zurückgezogen gelebt. Was habe ich zu erwarten, wenn ich in das gesellschaftliche Leben eintrete? Ich bin sicher, daß Sie, die Sie in Familien der besten Kreise gelebt haben, mich aufklären können.«

Ihre List hatte Erfolg. Die Gouvernante, die zuerst über die Unterbrechung ärgerlich gewesen war, ließ sich von den Komplimenten erweichen. Es war genau die Art Frage, die Miss Humphries mit Vergnügen beantwortete; denn sie gab ihr Gelegenheit, mit vornehmen Namen um sich zu werfen und ihre Vertrautheit mit den Großen und Mächtigen zu demonstrieren.

»Meine liebe Miss Quincey, was sind Sie doch für ein Landmäuschen! Was für eine Frage! Das Glücksspiel ist eine wahrhafte Leidenschaft geworden. Die jungen Gentlemen verbringen praktisch ihre ganze Zeit damit. Sie setzen ganze Vermögen, Tausende und Abertausende Pfund Sterling, auf die lächerlichste Kleinigkeit. Der teure Lord Halliday hat mir einmal eine Geschichte aus dem Herrenclub White's erzählt, die das treffend illustriert. Ein Fußgänger brach auf der Straße vor dem Club bewußtlos zusammen. Man trug ihn ins Haus hinein und versuchte, ihn wiederzubeleben. Alle anwesenden Herren schlossen Wetten ab, ob er tot sei oder nicht. Als ein Arzt erschien und ihn zur Ader lassen wollte, wurde er von ein paar jungen Dandys daran gehindert.

Seine Maßnahmen würden die Fairness der Wette beeinträchtigen, sagten sie.«

»Wie herzlos das klingt«, sagte Carina. »Wenn alle jungen Männer sich so benehmen, dann fürchte ich, daß ich nie einen Mann treffen werde, den ich achten kann. Ich könnte niemals einen Spieler lieben.«

»Lieben, Miss Quincey?« fragte Miss Humphries sichtlich schockiert. »Was ist denn das für eine romantische Torheit? Liebe ist nur gut fürs Theater oder für Romane und gehört bestimmt nicht zu den Dingen, über die ein junges Mädchen sich Gedanken machen sollte. Ich pflege meinen Zöglingen stets zu sagen, daß Liebe etwas für die Angehörigen der untersten Schichten sei. In ihren Kreisen könne die Liebe in der Ehe keine Rolle spielen.«

»Papa sagte immer, daß er an die Liebe glaube. Er hat mir auch gesagt, daß ich niemandem meine Hand fürs Leben reichen solle, wenn ich ihm nicht auch mein Herz geben könne«, sagte Carina mit einem Anflug ihrer alten Widerspenstigkeit, die jedoch im Keim erstickt wurde.

»Ihr Papa mag so etwas gesagt haben«, meinte Miss Humphries zurechtweisend, »aber schließlich war Ihr teurer Papa ein Eigenbrötler.« Mit diesem letzten Wort griff sie wieder nach dem Buch über die ›Altertümer von London‹.

2

»Sir Basil Quincey war mehr als bloß ein Eigenbrötler. Er war ein weltfremder Narr. Nein, verteidige ihn nicht, mein Kind. Ich glaube dir, daß du ihn sehr lieb hattest und daß er ein vortrefflicher Mensch war, aber nichts kann mich davon überzeugen, daß er das Recht hatte, dich in der finstersten Provinz gefangenzuhalten.«

Lady Talboys war ziemlich überwältigend, dachte Carina. Sie hatte erwartet, eine ältliche und wahrscheinlich kränkliche Dame vorzufinden, die ein zurückgezogenes Leben führte. Auf diese Art Großmutter war sie nicht gefaßt gewesen. Lady Talboys war kerngesund und sowohl geistig als auch körperlich höchst aktiv. Gewiß, sie war in den Achtzigern und brauchte beim Treppensteigen und bei der Bewältigung von Hindernissen die Hilfe eines Stocks mit einem Silberknauf; aber das und die riesige Lorgnette, die sie sich vor die Augen hielt, wenn sie jemanden genau betrachten wollte, waren ihre einzigen Schwächen. Sie war nach der letzten Mode gekleidet.

Nach einem höflichen, wenn auch nicht herzlichen Abschied von Miss Humphries, die vor dem Haus der Milgraves in der Audley Street abgesetzt worden war, traf Carina in der Curzon Street ein. Als sie in das Empfangszimmer geführt wurde und ihre einzige noch lebende Großmutter zum ersten Mal erblickte, war sie höchst überrascht. Sie hatte erwartet, die kleine alte, kränkliche Dame zu sehen, die dem Bild ihrer Vorstellung entsprach.

Am anderen Ende des Raums thronte Lady Talboys kerzengerade aufgerichtet auf einer sehr schönen Sheraton-Sitzbank. Sie trug eine hochmodische Kontusche in Purpurrot und Weiß, geschmackvoll mit elegantem französischem Besatz verziert; Schal, Brusttuch, Ärmelschleifen und Rüschen waren im gleichen Purpurrot gehalten. Der Besatz, der hauptsächlich aus Spitze bestand, war der feinste, den Carina je gesehen hatte, und wirkte durch die Silberstickerei an den Ärmeln und am Mieder noch zarter. Dazu trug die alte Dame ein passendes Spitzenhäubchen. Um den Hals funkelte ein kostbares Diamantkollier, und auch auf den Schuhschnallen glitzerten Diamanten. Die knochigen Hände wurden von drei oder vier riesigen Diamantringen fast verdeckt. Im Gesicht trug sie mehrere Schönheitspflästerchen.

Carina hatte den Verdacht, daß sie ihre blühende Gesichtsfarbe mehr der Kunst als der Natur verdankte. Kurz gesagt: Lady Talboys schminkte sich. Kein Anblick hätte von der harmlosen, kränklichen Großmutter in Carinas Phantasie weiter entfernt sein können. Ihre elegante Aufmachung wirkte auf das Mädchen, das frisch vom Lande kam, verblüffend. Carina wußte nicht, ob sie schockiert oder belustigt sein sollte.

Gleichzeitig war sie wegen ihres eigenen Aussehens ein bißchen verlegen. Zu Hause, wo sie mit Sir Basil allein gelebt hatte und wo man praktisch nie mit unangemeldeten Gästen zu rechnen brauchte, hatte sie auf den Reifrock verzichtet, der für elegantere Kleider erforderlich war. Da sie darauf gefaßt gewesen war, daß eine lange Reise nicht nur unbequem, sondern auch staubig sein würde, hatte sie sich damit begnügt, ein einfaches Kleid aus taubengrauem Glanztaft und dazu eine weiße Baumwollschürze mit einer schlichten Borte anzuziehen. Jetzt, in der eleganten Umgebung des Hauses ihrer Großmutter, wurde ihr bewußt, daß sie geradezu schockierend einfach gekleidet war. Sie überlegte, ob sie sich deswegen entschuldigen sollte, dann knickste sie höflich und wartete ab.

»Komm näher, mein Kind«, forderte Lady Talboys sie auf. »Du denkst sicherlich, daß es höchst merkwürdig ist, wenn eine alte Frau wie ich Schönheitspflästerchen und Rouge trägt. Nein, streite es nicht ab. Ich habe gesehen, wie erstaunt du warst, und wer könnte dir das zum Vorwurf machen? Hat dein Papa dir nicht erzählt, daß ich jede Mode mitmache?«

»Um ehrlich zu sein, Großmama, er hat kaum von Ihnen gesprochen. Als Mama starb, war er so fassungslos, daß er monatelang ihren Namen nicht erwähnte. Als ich größer war, hat er mir natürlich erzählt, wie schön sie war; aber über ihre Familie sagte er nichts. Ich wußte nur, daß ich eine Großmutter in London habe – das war alles. Ich bin nicht Ihrer Meinung, daß er ein weltfremder Narr war, aber es stimmt, daß wir ein Leben im ländlichen Stil führten.«

»Hat er dir erzählt, daß wir einander nicht ausstehen konnten?«

Carina suchte nach einer taktvollen Antwort. »Nun, so hat er es nicht ausgedrückt, aber ich hatte vermutet, daß zwischen Ihnen Differenzen bestanden, und deshalb habe ich keine Fragen gestellt.«

»Unsinn, Mädchen. Es hat keinen Zweck, um den heißen Brei herumzuschleichen. Ich halte nichts von der Leisetreterei, wie sie heute üblich ist. Ich konnte Sir Basil nicht leiden und er mich auch nicht. Ich war gegen die Heirat, und dann ist deine Mutter mit ihm durchgebrannt und hat ihn heimlich geheiratet. Sie war immer ein eigenwilliges Mädchen gewesen. Schlug mir nach, würde ich sagen. Aber gerade das gefiel mir an ihr. Vermutlich hätten Sir Basil und ich miteinander Frieden geschlossen, wenn sie nicht im Kindbett gestorben wäre. Aber nachdem meine einzige Tochter tot war, hielt ich das nicht mehr für nötig. Bist du mir böse, weil ich dich nicht eher erlöst habe?«

»Wovon erlöst?«

»Von diesem verregneten Winkel auf dem Land. Keine Gäste, keine anständige Kleidung, wie ich mit eigenen Augen sehe. Keine Möglichkeit zum Ausgehen und zu Vergnügungen. Du mußt dich zu Tode gelangweilt haben, du Ärmste.«

»Ich habe Papa sehr lieb gehabt«, erwiderte Carina steif. »Ich weiß, daß er nicht gerade gesellig war, aber wir hatten einander lieb und waren sehr glücklich. Und es gab eine Menge zu tun.« Ihre Stimme schwankte, als sie an die glückliche Zeit vor Sir Basils plötzlichem Tod zurückdachte; damals hatte es nur ihren Vater und sie selbst gegeben. Und diese Jahre kamen ihr heute wie goldene Zeiten vor. Keine Sorgen, keine Ängste – nur sie beide und die geruhsamen Stunden, die sie miteinander verbrachten.

»Hmpff!« machte ihre Großmutter rüde. »Ich kann verstehen, daß es dir gefallen hat, mein Kind, aber das ist auf die Dauer kein Leben für ein junges Mädchen. Jetzt ist es für dich an der Zeit, all das zu entdecken, was du in den vergangenen Jahren entbehren mußtest. Wenn es nach mir gegangen wäre, hätte ich dich vor zwei Jahren für eine Ballsaison nach London geholt. Ich schrieb damals an deinen Vater, aber er wollte dich nicht weglassen. Du seist noch zu jung – mit siebzehn! Du meine Güte, mit siebzehn habe ich mich verlobt, mit achtzehn bin ich Mutter geworden. Wie alt bist du jetzt?«

»Vorigen Dezember bin ich neunzehn geworden, Großmama«, erwiderte Carina. Dann brach ihr Temperament durch: »Ich bin froh, daß Papa mich zwei Jahre länger bei sich behalten hat. So habe ich für immer die Erinnerung an zwei glückliche Extrajahre mit ihm.«

»Deine Loyalität in allen Ehren, aber niemand kann bestreiten, daß deine Erziehung viel zu wünschen übrigläßt. So wie du aussiehst, möchte ich wetten, daß du kein einziges passables Kleid besitzt. Ferner hast du keine Ahnung davon, wie man das Leben bewältigt, und ich wage zu behaupten, daß du nicht tanzen kannst. Habe ich recht?«

»Es stimmt, daß ich nicht tanzen kann, Großmama, aber ich kann Französisch und Lateinisch und etwas Griechisch, und ich verstehe etwas von wirtschaftlichen Dingen. Ich kann einen Haushalt führen, die Vorratshaltung beaufsichtigen, und ich verstehe auch etwas von Buchführung und Gutsverwaltung. All das hat Papa mir beigebracht.«

»Und all das nützt dir gar nichts, mein liebes Kind. Kannst du einen Fächer anmutig halten? Kannst du zeichnen und singen? Kannst du spielen?«

»Sie meinen, ob ich Karten spielen kann? Ich habe manchmal mit Papa Whist gespielt, aber das Glücksspiel mißbilligte er. Er sagte, es sei der Ruin der Gesellschaft, und er warnte mich eindringlich davor, um Geld zu spielen.«

»Schöne Worte, du meine Güte. Du bist ja zu einer Landpomeranze erzogen worden. Nicht spielen? Aber das ist doch das Hauptvergnügen der Gesellschaft! Jedermann spielt. Auch ich habe sehr viel für Glücksspiele übrig, und du kannst mich fast jeden Abend am Kartentisch finden. Du kennst also weder Lu noch Poker, noch Basset oder Pharao? Und natürlich hast du noch nie etwas von Hasard oder Roulette gehört. Das ist doch wirklich allerhand!«

Und das war das Ende ihres ersten Gesprächs gewesen. In sehr zwiespältiger Stimmung folgte Carina dem Mädchen, das sie zu ihrem Schlafzimmer führte. Die so unverbrämt geäußerten Ansichten ihrer Großmutter beunruhigten sie, aber gleichzeitig hatte die barsche, geradlinige und offene Art der alten Dame etwas an sich, das ihr ein Gefühl der Geborgenheit gab. Lady Talboys mochte eine Spielerin und eine Modenärrin sein, aber Carina war überzeugt davon, daß sie ein gütiges Herz hatte. Das verrieten ihr ein paar kleine Zeichen: Auf der polierten Kommode in ihrem Schlafzimmer stand ein Blumenstrauß, und obwohl der Frühlingsabend nicht kalt war, brannte im Kamin ein Feuer. In Sir Basils Haus war in den Schlafzimmern nur dann Feuer gemacht worden, wenn jemand krank war, oder wenn eine besonders strenge Kälte herrschte. Während Carina vor dem Kamin stand und die Wärme genoß, gestand sie sich ein, daß dies ein höchst willkommener Luxus war.

Der nächste Morgen bescherte ihr weitere Annehmlichkeiten eines luxuriösen Lebensstils. Ein ehrerbietiges Hausmädchen weckte sie, servierte ihr eine Tasse Schokolade und teilte ihr mit, daß sie fürs erste als Zofe der jungen Lady fungieren werde. Während Carina den warmen Trunk schlürfte – ebenfalls ein ungewohnter Genuß für jemanden, der auf dem Lande aufgewachsen war –, dachte sie darüber nach, wie komfortabel ihre Großmutter lebte. Es kam ihr erstaunlich vor, daß man sie erst um neun Uhr geweckt hatte. Zu Hause waren Sir Basil und seine Tochter jeden Morgen um sieben Uhr aufgestanden. Sir Basil war der Meinung gewesen, daß es der Gesundheit zuträglich sei, früh aufzustehen und früh zu Bett zu gehen. Sicherlich hatte er recht gehabt, dachte Carina, aber trotzdem war es einfach wundervoll, wenn man sich im Bett aalen konnte und sich nicht mit dem Aufstehen beeilen mußte. Als sie eine Weile später endlich nach unten ging, mußte sie feststellen, daß Lady Talboys noch nicht aufgestanden war; sie hätte sich also ruhig noch ein bißchen länger im Bett räkeln können, wenn sie gewollt hätte.

Als Lady Talboys schließlich erschien, war sie wiederum höchst elegant gekleidet. Zwar fehlten die glitzernden Diamanten, aber der üppige Rock ihres Morgenkleides aus dunkelroter Seide bauschte sich über einem etwas schmaleren Reifrock. Carina trug zwar eines ihrer hübscheren Kleider aus grün und weiß gemustertem Leinen, kam sich aber trotzdem wie eine Landpomeranze vor. Ihre Kleidung war stets ohne viel Zierrat gewesen, und jetzt erkannte sie, daß diese Gewohnheit wohl für die Abgeschiedenheit von Sir Basils Heim passend gewesen sein mochte, nicht aber für das Leben in der vornehmen Gesellschaft. Die elegante Welt würde die meisten ihrer Kleider sicher als »Nachthemden« bezeichnen – füllig geschnittene Röcke, die ohne Reifrock getragen wurden. In Lady Talboys Kreisen war es offensichtlich Sitte, einen Reifrock zu tragen, wenn man Besuch erwartete.

Lady Talboys schnitt auch sofort dieses Thema an. Sie fragte Carina, ob ihr Gewand denn das Beste sei, was eine Provinzschneiderin zustande bringen könne, und schüttelte den Kopf, als Carina gestand, daß alle ihre Kleider von den Dienstmädchen zu Hause angefertigt worden waren.

»So geht das nicht, mein Kind«, sagte Lady Talboys energisch. »Ich sehe ein, daß wir ganz von vorn anfangen müssen. Es ist sehr bedauerlich, daß die Reddingtons dich in diesem scheußlichen Fetzen sehen müssen, aber ich möchte wetten, daß es dem Admiral nicht auffallen wird, und Lady Helen ist weitaus mehr an deinem Vermögen als an deinem Aussehen interessiert. Übrigens bist du auch mit ihnen verwandt.«

»Erwarten wir Besuch? Papa hat niemals etwas davon erwähnt, daß ich außer dir noch andere Verwandte habe. Sind es nette Leute?«

»Sir Basil wußte gar nicht, daß sie existieren. Es sind Verwandte von meiner Seite der Familie. Genau gesagt, Admiral Reddington ist mein Neffe, seine Kinder sind also dein Cousin und deine Cousine zweiten Grades. Doch, der Admiral wird dir gefallen, aber Lady Helen dürfte nicht ganz nach deinem Geschmack sein. Eines muß ich aber zu ihren Gunsten sagen: Sie ist eine vernünftige Frau, die für ihre Kinder nur das Beste will.«

Da Carina mit den Vorurteilen ihrer Großmutter noch nicht vertraut war, konnte sie den Sinn dieser Worte nicht recht begreifen. Anscheinend mochte Lady Talboys die Reddingtons, dachte sie, sonst hätte sie diese Verwandten wohl kaum eingeladen. Carina war voller Neugier auf ihre neue Familie.

»Es ist merkwürdig, wenn man plötzlich eine Familie hat«, sagte sie. »Ich habe immer geglaubt, daß Papa und ich praktisch ganz allein waren.«

Sie war von den Reddingtons, die ein paar Minuten nach diesem Gespräch eintrafen, recht angetan. Der Admiral, ein Mann in den Fünfzigern, war rauh, aber herzlich, wie es sich für einen Seebären ziemte. Er tätschelte Carina unter dem Kinn, nannte sie ein hübsches kleines Kätzchen und prophezeite, daß sie bald eine Horde von Anbetern haben werde. Er drückte ihr sein Beileid zum Tod ihres Vaters aus und bedauerte, daß er nicht das Vergnügen gehabt hatte, Sir Basils Bekanntschaft zu machen.

Lady Helen Reddington war das Gegenteil ihres Mannes. So ungezwungen und herzlich er war, so förmlich und reserviert war sie. Sie lächelte zwar freundlich genug, als Carina vor ihr knickste, machte auch ein paar höfliche Bemerkungen über den Tod ihres Vaters, aber ihre Worte klangen ziemlich gefühllos. »Es tat mir leid, von Ihrem schmerzlichen Verlust zu erfahren«, sagte sie zu Carina. »Man darf wohl hoffen, daß Ihr Papa ein Testament gemacht hat und seine Angelegenheiten geordnet hinterließ.«

Etwas verdutzt über Lady Helens Interesse, dankte Carina ihr höflich und erwiderte, daß ihr Vater alles in bester Ordnung hinterlassen habe. »Das Testament wurde nach der Beerdigung verlesen«, erzählte sie, »aber ich habe so geweint, daß ich kaum etwas davon verstanden habe.«

»Das Mädchen ist mindestens zehntausend pro Jahr wert, Lady Helen«, sagte Lady Talboys ohne Umschweife. »Da ist einmal das Gut und außerdem fünfzigtausend Pfund in Staatspapieren. Sir Basil war ungeheuer reich. So, jetzt wissen Sie Bescheid.«

Lady Helen war über Lady Talboys' Offenherzigkeit leicht erschüttert. Sie liebte es gar nicht, wenn das Ziel ihrer Gesprächstaktik so mir nichts, dir nichts enthüllt wurde.

»Es freut mich für Miss Quincey, daß sie in so guten Verhältnissen ist«, sagte Lady Helen, »aber daran hatte ich wirklich nicht gedacht. Immerhin, Miss Quincey, Sie sind eine recht ansehnliche Erbin. Und nun möchte ich Sie mit meiner Tochter Elizabeth und mit meinem Sohn James bekannt machen. Ich hoffe, daß ihr gute Freunde werdet.«

Carina begrüßte die beiden mit einem Knicks. Sie gefielen ihr. Elizabeth Reddington war ein großes anmutiges Mädchen mit einem schwarzen Lockenschopf und lebhaften braunen Augen. Sie trat auf Carina zu und bot ihr die Hand.

»Lassen wir die Formalitäten beiseite«, sagte sie mit einer angenehmen leisen Stimme. »Meine Familie nennt mich Lizzie, und ich hoffe, du wirst das auch tun. Wir werden bestimmt gute Freundinnen werden.«

Ihr Bruder James war stämmiger gebaut und legte mehr Wert auf konventionelle Höflichkeit. Er war kein auffallend gutaussehender Mann, wirkte aber sympathisch und hatte eine gute Figur. Carina fiel auf, daß Lizzie wie ihre Mutter eine hochmoderne seidene Kontusche trug, James Reddington hingegen eine unauffälligere Kleidung vorzog. Er trug eine Beutelperücke statt einer Allongeperücke und als einziges Schmuckstück einen schlichten Siegelring.

»Ich freue mich, Ihre Bekanntschaft zu machen, Miss Quincey«, sagte er höflich, während er sich über ihre Hand beugte. »Es ist immer angenehm, neue Verwandte kennenzulernen, und ich hoffe, Sie werden mich als ein Mitglied Ihrer Familie betrachten. Wie meine Mutter mir erzählte, ist das Ihr erster Besuch in der Hauptstadt, und wie ich hörte, haben Sie bis jetzt zurückgezogen auf dem Lande gelebt. Wenn ich Ihnen irgendwie behilflich sein kann, lassen Sie es mich bitte wissen.«

»Vielen Dank«, sagte Carina. Seine offene und freimütige Art gefiel ihr ebenso gut wie seine schlichte Kleidung. Hier ist ein Mann, der sich nicht wie eine Schneiderpuppe anzieht, dachte sie, ein Mann, den sie respektieren könnte. Vielleicht würde es ihr in London doch gefallen. Sie betrachtete ihn ein bißchen genauer und kam zu dem Schluß, daß er nicht wie ein Spieler aussah. Anscheinend gehörten nicht alle jungen Männer zu der Sorte, der sie den unerfreulichen Vorfall im ›King's Head‹ verdankte.

»Ich nehme an, daß Ihnen das Stadtleben sehr fremd vorkommt, Miss Quincey«, sagte James Reddington freundlich. »Darf ich Ihnen mein Beileid zum Tode Ihres Vaters ausdrücken? Ich habe zwar nicht die Ehre gehabt, ihn persönlich kennenzulernen, aber ich habe gehört, daß er ein großer Wohltäter war. Bei einigen meiner Bekannten, die ein aktives Interesse daran haben, die Not der Armen zu lindern, steht das Quincey-System für Ausgedingehäuser in hohem Ansehen.«

»Ach, Mr. Reddington, Sie können sich nicht vorstellen, wie glücklich es mich macht, das zu hören! Ich hatte gar nicht gewußt, daß die wohltätige Arbeit meines teuren Papas auch in weiteren Kreisen bekanntgeworden ist und ich hatte befürchtet, daß man sie in der eleganten Welt nicht nach ihrem Nutzen beurteilt. Ich habe geglaubt, daß man über Wetten und Kartenspielen Bescheid wissen muß, wenn man mitreden will, und nicht über barmherzige Werke.« Carina fiel ein Stein vom Herzen. Hier war jemand, der ihre Interessen teilte, jemand, der ihre Gedanken und Gefühle verstehen würde. Sowohl Miss Humphries als auch Lady Talboys hatten den verstorbenen Sir Basil als einen Eigenbrötler abgetan. Aber jetzt stand jemand vor ihr, der sein Lebenswerk kannte und es würdigte. Sie schenkte Mr. Reddington ihr freundlichstes Lächeln.

James Reddington erwiderte es und sagte: »Sie dürfen die vornehme Gesellschaft nicht zu hart beurteilen, Miss Quincey. Nicht alle von uns sind oberflächliche Nichtstuer. Ich persönlich gehöre nicht zu der Clique, die zur Zeit den Ton angibt. Ich bin kein Spieler, obwohl ich ab und zu Freude an einer Partie Whist habe. Ich bin auch nicht gewillt, mein Vermögen beim Würfeln aufs Spiel zu setzen, und das allein genügt, um mich aus dem inneren Kreis auszuschließen.«

»Ja, Dinge dieser Art habe ich gehört. Man hat mir unglaubliche Geschichten über die Riesensummen berichtet, die Nacht für Nacht im White's Club verschleudert werden«, sagte Carina bekümmert. Sie hatte das Gefühl, daß sie diesem ernsthaften jungen Mann ihre Sorgen anvertrauen konnte. »Ich war bestürzt, als ich erfahren mußte, daß die Spielleidenschaft so überhand genommen hat. Und trotzdem gehört es zum guten Ton, bei White's Mitglied zu sein. Das kann ich nur schwer verstehen.«

Lizzie Reddington schien etwas sagen zu wollen, aber ihr Bruder war schneller.

»Ja, im White's Club geht es um hohe Einsätze«, sagte er. »Meiner Meinung nach sollte man das Laster und das Verderben, das White's schon über viele gebracht hat, verdammen. Aber niemand hört auf mich, wenn ich diese meine Ansicht zum Ausdruck bringe. Ich könnte Ihnen Geschichten über leichtfertige Ausschweifungen oder zügellose Verschwendungssucht erzählen... So hat zum Beispiel im vergangenen Jahr Sir Jon Denbigh sein ganzes Vermögen beim Hasard verspielt. Er verlor innerhalb einer Stunde fast zweiunddreißigtausend Pfund an den Marquis von Peterborough. Auf diese Art und Weise hat er sich schließlich ruiniert.«

Die Erwähnung von Geld schien Lady Helens Interesse zu erwecken; sie hatte mit dem Admiral und Lady Talboys geplaudert, aber jetzt blickte sie auf. »Wie war das? Hast du zweiunddreißigtausend gesagt?«

»Ich habe soeben Miss Quincey von Sir John Denbighs Verlusten erzählt«, antwortete er und preßte mißbilligend die Lippen zusammen. Er schätzte es nicht, wenn seine Mutter ihn unterbrach.

»Dieser Narr! Du hast sicherlich schon gehört, daß Lord Albemarle seiner Familie keinen Schilling hinterläßt. Als er heiratete, betrug sein Vermögen fast neunzigtausend Pfund, und seine Frau brachte weitere fünfundzwanzigtausend Pfund in die Ehe. All das ist bis auf vierzehntausend Pfund vergeudet, und die sind das Fideikommiß eines Cousins. Ich bin überaus zufrieden, James, daß du das geerbt hast, was ich meinen Instinkt für den verständigen Umgang mit Geld nennen muß. Wie beklagenswert muß es sein, jemanden in der Familie zu haben, der nichts als ein Spieler ist!«

»Ich für meine Person spiele sehr gern«, sagt Lady Talboys verärgert, der die Richtung, die das Gespräch genommen hatte, nicht paßte. »Ich kann Ihnen versichern, Lady Helen, daß man am Kartentisch viel Spaß haben kann. Alles auf eine Karte zu setzen, mag zwar leichtsinnig sein, aber es zeigt zumindest, daß man über vulgäre Gelddinge erhaben ist.«

Nach diesem gegen Lady Helen gerichteten Verweis trat eine verlegene Pause ein, die der Admiral unterbrach, indem er verdrießlich sagte: »Nun ja, wir können nicht alle die gleichen Vergnügungen schätzen, und es wäre sehr langweilig, wenn wir es täten. Ich muß jetzt ins Kriegsministerium. Willst du mich begleiten, James? Wir können wohl die Damen für ein nettes Plauderstündchen sich selbst überlassen.«

Nachdem er so dem peinlichen Thema ein Ende gemacht hatte, stand er auf, und Carina empfand ehrliches Bedauern, als sie sich von ihm und ihrem Cousin James verabschieden mußte.

Der junge Mann zeigte das gleiche Bedauern, als er sich über ihre Hand neigte. Mit vollendeter Höflichkeit sagte er: »Ich freue mich darauf, die Bekanntschaft mit meiner neuen Cousine zu vertiefen,

Miss Quincey.« In seiner Stimme klangen Aufrichtigkeit und Herzlichkeit mit.

Lady Helen beobachtete dieses Intermezzo mit offensichtlicher Billigung, was Carina in Verlegenheit versetzte. »Ich darf behaupten, Miss Quincey«, sagte sie, nachdem die Herren das Zimmer verlassen hatten, »daß der liebe James mir noch nie Kummer bereitet hat. Ich bin so glücklich, sagen zu können, daß er ein ernsthafter junger Mann ist und niemals das leiseste Interesse für die Laster gezeigt hat, die jetzt in Mode sind. Seine Grundsätze sind so solide verankert und seine Vernunft ist so offenkundig, daß man in seinem Leben vergeblich nach törichten Streichen suchen würde.«

Diese wohlgesetzte Rede wurde in ihrer Wirkung durch Lady Talboys geschmälert, indem diese boshaft einwarf: »Ja, ja, meine liebe Carina, du kannst sehen, daß James kein Libertin ist. Das ist leider nur zu klar.«

Lizzie Reddington, die neben Carina saß, ließ ein Kichern hören, das sie schnell in ein Husten verwandelte. Um diese Entgleisung zu überspielen, fragte sie: »Kann ich irgend etwas für dich tun, liebe Cousine? Wenn wir zusammen die Garderobe durchsehen, die du von zu Hause mitgebracht hast, könnte ich dir sicherlich raten, was davon für London geeignet ist.«

»Ein ausgezeichneter Vorschlag«, sagte Lady Talboys. »Ich habe der armen Carina schon gesagt, daß sie nichts Passendes zum Anziehen hat. Ich verlasse mich darauf, daß du ihr behilflich bist, Elizabeth. Du hast ebenso wie deine Mutter einen vortrefflichen Geschmack.«

Lady Helen bedachte die beiden Mädchen mit einem gnädigen Lächeln. »Ich fürchte, Sie werden feststellen müssen, daß Lizzie ein frivoles junges Ding ist, Miss Quincey. Sie richtet ihren Sinn viel zu sehr auf das, was gerade in Mode ist. Wenn Sie durch Ihren Einfluß etwas gesetzter würde, wäre ich Ihnen so dankbar. Lizzie braucht eine Freundin, die Vernunft mit einem freundlichen Wesen vereint.«

Da Carina nichts einfiel, was sie darauf erwidern konnte, zog sie es vor zu schweigen. Beklommen folgte sie Lizzie nach oben. Sobald sie im Schlafzimmer waren, warf sich Lizzie zu ihrem Erstaunen auf das Bett und räkelte sich ungeniert. »Puh«, sagte sie, »was ist mein Bruder doch für ein langweiliger Tropf! Ich wollte, daß wir uns besser kennenlernen, deshalb kam ich auf die Idee, dir anzubieten, deine Garderobe durchzusehen. James redet immer so nüchtern und langweilig. Ich kann mir nicht vorstellen, von wem er das hat. Papa ist ein Schatz, und selbst Mama, die zwar erstaunlich auf Geld aus ist, hält niemals solche Moralpredigten.«

Carina war über diese offenherzigen Bemerkungen schockiert. »Mir hat dein Bruder gefallen«, sagte sie errötend. »Ich finde, daß seine Ansichten durchaus richtig sind. Ich war sehr bestürzt, als ich erfuhr, wie grausam und herzlos die jungen Männer der vornehmen Gesellschaft sein können, und deshalb war es für mich eine angenehme Überraschung, Mr. Reddington kennenzulernen.«

Lizzie warf ihr einen Blick zu, als ob sie glaubte, daß Carina im Scherz gesprochen habe. Als sie erkannte, daß Carina es ganz ernst gemeint hatte, sagte sie: »Ich freue mich, daß James für seine gedrechselten Reden eine so aufmerksame Zuhörerin gefunden hat. Meine Mutter würde es zu schätzen wissen, daß du so viel von ihm hältst. Du gefällst ihr sehr gut, obwohl ich dir ganz offen sagen will, daß ihr jedes Mädchen gefallen würde, das zehntausend Pfund im Jahr hat und dazu fünfzigtausend in Staatspapieren. Mama ist der Ansicht, daß ein Vermögen vorhanden sein muß, um ein Mädchen akzeptabel zu machen. Oder einen jungen Mann«, fügte sie mit düsterer Stimme hinzu.

Carina hatte das Gefühl, Lizzie erwarte von ihr, daß sie näher auf dieses Thema einging. »Bist du auch dieser Meinung?« fragte sie tastend.

»O nein, keineswegs. Ich finde, es ist scheußlich, nur an Geld zu denken. Warum sollten jüngere Söhne nicht genauso annehmbar sein wie ihre älteren Brüder? Ich halte es für Unrecht, daß ein Besitz immer nur an den Ältesten vererbt werden darf. Und außerdem glaube ich, daß ein jüngerer Sohn viel romantischer ist als der älteste, hinter dem ständig Erbinnen her sind.«

Diese Bemerkungen, so allgemeiner Natur sie auch waren, wurden mit so viel Überzeugung vorgebracht, daß Carina einen Zusammenhang mit Miss Reddingtons eigener Lage vermutete. »Ist dein Bruder ein älterer oder ein jüngerer Sohn?« fragte sie. »Hat er noch Brüder?«

»Nein, da kannst du ganz sicher sein«, erwiderte Lizzie erbittert. »James ist der Erstgeborene in der Familie, und ich bin seine einzige Schwester. Er hat ein ganz beträchtliches Erbe zu erwarten, aber Mama hofft natürlich trotzdem, daß er eine vorteilhafte

Verbindung eingehen wird, wie sie es nennt. Das gleiche wünscht sie sich für mich. Ich bekomme einmal fünfzehntausend Pfund mit, was eine Menge Geld ist, wenn ich auch keine Erbin bin. Mama sagt, daß ich alles daransetzen soll, um eine gute Partie zu machen.«

Jetzt ging Carina endlich ein Licht auf. »Verzeih mir die Frage«, sagte sie geradeheraus, »aber soll das heißen, daß du dein Herz jemandem geschenkt hast, den deine Mama nicht billigt?«

Lizzies Gesicht wurde ängstlich. »Wenn ich es dir erzähle, versprichst du mir, daß du es nicht Mama oder Lady Talboys verrätst? Ich habe schon genug Kummer! Nicht einmal mein eigener Bruder will mir helfen. Er sagt, ich solle nicht so romantische Anwandlungen haben.«

»Ich verspreche dir, daß ich dein Vertrauen nicht mißbrauchen werde«, sagte Carina. »Ich bin zwar eine ernste Natur, aber auch ich habe romantische Neigungen. Die Frau meines Vaters ist aus Liebe zu ihm von zu Hause weggelaufen, sie haben heimlich geheiratet, und ich bin das Kind aus dieser Verbindung. Mein Papa hat an die Liebe geglaubt. Er hat mir immer wieder gesagt, ich solle niemals heiraten, ohne daß mein Herz beteiligt sei.«

»Hat er das wirklich gesagt?« fragte Lizzie überrascht. »Mein Papa würde mich auch heiraten lassen, wen ich will, aber er wird ganz und gar von Mama beherrscht. Und Mama glaubt, daß Liebe nur törichtes Gerede sei. Ihr geht es einzig und allein darum, daß der Ehevertrag eine großzügige Versorgung vorsieht.«

»Wie schrecklich für dich, liebste Lizzie.« Carina war voller Mitgefühl. »Mir scheint, ich lerne stündlich mehr über die vornehme Gesellschaft. Ich habe nicht gewußt, daß sie so vom kommerziellen Denken regiert wird. Jetzt kann ich verstehen, daß mein Papa sich niemals in London wohl gefühlt hätte. Kein Wunder, daß er lieber auf dem Lande lebte. Sicherlich hat er sich meinetwegen große Sorgen gemacht. Vielleicht wollte er deshalb, daß ich bei ihm blieb. Aber jetzt erzähle mir von dir. Habe ich mit meiner Vermutung recht?«

Lizzie holte tief Atem und begann ihre Geschichte. Sie erwähnte zwar keine Namen, doch entnahm Carina ihren Worten, daß ihr Gefühlsausbruch in bezug auf den Status jüngerer Söhne der Aufschrei eines leidenden Herzens gewesen war. Lizzie hatte sich in einen jüngeren Sohn verliebt, den sie in den leuchtendsten Farben als gutaussehend, charmant und gütig beschrieb, nur sei er leider arm wie eine Kirchenmaus. Seine Familie war mehr als nur angesehen; sie gehörte zu den besten Kreisen. Aber der gesamte Familienbesitz würde auf den erstgeborenen Sohn übergehen, während er darauf angewiesen sei, seinen Weg aus eigener Kraft zu machen.

»Bisher hat Mama mich nur davor gewarnt, sein Interesse zu ermutigen. Sie hat keine Ahnung, daß er mir einen Heiratsantrag gemacht hat oder gar, daß ich ihn angenommen habe«, erzählte Lizzie. »Sie würde vor Zorn außer sich sein, wenn sie es wüßte. Ich fürchte, daß mein Bruder einen Verdacht hegt, aber etwas Genaues weiß er nicht. Wenn ich es nur wagen würde, mit Papa darüber zu sprechen. Ich weiß, daß er mir gern erlauben würde, das zu tun, was ich mir wünsche. Er will nur, daß ich glücklich bin.«

»Warum vertraust du dich ihm nicht einfach an?« fragte Carina unschuldig.

»Ja, warum wohl nicht? Papa ist wirklich ein Schatz, aber er ist der gutmütigste Mensch auf der Welt, und er erzählt Mama einfach alles. Es wäre töricht, zu glauben, daß er sich gegen sie auf meine Seite stellt. Vielleicht würde er es versuchen. Vielleicht würde er sogar ein, zwei Tage lang für mich sprechen, aber über kurz oder lang würde er mir sagen, er sei überzeugt davon, daß Mama nur mein Bestes will.« Lizzie ahmte die von rauher Gutmütigkeit geprägte Redeweise des Admirals so treffend nach, daß Carina lächeln mußte. »Nein«, schloß Lizzie seufzend, »ich kann nichts tun. Ich bin am Ende meiner Weisheit angelangt. Mir bleibt nur noch übrig, mich vor Gram zu verzehren und zu sterben, vielleicht würde Mama dann ihre Einstellung bereuen.«

Carina konnte sich des Lachens nicht erwehren, als Lizzie, die ein Bild blühender Gesundheit bot, diese düstere Prophezeiung vorbrachte. Sie überlegte, ob ihre Cousine vielleicht die Herzenskälte ihrer Mutter übertrieben geschildert hatte, kam jedoch nach einigem Zögern zu dem Schluß, daß dies nicht der Fall war. Lady Helen machte den Eindruck, daß sie eine gerechte Frau war, die jedoch keinen großen Gefühlsreichtum besaß. Und ihre Worte hatten deutlich gezeigt, daß in ihren Augen Besitz und Geld die höchsten Werte waren. Carina fand das irgendwie ein bißchen vulgär. Sie wußte nicht, wie sie ihre neue Cousine trösten konnte, daher fragte sie: »Kann ich dir vielleicht helfen?«

Lizzie blickte sie mißtrauisch an. »Ich bin mir noch nicht sicher, ob ich dir vertrauen kann, Carina«, sagte sie ehrlich. »Wenn du

James heiraten willst, dann fürchte ich, daß du zwangsläufig meine Feindin wirst.«

»Ich und deinen Bruder heiraten! Das ist doch wirklich etwas voreilig gedacht«, sagte Carina lachend. »Vielleicht erinnerst du dich daran, daß ich gerade erst in London angekommen bin.«

»Du hast eben noch keine Ahnung, wie Ehen arrangiert werden«, mußte sie sich von Lizzie belehren lassen. »Ich weiß sehr genau, daß meine Mutter dein Vermögen für James sichern möchte, und James selbst scheint für dich Sympathie zu empfinden. Du mußt doch gemerkt haben, daß er das Glücksspiel und frivole Vergnügungen verabscheut. Du bist genau die Sorte Mädchen, die seine Billigung findet – mit ernsten Interessen und nicht so flatterhaft wie ich.«

»Nun, bisher hat noch niemand nach *meinen* Gefühlen gefragt«, sagte Carina unwillig. »Ich bin sicher, daß Lady Helen keinerlei Pläne dieser Art schmiedet. Sie kennt mich doch kaum! Aber ich kann dir versichern, Lizzie, daß dein Geheimnis bei mir gut aufgehoben ist. Selbst wenn ich wollte, könnte ich es nicht weitererzählen, denn du hast mir ja den Namen des jungen Mannes nicht verraten.«

»Nein«, sagte Lizzie naiv, »ich konnte mir ja deiner nicht sicher sein. Sollten wir gute Freundinnen werden, dann bringe ich es vielleicht über mich, dir mehr zu erzählen, aber im Augenblick wage ich es noch nicht.«

Carina hielt es für angebracht, das Thema zu wechseln. »Wenn wir Freundinnen werden sollen, dann kannst du mir helfen, meine Kleider durchzusehen, wie du es vorhin vorgeschlagen hast. Ich fürchte, daß nichts von den Sachen, die ich mitgebracht habe, geeignet ist. Vielleicht könntest du mir ein paar Ratschläge geben.«

Dazu war Lizzie sofort bereit. Carina beobachtete belustigt, wie ernst sie an diese Aufgabe heranging; sie unterzog jedes Kleidungsstück einer kritischen Inspektion, prüfte hier eine Schürze, dort ein Unterkleid. Zum Schluß hatte sie ein Häufchen von vier Kleidern beiseite gelegt. »Hier«, sagte sie entschieden, »das sind die einzigen, in denen du dich sehen lassen kannst, und auch die müssen aufgeputzt werden. Die anderen sind leider völlig unmöglich, meine liebe Carina. Sie sind ganz und gar unmodern, und man würde dich auslachen, wenn du dich in ihnen sehen ließest.«

»Das heißt also, daß ich Stunden um Stunden damit verbringen muß, Stoffe auszusuchen und Anproben über mich ergehen zu lassen«, sagte Carina ohne Begeisterung. Erst jetzt wurde ihr klar, wie recht ihre Großmutter gehabt hatte, als sie sagte, daß sie, Carina, nichts Anständiges zum Anziehen habe.

»Du Glückliche«, rief Lizzie. »Ich fände es herrlich, wenn ich mich neu ausstaffieren dürfte. Und da du nicht zu sparen brauchst, kannst du dir das Vergnügen machen, dich ganz nach der neuesten Mode einzukleiden. Wie beneidenswert schick du sein wirst!«

Dann hielt Lizzie ihrer Cousine einen Vortrag darüber, wie wichtig es sei, stets mit der Mode zu gehen, und als die beiden Mädchen endlich wieder hinuntergingen, hatte Carina das Gefühl, eine Menge gelernt zu haben. Für Festlichkeiten bei Hofe würde sie große Abendroben mit besonders weiten Reifröcken benötigen, dazu als Kopfschmuck Straußenfedern. Ferner brauchte sie mindestens ein Dutzend Ballkleider für Tanzveranstaltungen, ungefähr zehn seidene Kleider mit Reifröcken, um Besuche zu machen oder zu empfangen, und niemand würde sie für eine elegante Dame halten, wenn sie nicht einen Teil ihres Vermögens zur Schau trug.

Bei der Straßenkleidung durfte sie auf den Reifrock verzichten und sich mit etwas schmaleren und kürzeren Ausgehkleidern begnügen. Zum Reiten mußte sie ein, besser zwei Reitkleider haben, bestehend aus einer Jacke mit Weste über einem speziell für diesen Zweck zugeschnittenen Unterkleid. Dazu trug man einen Dreispitz oder eine sogenannte Jockeykappe. Die Kopfbedeckung war überhaupt sehr wichtig. Durch den Einfluß des französischen Hofes war der Schäferinnenstil sehr in Mode gekommen. Modern waren Hüte aus Stroh, Strohfasern oder Rohr, die man für Alltagszwecke ohne Zierrat trug und die für elegantere Anlässe mit einem Aufputz aus Seide und Bändern versehen wurden. Zu guter Letzt mußte sie ein Maskenkostüm haben, das vorzugsweise eine Prachtrobe im historischen Stil sein sollte. Damen, die nicht zu den besten Kreisen gehörten, so erfuhr Carina, pflegten ihre Maskenkostüme in Jackson's Habit-Warehouse in Covent Garden zu leihen, aber derartige Sparmaßnahmen würden Lady Helen – und sicherlich ebensowenig Lady Talboys – nicht zusagen.

Aber Carina hatte nicht nur entdeckt, daß man von ihr erwartete, ein Vermögen für ihre Garderobe auszugeben, sie hatte auch einiges darüber gelernt, wie sie sich zu benehmen hatte. Sir Basil hatte sie in dem Glauben erzogen, ein Flirt sei etwas Unrechtes. Darüber hatte Lizzie gelacht, und dann hatte sie Carina erklärt, daß jedes Mädchen sich ab und zu einen kleinen Flirt gestatte. »Es darf natürlich nicht zu weit gehen, denn ein Ruf ist schnell ruiniert.« Aber als sie dann die Kunst, mit den Augen zu flirten, leise zu lachen und zärtlich zu lächeln beschrieb, errötete Carina. »Natürlich darf man niemals in einer kompromittierenden Situation ertappt werden«, sagte Lizzie ernst. »Es ist nichts dabei, sich von einem Herrn die Hand küssen zu lassen, aber ich für meine Person würde es für eine zu weitgehende Freizügigkeit halten, jemandem meinen Mund zum Kuß zu bieten.«

»Nicht einmal deinem Geliebten?« fragte Carina neckend, aber auch gleichzeitig auf die Antwort gespannt.

»Du meine Güte, nein. Ich habe keine Lust, mich zu ruinieren«, erwiderte Lizzie, »und das wäre ich, wenn diese widerlichen Biester von Anstandsdamen so etwas entdecken würden.«

Diese Worte machten Carina ängstlich. Sie konnte sich des Gedankens nicht erwehren, daß der Vorfall im ›King's Head‹ schwererwiegend gewesen war, als sie angenommen hatte. Am Ende war ihr Ruf schon in Gefahr? Sie dachte an Miss Humphries und betete im stillen darum, daß die Gouvernante ihr Wort halten und nicht darüber sprechen würde.

»Bist du ganz sicher, daß ein Mädchen ruiniert ist, wenn man es dabei beobachtet, wie es jemanden küßt?« fragte sie Lizzie.

»Ruiniert ist vielleicht zu hart ausgedrückt«, gab Lizzie zu, »aber man würde es für leichtfertig halten, und das wäre schlimm genug. Ich will es einmal so sagen: Ich persönlich möchte nicht in einer kompromittierenden Situation gesehen werden. Es würde sehr schwer sein, einen solchen Vorfall in Vergessenheit geraten zu lassen, es sei denn, daß man umgehend seine Verlobung bekanntgeben kann.«

Im Besuchszimmer warteten weitere Strapazen auf Carina. Sie mußte still dasitzen und die immer wieder aufsteigende Röte zu unterdrücken versuchen, während Lady Helen zu Lady Talboys sagte, wie gut ihr Carinas bescheidenes Auftreten gefalle. »Sie wird sehr gut ankommen«, äußerte Lady Helen in einem Ton, der Carina in tiefste Verlegenheit stürzte. »Jawohl, meine Liebe, Sie haben meine volle Billigung. Ich bin sicher, daß sie einen guten Einfluß auf meine kleine Lizzie ausüben werden. Und ich habe gesehen, daß mein guter James sehr von Ihnen eingenommen ist.«

Als Lady Helen endlich gegangen war, nicht ohne noch ein paar Bemerkungen über Carinas Vermögen zu machen und sich zu erkundigen, ob es von Treuhändern verwaltet würde, konnte Carina einen Seufzer der Erleichterung nicht unterdrücken. »Ich bin froh, daß sie weg sind, Großmama«, gestand sie. »Mr. Reddington und seine Schwester haben mir wirklich gut gefallen, aber ich wünschte, ihre Mama würde nicht so über mich reden. Lizzie sagt, sie möchte, daß ihr Sohn mich heiratet – wegen der Erbschaft.«

»Lizzie hat ganz recht«, erwiderte Lady Talboys mit ihrer üblichen Offenheit. »Ich selbst mag James Reddington nicht, ich hatte nie eine Vorliebe für diese Art Ehrbarkeit. Vermutlich konnte ich deshalb auch deinen Vater nicht leiden. Aber man kann nicht leugnen, daß du eine schlechtere Wahl treffen könntest. Auf Lady Helens Seite der Familie gibt es zwar schlechtes Blut, aber die Reddingtons sind vermögend, und James Reddington kann eine große Erbschaft erwarten. Ich wette zehn gegen eins, daß er auch ein mustergültiger Ehemann sein würde.«

»Muß ich denn so schnell heiraten?« fragte Carina vorwurfsvoll. »Ich habe noch nicht einmal einen Vorgeschmack von den Vergnügungen bekommen, die einem die vornehme Welt bieten kann.«

»Ich bin froh, daß du dich darauf freust«, sagte die alte Dame befriedigt. »Ich hatte schon den Verdacht, daß du eines von diesen saft- und kraftlosen Geschöpfen seist, die ständig über die Verderbtheit der Welt jammern. Mit deiner Verlobung hat es nicht die geringste Eile. Bei deinem Aussehen und deinem Vermögen wirst du zweifellos viele Heiratsanträge bekommen. Aber nicht, wenn du dich in den Kleidern sehen läßt, die du vom Land mitgebracht hast! Das ist unsere vordringlichste Aufgabe. Was Sir Basil sich dabei gedacht hat, dich wie eine Quäkerin oder eine von diesen neumodischen Methodistinnen herumlaufen zu lassen, geht über meinen Verstand. Ich will nicht schlecht über Tote reden, Carina, aber ich hoffe, du wirst auf mich hören. Ich weiß besser über Kleider und Dinge, die ein junges Mädchen braucht, Bescheid als dein Papa, auch wenn ich nur eine zänkische alte Frau bin, die sich nie durch Edelmut ausgezeichnet hat.«

Nach diesen erhebenden Worten schleppte sie Carina zu einer langen Beratung mit Miss Pinkerton, ihrer Ankleidefrau. Pinkerton, seit vierzig Jahren Lady Talboys Zofe, war eine respektgebietende Persönlichkeit – mager, ältlich und nicht allzu höflich, dachte Carina. »Pinkerton weiß alles, was es über Kleider zu wissen gibt«, sagte Lady Talboys, während sie sich für ihr Nachmittagsschläfchen vorbereitete. »Sie wird dich bei deinen Einkäufen beraten. Höre auf sie, und du wirst es nicht bereuen. Und von Ihnen, Pinkerton, erwarte ich, daß Sie aus meiner Enkelin eine elegante Dame machen. Das Mädchen kommt vom Land und hat nichts anzuziehen.«

»Wenn Sie mir ein offenes Wort verzeihen wollen, Miss«, sagte Pinkerton und musterte Carinas schlichtes graues Kleid, »möchte ich sagen, daß Sie einen völlig neuen äußeren Menschen brauchen. Wir haben viel Arbeit vor uns.«

Das waren prophetische Worte. Drei oder vier Stunden später schmerzten Carina alle Glieder vom Stehen, während an ihr Maß genommen wurde. Sie hatte das Gefühl, daß sie von der Anstrengung, in den Geschäften die verschiedenen Stoffe zu begutachten, beinahe schielte. Seide, geblümter Taft, Paduaseide, Glanztaft, Damast, Kamelott, Krepp und Baumwolle – alles, alles hatte sie bewundert und geprüft, begleitet von Pinkertons fachkundigen Ratschlägen. Eine riesige Menge Pakete war aus den Stoffhandlungen in die Kutsche ihrer Großmutter geschleppt worden.

Und weiter ging es mit dem Kauf von ein paar fertigen Kleidern. »Sie können die Sachen, die Sie mitgebracht haben, nicht tragen, Miss«, sagte Pinkerton warnend. »Nicht ohne daß sie geändert werden und einen neuen Besatz bekommen.« Zum Schluß besuchten sie noch zwei oder drei Hutmacherinnen. Ein paar bezaubernde Kreationen aus Stroh und Strohfaser wurden auf der Stelle gekauft, andere, die mit den bei den Stoffhändlern erstandenen Seiden und Bändern garniert werden sollten, wurden bestellt. Es hatte den Anschein, als ob bei allen Putzmacherinnen und Näherinnen in London die Öllampen noch um Mitternacht brennen würden.

Carina hatte nur einmal gewagt zu protestieren. »Müssen wir wirklich so viele Seidenstoffe kaufen?« hatte sie Miss Pinkerton gefragt. »Und brauche ich ein ganzes Dutzend Paar weiße Strümpfe? Zu Hause hatte ich nur drei Paar, und die waren nicht weiß.«

»Ich würde gegen meine Pflicht verstoßen, wenn ich Ihnen etwas anderes raten würde«, sagte Pinkerton unnachgiebig. »Was wir bisher gekauft haben, ist kaum ausreichend. Es ist nur ein Anfang.«

Außer dieser kleinen Meinungsverschiedenheit gab es nur ein

einziges Ereignis, das einen Mißklang in den sonst harmonisch verlaufenden Nachmittag hineinbrachte. Pinkerton hatte es auf das schärfste mißbilligt, als Carina einigen zerlumpten Kindern, die sich vor dem Geschäft einer Hutmacherin zusammendrängten, ein paar Pennies geben wollte. Pinkerton hatte zwar nichts gesagt, aber sie hatte auf eine Art und Weise die Luft durch die Nase eingesogen, die ihre Meinung sehr deutlich zum Ausdruck brachte.

Sie mußte den Vorfall wohl Lady Talboys berichtet haben, denn die alte Dame sagte zu Carina: »Ich bin froh, daß wir endlich angefangen haben, eine elegante junge Dame aus dir zu machen. Aber wie kann ich dich nur dazu bewegen, daß du diese höchst seltsamen Gewohnheiten aufgibst, die du zweifellos von deinem philanthropischen Papa übernommen hast? Auf dem Land gehörte es vielleicht zu deinen Aufgaben, an die Kinder der Arbeiter Pennies zu verteilen; aber in London kannst du das nicht tun. Sie werden sich um dich drängen und auf eine Art und Weise die Aufmerksamkeit auf dich lenken, die sich für ein unverheiratetes Mädchen nicht schickt. Insbesondere die Herren schätzen es gar nicht, wenn ein Mädchen ins Gespräch kommt. Für eine verheiratete Dame mag es angemessen sein, auf dem Besitz ihres Gemahls Wohltätigkeit auszuüben – obwohl ich persönlich sehr dagegen bin, daß man es damit übertreibt –, nichts aber könnte für dich nachteiliger sein, als wenn du dafür bekannt wirst, daß du deine wohltätigen Neigungen öffentlich zur Schau stellst.«

Zuerst wußte Carina nicht, was sie darauf antworten sollte. Sie dachte einen Augenblick nach, dann sagte sie ruhig: »Es tut mir leid, Großmama, wenn ich Pinkerton in Verlegenheit gebracht habe. Das war gedankenlos von mir. Aber ich glaube nicht, daß ich alle Bemühungen einstellen werde, die furchtbare Not der Armen zu lindern. Papa hat mich dazu erzogen, an Menschen zu denken, denen es nicht so gut geht wie mir, und meine Pflicht als Christin gebietet mir, so zu handeln.«

»Mein liebes Kind«, sagte die alte Dame brüsk, »das ist nichts als hoffärtiges Gerede. Du kannst deine Pflicht als Christin auch im stillen ausüben. Es ist keineswegs notwendig, ein öffentliches Schauspiel daraus zu machen. Ich bin gewiß auf das Wohlergehen meiner Bediensteten und ihrer Familien bedacht, aber ich plustere mein Tun nicht so auf, daß jedermann darüber Bescheid weiß.«

Carina hätte gern etwas darauf entgegnet, aber was konnte sie sagen? Sie begnügte sich mit der Bemerkung: »Ich werde versuchen, meine barmherzigen Werke im geheimen auszuüben, aber ich finde, es ist eine ziemlich armselige Welt, in der man Gutes nur heimlich tun darf. Ja, das glaube ich wirklich.«

»Du darfst glauben, was du willst, mein Kind, aber du solltest es dir reiflich überlegen, bevor du dich so zur Schau stellst. Doch nun Schluß damit, ich will dir keine weiteren Vorhaltungen machen. Ich habe nämlich vor, dir heute Abend ein paar Kartenspiele beizubringen. Du hast ja nichts anzuziehen; Pinkerton sagt, selbst die fertiggekauften Kleider müssen geändert werden. Es ist also nicht möglich, daß wir ausgehen. Wie könnten wir den Abend besser verbringen als mit einer kleinen Lektion im Glücksspiel?«

Carina wollte widersprechen, sah jedoch ein, daß dieser Vorschlag vernünftig war. Wenn es in der vornehmen Gesellschaft von Spielern wimmelte, mußte sie zumindest die Spiele kennen, die zur Zeit beliebt waren. Zu ihrer Überraschung stellte sie fest, daß es ihr Spaß machte. Gewiß, für einige Spiele brauchte man so gut wie keine Intelligenz, weil sie hauptsächlich vom Zufall und vom Kartenglück abhingen; aber andere erforderten Urteilskraft, Voraussicht und schnelle Reaktionen. Konzentriert verfolgte sie, welche Karten ausgespielt wurden, und schließlich konnte sie ihre Großmutter sogar ein paarmal schlagen. Vielleicht hatte Lady Talboys absichtlich verloren, um ihrem Schützling Mut zu machen, doch selbst dieser Gedanke konnte Carinas Vergnügen nicht mindern.

Lady Talboys hatte sich von der würdigen Pinkerton eine große Schachtel mit Knöpfen ausgeliehen. »Wir wollen noch nicht um Geld spielen, mein Kind«, erklärte sie, »bis du dich besser auskennst. Ich spiele sehr gern und werde oft von anderen Damen zu einer nachmittäglichen Partie Karten eingeladen. Ich möchte dich gern mitnehmen, und das kann ich nur, wenn du wenigstens ungefähr Bescheid weißt. Nichts kann einem jungen Mädchen so weiterhelfen wie die Bekanntschaft mit Londons tonangebenden Gastgeberinnen, und dieser Vorteil kommt dir zugute, wenn du mich begleitest.«

»Ich danke Ihnen, Großmama«, sagte Carina artig. In diesem Augenblick sah sie, daß sie einen Stich mit Trümpfen in der Hand hatte und konnte einen kleinen Freudenschrei nicht unterdrücken.

»Es ist vielleicht nicht deine Absicht, eine Spielerin zu werden, mein Kind«, sagte die alte Dame, die sich über Carinas plötzliche

Begeisterung amüsierte, »aber ich bin sicher, daß du mit etwas Übung eine richtige Pharao-Tochter werden könntest. So nennt man nämlich die echten, besessenen Spielerinnen, zu denen ich Gott sei Dank noch nicht gehöre. Das Talent zum Kartenspielen muß dir im Blut liegen. Bestimmt hast du es von mir geerbt. Sag, was du willst, Carina, du bist im Herzen eine Spielerin.«

3

Carina konnte ihre Nervosität kaum unterdrücken. Hier war sie von der Creme der Gesellschaft umgeben – Männern und Frauen, die zu den vornehmsten, tüchtigsten und reichsten Familien Englands gehörten. Wohin sie ihren Blick auch wandte, überall sah sie das Funkeln von Juwelen – Diamanten, Rubine, Smaragde und Perlen, die auf kostbaren Stoffen oder im gepuderten Haar der Damen glänzten oder auf Schuhschnallen glitzerten. Allein der Schmuck in diesem Ballsaal reichte als Lösegeld für einen König. Und die Herren in den seidenen Kniehosen, den bestickten Westen und den Röcken in den leuchtenden Farben waren mit ihren kunstvollen Perücken, dem Spitzengeriesel an Hals und Handgelenken und den kostbaren Ringen genauso prächtig anzusehen wie die Damen.

Sie selbst trug ein wunderschönes Kleid. Unter Pinkertons kritischer Aufsicht hatte sie eine Robe aus schwerem weißen Satin gewählt, die am Saum und am Mieder mit Silberstickerei verziert war. Wo der üppige Faltenwurf sich teilte, wurde ein blauseidenes besticktes Unterkleid sichtbar. In die Silberstickerei waren überall kleine Perlen eingenäht. Um den Hals trug Carina ein fein gearbeitetes Kollier und dazu passende zierliche Ohrgehänge. Ihr kastanienbraunes Haar war der Mode entsprechend gepudert, und in den silbrigen Löckchen schimmerten kleine Saphire und Perlen.

Lady Talboys, die an ihrer Seite saß, war ganz *en grande dame* gekleidet. Ihre Robe aus schwerer schwarzer Seide war mit einem auffallenden roten Muster bestickt. Feine Brüsseler Spitzen an Handgelenken und auf dem Mieder milderten das strenge Schwarz. Sie hatte die Talboys-Rubine, den Familienschmuck, angelegt, bestehend aus Kollier, Armband und Ohrgehängen, die den Neid all ihrer Bekannten erregten. Mit dem von einem Silberknauf verzierten Stock und der edelsteinbesetzten Lorgnette war sie eine hochelegante Erscheinung. »Du denkst vielleicht, daß es übertrieben ist, wenn eine alte Frau, die über achtzig Jahre alt ist, sich so aufputzt«, sagte sie gespielt grimmig zu Carina, »aber ich versichere dir, daß dies die einzige Möglichkeit ist, sich das Leben erträglich zu machen. Meine Schönheit, sofern man überhaupt davon reden kann, ist schon vor Jahren vergangen, und jetzt schmücke ich meine Runzeln mit Spitze und Rubinen. Für euch junge Dinger sind diese Steine nichts. Die Blüte der Jugend braucht keine Rubine, aber sie sind genau das Richtige für uns alte Vetteln, die wir die Welt mit Juwelen blenden müssen, weil wir sie nicht mehr mit unserer Schönheit verwirren können.«

Wieder einmal suchte Carina nach einer höflichen Antwort. Sie fing gerade erst an, sich an Lady Talboys' entwaffnend ehrliche Bemerkungen zu gewöhnen. Daher war sie erleichtert, als sie die vertraute Gestalt von Lady Helen Reddington näher kommen sah. Wie Lady Talboys glitzerte auch Lady Helen vor Juwelen; in ihrem Fall waren es Diamanten. Die große stattliche Frau trug ein reichbesticktes Kleid aus steifem Brokat. Carina entging es nicht, daß ihre Diamanten nicht so fein waren wie diejenigen, die Lady Talboys am Abend ihrer Ankunft getragen hatte.

»Meine liebe Miss Quincey«, sagte Lady Helen herablassend und reichte Carina drei schlaffe Finger zum Gruß, als das Mädchen vor ihr knickste. »Dies ist wohl ihr erster Ball. Sie sehen sehr hübsch aus, mein Kind.«

»Ja, sie ist ein reizendes Ding, nicht wahr?« sagte Lady Talboys. »Natürlich etwas zu klein geraten, aber dagegen kann man nichts tun. Hoffen wir, daß die Herren sie eine Venus *en miniature* nennen werden.«

»James wird gewiß so denken«, erwiderte Lady Helen mit einem bedeutungsvollen Lächeln in Richtung auf Carina, das dem Mädchen ganz und gar nicht behagte. Dieses Lächeln deutete an, daß zwischen ihr und ihrem Cousin ein Einverständnis bestand. Nun gut, sie mochte James Reddington, er gefiel ihr. In einer Gesellschaft, in der anscheinend die meisten jungen Männer zügellos und verschwenderisch waren, mußte James Reddington angenehm auffallen. Aber Lady Helens Bemühungen als Ehestifterin waren ihr zuwider.

Zum Glück hatten die beiden Damen noch andere Gesprächsthemen und widmeten sich eifrig dem Gesellschaftsklatsch, den

Carina höchst uninteressant fand. »Lady Mary Coke ist neulich nachts direkt unter den Laternen im Hyde Park überfallen und beraubt worden... Eine neue Mode, die Lady Hervey aus Paris mitgebracht hat; es handelt sich um einen verzierten Trichter aus Zinn, in dem sich Blumen besonders lange halten... Lady Lincoln will einen großen Ball geben, aber der Herzogin hat sie keine Einladung geschickt. Man sagt, daß sie aus Opposition ein kleines Diner geben will...«

Die Damen waren so in ihr Gespräch vertieft, daß Carina ungestört ihre Umgebung betrachten konnte. Noch nie hatte sie eine solche Ansammlung von Reichtum gesehen – genug, um jeden Armen im Königreich aus seiner Not zu erlösen, stellte sie fest. Daß die Damen prächtig gekleidet waren, hatte sie erwartet, aber die Herren waren eine Überraschung. Sie waren so ganz anders als die Landedelleute, die sie bisher gekannt hatte. Sir Basil hatte sich immer einfach gekleidet. Tagsüber trug er meist Reithosen, Reitstiefel und einen schlichten Gehrock. Zum Abendessen erschien er zwar stets in seidenen Kniehosen, doch pflegte er außer einem schön gearbeiteten Siegelring niemals Schmuck zu tragen. So war diese Prachtentfaltung der Londoner Herrenwelt für sie ein ganz ungewohnter Anblick.

Sowohl in den Jabots als auch an den Fingern funkelten prächtige Edelsteine. Diese Männer gehörten einer Welt an, die Carina fremd war. Aber selbst sie wußte, daß diese buntschillernden Modegecken nicht das waren, was man auf den ersten Blick hätte vermuten können: Man hätte sie für weibisch halten können, wenn nicht die meisten von ihnen edelsteinbesetzte Degen getragen hätten. Beim kleinsten Anlaß legten sie die Hand auf den Degengriff und forderten den Widersacher zum Duell. Ein Mann der eleganten Welt mochte zwar wie eine Modepuppe aussehen, aber das schloß ein ungestümes Temperament nicht aus. Man konnte es förmlich spüren, daß sich unter all dem feinen Zierat Verwegenheit, ja Rücksichtslosigkeit und Lasterhaftigkeit verbargen.

Lady Talboys hatte Carina ermahnt, es sich nicht anmerken zu lassen, wie schockiert sie über die vornehme Gesellschaft war. Insbesondere hatte die alte Dame sie davor gewarnt, irgend etwas zu sagen, das den Eindruck erwecken könnte, ihr liege das Wohl der unteren Gesellschaftsschichten am Herzen.

»Nichts wäre vernichtender, als in dem Ruf zu stehen, ein Blaustrumpf zu sein«, hatte sie gesagt. »Kein Gentleman liebt es, wenn man ihm seine törichten Streiche vorhält oder ihn an seine Pflichten anderen gegenüber erinnert, und das ist kein Wunder. Mir würde es auch nicht gefallen. Also hüte dich davor, deine Mißbilligung offen zu zeigen. Verbanne die Ansichten deines Vaters aus deinem Gedächtnis. Sie gehören nicht auf einen Ball. Du bist hier, um dich zu amüsieren, und nicht, um an unerfreuliche Dinge wie Not und Armut zu denken.«

Carina hatte diese Ermahnung hingenommen, wenngleich nicht ohne innerlich dagegen zu rebellieren. Aber im Augenblick amüsierte sie sich nicht einmal besonders. Als sie so neben ihrer Großmutter saß, die sich über ihren Kopf hinweg mit Lady Helen unterhielt, fühlte sie sich wie ein Außenseiter.

Sie sah, wie andere Mädchen mit jungen Herren schwatzten, kokett mit dem Fächer spielten und mit den Augen flirteten; wieder andere tanzten mit schwingenden Röcken, versanken in anmutige Knickse und bewegten sich im Takt der Musik. Carina hatte in aller Eile die Tanzfiguren erlernt, und jetzt sehnte sie sich danach, ihre neue Fertigkeit mit einem Partner zu erproben.

Plötzlich wurde ihre Aufmerksamkeit auf eine junge Dame gelenkt, die die Blicke der jungen Herren auf sich zog. Sie war eine bildschöne Blondine, die das Haar ungepudert trug, so daß goldene Ringellöckchen auf ihre bloßen Schultern herabfielen. Hochgewachsen, schlank und sehr kühl wirkte sie in ihrer anmutigen Haltung wie eine griechische Statue und nahm fast ohne eine Regung in dem schönen Gesicht mit dem makellosen Profil die Huldigungen ihrer Anbeter entgegen. Von Neugier geplagt, unterbrach Carina das Gespräch zwischen ihrer Großmutter und Lady Helen und fragte, wer die Dame sei.

»Das ist unsere regierende Schönheit – Charlotte Milgrave. Sie hat unzählige Herzen gebrochen, und wie es heißt, ist sogar der Marquis von Peterborough ihrem Zauber erlegen. Jedermann findet, daß sie ausgezeichnete Manieren und einen vortrefflichen Charakter hat. Ich persönlich finde sie entsetzlich fade«, lautete die Auskunft ihrer Großmutter.

»Aber, aber«, sagte Lady Helen tadelnd, »diese Kritik an Miss Milgrave ist wirklich ungerecht. Ich muß allerdings zugeben, daß der Marquis von Peterborough meiner Meinung nach kein sonderlich erstrebenswerter Gatte ist. Gewiß, er ist immens reich, aber so zügellos! Ich kenne keine junge Dame, die bessere Manieren hätte als Miss Milgrave, und ich wäre glücklich gewesen, wenn ...« Sie unterbrach sich und schwieg.

Lady Talboys ließ es sich nicht nehmen, den Satz zu beenden: »...Ihr Sohn James bei der Schönheit Erfolg gehabt hätte, aber leider ist ihm der Marquis von Peterborough, der eine viel bessere Partie ist, in die Quere gekommen. Stimmt's?«

»Charlotte Milgrave ist nicht nur ein liebenswertes Geschöpf, sondern sie bekommt auch eine Aussteuer von vierzigtausend Pfund mit. Sie müssen zugeben, Lady Talboys, daß das keine Kleinigkeit ist. Schon allein deshalb muß sie für jede Mutter, die ihren Sohn liebt, eine willkommene Schwiegertochter sein. Aber sie ist auch bescheiden und vernünftig und hat sich von der Bewunderung, die ihr gezollt wird, nicht den Kopf verdrehen lassen. Mit einem Wort, sie ist ein Ausbund von Tugend!«

»Mit einem Wort, sie ist fade, wie ich vorhin gesagt habe«, bemerkte Lady Talboys unverblümt. »Sie mag zwar alle Tugenden besitzen, aber sie hat wenig Geist und Verstand und, wie ich glaube, nicht den leisesten Sinn für Humor. Und das wissen Sie sehr genau, Lady Helen. James fällt so etwas natürlich nicht auf, und wenn, dann würde er es nicht für einen Nachteil halten.«

In diesem Augenblick sah Carina Mr. Reddington näher kommen. Er war an diesem Abend zwar eleganter als sonst gekleidet, aber in dieser Umgebung wirkte er unauffällig. Er trug einen mittelbraunen Samtrock und darauf abgestimmte Kniehosen aus brauner Seide. Der einzige abstechende Farbfleck war eine grünseidene Weste mit Stickerei in Braun und Gelb. Er begnügte sich mit einer einzigen Rüsche am Handgelenk und mit einem Jabot, das einen schmalen Fall hatte. Sein Schmuck bestand nur aus einem schlicht gefaßten Diamantring an der rechten Hand und einer kleinen Jabotnadel.

In seiner ganzen Erscheinung drückte sich eine gewisse Solidität aus, als ob er betonen wollte, daß er ein durch und durch rechtschaffener junger Mann sei. Nichts an ihm war übertrieben, doch verriet die schlichte Eleganz seiner Kleidung, daß er wie alle anderen jungen Männer mit dem Degen, den er an der Seite trug, umzugehen verstand, doch konnte sie es sich nicht vorstellen, daß er jemals an einem Duell im Morgengrauen teilnehmen würde. Der Hauch von Verwegenheit und Gefahr, den sie bei vielen anderen Männern wahrzunehmen glaubte, fehlte bei ihm völlig, aber gerade deshalb gefiel er ihr um so besser. Er hätte bestimmt die Zustimmung ihres Vaters gefunden, und daher war es nur natürlich, daß sie ihn sympathisch fand. Sie begrüßte ihn mit einem herzlichen Lächeln, das Lady Helen nicht entging.

Mr. Reddington beugte sich über ihre Hand und fragte, ob er sie zum nächsten Tanz führen dürfe, und Carina nahm diese Aufforderung voller Freude an, weil sie nun endlich ihre neuerworbenen Künste in dem von strahlendem Glanz erfüllten Ballsaal zeigen konnte. Sie war ihm aufrichtig dankbar, daß er sie um einen Tanz gebeten hatte.

Zuerst mußte sie sich so sehr auf die Tanzschritte konzentrieren, daß sie den Bemerkungen ihres Partners nur unvollkommene Aufmerksamkeit schenken konnte. Aber das schien Mr. Reddington nichts auszumachen. Er redete über Gott und die Welt und erzählte ihr Einzelheiten über das Londoner Gesellschaftsleben, über die sie seiner Ansicht nach Bescheid wissen sollte. Nach ein paar Minuten hatte Carina ihr Selbstvertrauen wiedergefunden und konnte von ihrer Umgebung mehr Notiz nehmen. Sie stellte fest, daß Mr. Reddington seine Rolle als Tanzpartner mehr mit Anstand als mit Grazie absolvierte; er war ein korrekter, aber kein flotter Tänzer.

Jetzt wechselte er das Thema und fragte sie nach ihrem Zuhause, wie es dort aussehe und ob sie die heimatliche Szenerie vermisse. Überwältigt von den Erinnerungen, stiegen ihr die Tränen in die Augen, und sie antwortete frei heraus: »Ich muß gestehen, Mr. Reddington, daß ich mich in London fremd fühle. Auf soviel Pracht, wie ich sie heute abend sehe, war ich nicht gefaßt.«

»Ich betrachte es als eine Tugend, wenn jemand Verschwendung und Ausschweifung mißbilligt«, erwiderte James. »Wenn Ihre Erziehung Sie vor den Lastern und törichten Streichen der vornehmen Welt bewahrt hat, darf man Sie dazu beglückwünschen, Miss Quincey. Mir gefällt es jedenfalls sehr, daß Sie nicht nur auf frivole Vergnügungen aus sind, wie es leider bei vielen jungen Damen der Fall ist.«

Dieses Lob ermutigte sie zu der Frage: »Mr. Reddington, ist es tatsächlich so wichtig, zu lernen wie eine geübte Spielerin aufzutreten? Mein Vater hat Glücksspiele verabscheut, und er mißbilligte alles, was seiner Ansicht nach zu einer sinnlosen Geldverschwendung führt, sei es bei den Reichen oder bei den Armen. Lady Talboys hingegen meint, daß man mich für altmodisch und lächerlich prüde halten wird, wenn ich es ablehne, an Glücksspielen teilzunehmen.«

»Nichts in der Welt könnte mich dazu bewegen, an Lady Talboys Kritik zu üben«, erklärte Mr. Reddington würdevoll. »Sicherlich ist nichts dagegen einzuwenden, wenn man mit Maßen Vergnügen an einem gelegentlichen Kartenspiel findet. Aber leider sind sowohl bei den Damen als auch bei den Herren der guten Gesellschaft zur Zeit alle Arten von Glücksspielen – Karten, Wetten und Lotterien – der beliebteste Zeitvertreib. Insbesondere das Lotteriespiel fördert nicht nur in den besseren Kreisen, sondern auch in den niedrigen Schichten den Hang zu Spekulation und Waghalsigkeit. Tausende, deren Moral auf diese Art korrumpiert wurde, fallen den Verlockungen und Verheißungen auf Hahnenkampfplätzen, in Spielhöllen und an anderen vulgären Orten zum Opfer.«

»Ist es wirklich wahr, daß es bei den Herren der vornehmen Gesellschaft üblich ist, enorm hohe Wetten über die unglaublichsten Dinge abzuschließen?« fragte Carina schüchtern. Mr. Reddington schien eine unerschöpfliche Informationsquelle zu sein, auch wenn seine Auskünfte ziemlich langatmig waren. Sie hoffte zu erfahren, ob es zu den Gewohnheiten der Glücksspieler gehörte, einen Kuß, wie er ihr im ›King's Head‹ aufgezwungen worden war, zum Gegenstand einer Wette zu machen.

»Meine liebe Miss Quincey, ich kenne Herren, die von vornehmer Herkunft, wohlerzogen und hoch angesehen sind, und doch über alles Wetten abschließen, mag der Anlaß noch so läppisch sein«, sagte Mr. Reddington mißfällig. »Ich gehöre nicht zu den Spielerkreisen. Ich riskiere hin und wieder ein paar Guineen beim Kartenspiel, um nicht gegen die Regeln der Gesellschaft zu verstoßen, aber ich spiele nicht nächtelang um Unsummen, wie es zum Beispiel George Selwyn oder der Marquis von Peterborough tun.«

»Stehen diese beide Herren in dem Ruf, leidenschaftliche Spieler zu sein?« fragte Carina vorsichtig. Vielleicht würde sie jetzt etwas Näheres über den verhaßten Marquis erfahren.

»Selwyn ist ein Exzentriker. Peterborough ist der Anführer der wüstesten Clique von allen. Seine Umgebung ist nicht nur von Zügellosigkeit und Verschwendungssucht geprägt, sondern sie läßt auch jegliche Moral und Mäßigung vermissen. Ich kann nur sagen, daß er ein Libertin schlimmster Sorte ist.«

Carina hätte gern noch mehr gehört, hielt sich aber aus Klugheit zurück. Wenn sie weitere Fragen stellte, würde Mr. Reddington anfangen, sich über ihr Interesse an dem Marquis zu wundern.

James Reddington, dachte sie, befleißigte sich einer ähnlichen Ausdrucksweise wie Miss Humphries. Er redete über Unmoral und Maßlosigkeit, ohne genau zu erklären, was man dem Marquis von Peterborough vorwarf. Gewiß, es war erfreulich, jemanden gefunden zu haben, der ihre Ansichten über Glücksspiele und Modetorheiten teilte, aber sie wünschte, daß James Reddington etwas weniger pompös wäre.

Während sie im Takt der Musik die Füße setzte, ließ sie ihre Blicke umherschweifen, um vielleicht einen Anhaltspunkt für ein neues Gesprächsthema zu finden. Zu ihrer Freude erblickte sie Lizzie Reddington in einer wunderschönen rosa Seidenrobe über einem weißen bestickten Unterkleid. Ihre Wangen waren zart gerötet, und ihre dunklen Augen strahlten wie Sterne. Carina fiel auf, mit wieviel Hingabe sie zu ihrem Partner aufblickte. War das der junge Mann, von dem Lizzie ihr erzählt hatte? Dem Aussehen nach konnte er es sein. Er war groß und schlank und trug die kleidsame Uniform eines Offiziers der Grenadier Guards. Sein gutgeschnittenes Gesicht wirkte sympathisch. Carina war von seinem Äußeren nicht gerade überwältigt, doch mußte sie zugeben, daß er sehr gut aussah.

»Oh, da ist ja Ihre Schwester!« rief sie freudig überrascht aus. »Wer ist denn der junge Offizier, mit dem sie tanzt?«

James Reddington antwortete nicht sofort. Offensichtlich erregte das, was er sah, sein Mißfallen. Carina wünschte im stillen, daß sie nichts über Lizzies Partner gesagt hätte. Als James endlich antwortete, ging er nicht auf ihre Frage ein: »Wenn Sie Ihre Bekanntschaft mit meiner Schwester vertiefen wollen, bin ich gern bereit, sie zu Ihnen zu bringen, sobald sie frei ist. Elizabeth ist noch sehr jung und hat eine ganz natürliche Vorliebe für oberflächliche Vergnügen, die sie hoffentlich mit der Zeit ablegen wird. Unglücklicherweise ist ihre Lebenslust manchmal stärker als ihre Vernunft.«

Diese wahrhaft ernüchternde Beschreibung der fröhlichen, strahlenden Lizzie Reddington machte Carina einen Augenblick lang sprachlos. Dann sagte sie, sorgfältig ihre Worte wählend: »Ich bin überzeugt davon, daß Ihre Schwester ihre Vernunft niemals ihrer Lebenslust unterordnen würde, Mr. Reddington. Ich finde sie ganz reizend und hoffe, daß wir gute Freundinnen werden.«

»Das hoffe ich auch, Miss Quincey«, antwortete der junge Mann und führte sie zu ihrer Großmutter zurück, nachdem der

Tanz zu Ende war. »Eine engere Beziehung zwischen Ihnen und meiner Familie würde auch meinem Wunsche entsprechen. Ich werde Elizabeth später zu Ihnen bringen, aber jetzt wartet Lady Talboys auf Sie, wie ich sehe.«

Lady Talboys hatte inzwischen einen Partner für Carina aufgetrieben – und was für einen! »Ich möchte dir Sir William Goring Pelham vorstellen«, sagte die alte Dame und blinzelte ihrer Enkelin vielsagend zu. »Sir William ist immer daran interessiert, neue junge Damen kennenzulernen. Du wirst in ihm sicherlich einen charmanten Kavalier finden. Er ist bei den Damen sehr beliebt.« Carina hatte den Eindruck, daß der letzte Satz nicht so sehr als ein Kompliment für den jungen Mann, sondern als eine Warnung für sie gedacht war. Während sie in einem tiefen Knicks versank, warf sie durch die Wimpern einen Blick auf die erstaunliche Erscheinung, die vor ihr stand.

Sir William Goring Pelham fiel sogar in dieser Umgebung auf. Rock und Kniehosen waren aus gelb und grün gestreifter Seide. Sowohl der Anzug als auch die weißseidene Weste waren am Saum und entlang den Rändern mit goldenen Glanzblättchen in der Form von Blumenkränzen bestickt, der restliche Stoff war mit kleinen Diamanten und Pailletten übersät. Das Ganze mußte ihn mehrere hundert Pfund gekostet haben; auf jeden Fall war Sir Williams Erscheinung nicht zu übersehen. Jede Einzelheit verriet, daß er sie mit größter Sorgfalt ausgewählt hatte, und Carina fragte sich, ob er vielleicht ein bißchen weibisch sei.

»Entzückt, Sie kennenzulernen, Miss Quincey«, sagte Sir William mit gekünstelt schleppender Stimme. »Sie sind neu im *haut ton,* nicht wahr? Es gefällt Ihnen, hoffe ich? Nicht zu erschöpft von allem, hoffe ich?«

»Keineswegs, Sir«, erwiderte Carina artig. Sir Williams Redeweise bereitete ihr Unbehagen, und sie konnte sich nicht vorstellen, worüber sie sich mit ihm unterhalten könnte. Mit trippelnden Schrittchen führte Sir William seine Dame zur Tanzfläche. Verzweifelt blickte Carina umher, als das Schweigen zwischen ihnen sich endlos in die Länge zu dehnen schien, und sah plötzlich den jungen Mann, mit dem Lizzie getanzt hatte. Er stand mit ein paar anderen jungen Leuten zusammen und lachte über irgendeine Bemerkung, aber Carina beobachtete, daß seine Augen immer wieder Lizzie suchten, die sich mit Lady Helen unterhielt. »Können Sie mir sagen, wer der junge Mann dort drüben ist, Sir

William?« fragte sie. »Wie Sie ja wissen, komme ich vom Lande. Außer meinen Verwandten kenne ich praktisch niemanden hier.«

»Der junge Mann in Uniform?« Sir William zog ein über und über mit Edelsteinen besetztes Lorgnon aus der Brusttasche und betrachtete den Offizier. »Ach, der! Das ist ein veritabler Niemand, Miss Quincey. Gewiß, er sieht recht gut aus. Die Offiziersuniform tut Wunder an einem Mann, auch wenn er völlig bedeutungslos ist. Er heißt Robert Torrington. Ein jüngerer Sohn. Bestimmt nicht die Sorte Mann, die Ihr Ansehen heben würde, Miss Quincey.«

Carina ließ sich von seinem hämischen Ton nicht abschrecken. »Der Name des Herrn sagt mir sehr wenig, Sir William; aber ich möchte aus einem bestimmten Grund mehr über ihn wissen. Sind die Torringtons eine angesehene Familie?«

»Angesehen, ja, aber kaum mehr als das. Ich bin mit dem älteren Bruder bekannt. Feiner Kerl, Gerald. Einer meiner engsten Freunde. Hat viel Sinn für die Mode. Der junge Robert hingegen ist ein Niemand, das können Sie mir glauben, Miss Quincey. Gestatten Sie mir die Bemerkung, daß ich Ihr Interesse an ihm etwas absonderlich finde.«

Carina lächelte verlegen. Es mußte wirklich einen merkwürdigen Eindruck machen, daß sie sich so eingehend nach dem jungen Mann erkundigte, aber natürlich konnte sie Sir William nicht den wahren Grund nennen. Sie konnte ihm wohl kaum erzählen, daß sie etwas Näheres über Lizzies Geliebten erfahren wollte. Seine pikierte Reaktion auf ihre Fragen machte sie so nervös, daß ihr nichts Besseres einfiel, als zu sagen: »Ist die Lage der Armen in London eigentlich immer so schlimm gewesen, Sir William? Es hat mich sehr schockiert, so viele zerlumpte Kinder auf den Straßen zu sehen.« Kaum hatte sie diese Worte ausgesprochen, als ihr klar wurde, daß sie einen großen Fehler gemacht hatte. Um ihr Interesse an Robert Torrington möglichst schnell zu vertuschen, hatte sie Lady Talboys' Warnung vor der Gefahr, als Blaustrumpf eingestuft zu werden, total vergessen. Sir William Goring Pelhams Miene ließ keinen Zweifel offen, daß diese Warnung wohlbegründet gewesen war. Er kräuselte angewidert die Lippen, als ob sie ein unanständiges Thema angeschnitten hätte. Dann zog er dic Augenbrauen hoch und bedachte sie mit einem vernichtenden Blick.

»Auf Ehre, Miss Quincey«, sagte er in seinem schleppenden

Tonfall, »ich weiß nichts über die Armen, außer daß man mir von ihrer Existenz berichtet hat. Solche Dinge überlasse ich meinem Verwalter. Der kann sich besser darum kümmern als ich. Sehe keinen Grund, mich als Philanthrop aufzuspielen. Hab' so was immer als gräßlich langweilig betrachtet.«

»Es tut mir leid, daß ich dieses Thema erwähnt habe, Sir William«, sagte Carina so gleichgültig wie möglich. »Mein Vater hat sich nämlich immer darum bemüht, das Los der Armen zu erleichtern.«

»Sehr nobel von ihm«, kommentierte Sir William mit unverhülltem Spott. Danach richtete er bis zum Ende des Tanzes kein einziges Wort mehr an sie. Er begleitete sie zu Lady Talboys zurück, murmelte ein paar Höflichkeitsfloskeln und ging davon. Carina beobachtete, wie er sich zu einer Gruppe von hocheleganten jungen Herren gesellte und ihnen lachend etwas erzählte. Sie gab sich der zaghaften Hoffnung hin, daß nicht sie der Gegenstand des Gelächters war, aber im Grunde ihres Herzens machte sie sich keine Illusionen. Die Art und Weise, wie Sir William kurz mit dem Lorgnon in ihre Richtung deutete und die anderen Herren sie anstarrten, verriet ihr, daß er bereits dabei war, die Geschichte von ihrem höchst unfeinen Interesse für die Armen zu verbreiten.

»Ich fürchte, daß Sir William und ich nicht sehr viel Gefallen aneinander gefunden haben, Großmama«, sagte sie zu Lady Talboys, in der Hoffnung, bei ihr Verständnis zu finden.

»Er ist ein widerlicher Mensch, aber man kann nicht leugnen, daß er einen gewissen Einfluß besitzt. Im stillen kannst du ruhig der Meinung sein, er sei es nicht wert, daß man auch nur einen Gedanken an ihn vergeudet, und wahrscheinlich würde ich dir zustimmen – auch im stillen; aber man sollte unbedingt sein Wohlwollen erringen und sein Mißfallen vermeiden. Ein Mann wie er kann viel Unheil anrichten, wenn er will. Die Macht dieser Kreatur liegt in seiner boshaften Zunge. Ich will hoffen, daß du nicht unhöflich zu ihm warst. Ich hatte versucht, dir einen Wink zu geben.«

»Nein, unhöflich war ich nicht«, sagte Carina zögernd, »aber ich glaube, ich habe ihn gelangweilt.«

»Nun, Sir William ist ja nicht der einzige, der hier den Ton angibt«, sagte ihre Großmutter ermutigend. »Wegen seines Reichtums und seiner Eleganz nennt man ihn den ›Exquisiten‹, aber er ist nicht allein maßgebend in der vornehmen Gesellschaft. Du wirst es überleben, daß er keine gute Meinung von dir hat, obwohl es natürlich bedauerlich ist. Doch du siehst so hübsch aus, daß sich die anderen Herren bestimmt nicht von Sir Williams Kritik beeinflussen lassen.«

Es zeigte sich, daß die alte Dame recht hatte. Carina wurde immer wieder zum Tanz aufgefordert und gelangte allmählich zu der Ansicht, daß der Abend doch keine so schreckliche Strapaze sei, wie sie es befürchtet hatte. Man machte ihr sogar ein paar wohltuende Komplimente, und sie hatte den Eindruck, daß sie eine begehrte Partnerin war – vorausgesetzt, daß sie kein verpöntes Thema anschnitt. Ihr Selbstvertrauen kehrte zurück, und sie begann, die vornehme Welt mit freundlicheren Augen zu betrachten.

Als Lady Talboys feststellte, daß Carina gut eingeführt war, verschwand sie in den Kartensalon und ließ ihre Enkelin in der Obhut von Lady Helen zurück. Carina war daher sehr erfreut, als James Reddington sein Versprechen hielt und Lizzie zu ihr brachte. Die strahlende Lizzie genoß den Abend sichtlich, und wenn ihre Blicke auch unwillkürlich immer wieder zu einem bestimmten jungen Herrn wanderten, so bemühte sie sich doch, ihr Interesse möglichst zu verbergen. Carina fiel es nur deshalb auf, weil die beiden schon vorher ihre Aufmerksamkeit erregt hatten.

»Oh, Carina, was für ein wunderhübsches Kleid du anhast!« schwatzte Lizzie. »Du siehst ja noch bezaubernder aus als Charlotte Milgrave. Und ich glaube, das ist ihr nicht entgangen. Sie hat dich schon den ganzen Abend mit mißgünstigen Blicken bedacht.«

»Ach, ich kann mich bestimmt nicht mit ihr vergleichen«, sagte Carina bescheiden. »Sie ist wirklich bildschön mit ihrem herrlichen blonden Haar. Aber natürlich siehst du auch ganz entzükkend aus, Lizzie.«

»Sie sehen beide sehr hübsch aus«, sagte James Reddington ernsthaft. »Ich wüßte nicht, wem die Siegespalme gebührt, doch muß ich dir einen Verweis erteilen, Elizabeth. Ich bin überzeugt davon, Miss Milgrave ist viel zu hochherzig, als daß sie jemanden mit Mißgunst betrachten könnte. Wenn die jungen Damen mich jetzt entschuldigen wollen, werde ich Ihnen eine Erfrischung holen.«

Nachdem ihr Bruder gegangen war, sagte Lizzie mit gekrauster Nase: »James ist sehr von Charlotte angetan. Eine Zeitlang glaubte ich, er würde um sie anhalten, aber zum Glück hat er es nicht getan. Mir ist sie zu frostig. Ich möchte viel lieber dich zur Schwägerin haben.«

Carina mußte über diese so ungeniert geäußerte Meinung lächeln. »Hör mal, Lizzie«, sagte sie kühn, »ich habe deinen jungen Mann gesehen, und er gefällt mir. Es ist doch Robert Torrington, dem du dein Herz geschenkt hast, nicht wahr?«

»Ach, wenn wir doch heiraten dürften! Was soll ich nur tun, Carina? Es bricht mir das Herz, nur ein einziges Mal mit ihm tanzen zu dürfen, und so zu tun, als ob ich mir aus ihm nichts machte. Du kannst dir nicht vorstellen, wie schrecklich es ist, verliebt zu sein und mit niemandem darüber sprechen zu können.«

»Weißt du, Lizzie, ich glaube, ich sollte Mr. Torrington kennenlernen«, sagte Carina nachdenklich. »Nicht weil er mir gefällt, sondern weil es für euch nützlich sein könnte. Ich könnte zum Beispiel als Zwischenträgerin fungieren und Botschaften überbringen. Alle Welt würde glauben, daß er sich um mich und nicht um dich bemüht.«

Lizzie preßte die Hände zusammen. »Eine wundervolle Idee! Ich werde mit Robert darüber sprechen, sobald sich eine Gelegenheit bietet, und ich bin sicher, daß er... Oh!« stieß sie hervor, als sie sah, wie ein hochgewachsener dunkelhaariger Mann auf sie zuschritt. »Schau doch nur, Carina! Das ist ja der Marquis von Peterborough, der da zu uns kommt! Und wie er dich anstarrt, meine Liebe! Da hast du aber eine Eroberung gemacht. Ich wußte gar nicht, daß er ein Verehrer von dir ist.«

»Hör auf, Lizzie!« flüsterte Carina hastig. »Das ist er bestimmt nicht.«

Sie warf einen verstohlenen Blick auf den Mann, der sich ihnen so unbekümmert näherte. Ja, das war zweifellos derselbe, den sie im Hof des ›King's Head‹ getroffen hatte. Damals war er schlicht gekleidet gewesen, aber heute abend bot er einen prächtigen Anblick. Rock und Kniehose waren aus mitternachtblauer Seide mit Silberstickerei. Der makellos sitzende Rock war mit Silberspitze besetzt, wie Carina sie noch nie gesehen hatte, und die gleiche Spitze bauschte sich am Hals und um die Handgelenke. Auch die weißseidene Weste war silbern bestickt, und das gleiche Muster kehrte an den Seiten der faltenlosen Strümpfe wieder. Im Jabot funkelte ein Solitär. Im Vergleich zu den glitzernden Pailletten und den Dutzenden von Diamanten auf Sir Williams Garderobe war der Marquis unauffällig gekleidet. Und doch übertrumpft er an Pracht und Eleganz Sir William, dachte sie.

Sein Auftreten allein genügte, um alle Blicke auf sich zu lenken. Um ihre Aufregung zu verbergen, versank Carina in einen besonders tiefen, graziösen Knicks und hielt die Augen gesenkt, damit sie seinem verhaßten Blick nicht begegnen mußte. Sie hoffte, der Fächer würde die Röte verbergen, die ihr in die Wangen stieg. Sie konnte spüren, daß Lizzie neben ihr fast vor Neugierde verging.

Der Marquis verneigte sich zwanglos. Er betrachtete Carina mit einem nachdenklichen, fast prüfenden Blick. »Miss Quincey, wir sind uns schon einmal begegnet. Ich bin entzückt darüber, Sie in dieser Umgebung wiederzusehen. Unsere erste Begegnung war so flüchtig, nicht wahr? Außerdem habe ich eine Mission auszuführen – mit Ihrer Erlaubnis, Miss Reddington«, fügte er hinzu, indem er Lizzie leicht zunickte.

Als Carina sich wieder aufgerichtet hatte, mußte sie zum zweiten Mal in ihrem Leben seinen spöttischen Blick über sich ergehen lassen. Sie holte tief Atem, um sich etwas zu beruhigen. »Ich glaube, Sir, wir sind einander noch nicht vorgestellt worden«, sagte sie mit eisiger Höflichkeit und tat so, als sei er ihr völlig fremd.

»Das will ich gern übernehmen, Carina«, sagte Lizzie rasch. »Der Marquis von Peterborough – Miss Quincey, meine Cousine«, sagte sie an ihn gewandt.

»Ich danke Ihnen, Miss Reddington, daß Sie den Anstandsregeln Genüge getan haben. Ihr gehorsamer Diener, Miss Quincey. Vielleicht können Sie sich jetzt überwinden, mir eine Minute Ihrer Zeit zu schenken. Ich möchte Ihnen ein kleines Andenken zurückgeben.«

Nach diesen spöttischen Worten überreichte er Carina mit tiefer Verbeugung ein flaches Päckchen.

Im ersten Augenblick konnte sie sich nicht vorstellen, was es enthielt. »Das ist für mich?« fragte sie verwundert, während sie das Papier zurückschlug. Als sie den Inhalt erblickte, wurde sie von einer Woge des Zorns überflutet.

Es war der Handschuh, den er ihr damals aus der Hand gewunden hatte.

Sie handelte, ohne auch nur eine Sekunde lang nachzudenken. Sie vergaß die Leute, die in der Nähe standen, sie vergaß ihre Selbstbeherrschung, nahm den Handschuh aus dem Papier und warf ihn mit voller Kraft gegen die spöttischen Augen. Er traf die Wange des Marquis und fiel zu seinen Füßen auf den Boden.

Der Marquis stand da wie erstarrt. Nur seine Augen und sein plötzliches Erblassen verrieten, wie es in ihm kochte. In der jetzt entstandenen Stille wäre Carina am liebsten in den Boden versunken. »Ich bedaure, daß die Rückgabe Ihres Handschuhs Sie so beleidigt hat, Miss Quincey«, sagte der Marquis gelassen, doch schien in seiner Stimme eine Drohung mitzuklingen. Nach einer tadellosen förmlichen Verbeugung wandte er sich abrupt ab.

Durch einen Nebel ungeweinter Tränen sah Carina, wie er sich entfernte und zu einer Gruppe von jungen Männern gesellte, die sich um Miss Milgrave scharte. Das Stimmengewirr der Gäste, das ein paar Sekunden lang völlig verstummt gewesen war, setzte mit größerer Lautstärke als zuvor wieder ein.

Jemand berührte leicht ihre Schulter. Noch von ihren Gefühlen übermannt, wandte Carina sich um und erkannte mit Mühe James Reddington. Er hatte den Handschuh aufgehoben und in die Tasche gesteckt. Ohne ein Wort zu sagen, führte er sie auf die Tanzfläche, wo sich gerade die Paare für einen neuen Tanz formierten.

Ein paar Minuten lang war sie unfähig, auch nur ein Wort hervorzubringen. Es kostete sie ihre ganze Kraft, die Schritte auszuführen, ohne in Tränen auszubrechen. Dabei entging ihr nicht, daß alle anderen sie mit versteckter Neugier betrachteten. Endlich hatte sie sich wieder so weit in der Gewalt, daß sie zu ihrem Partner sagen konnte: »Ich danke Ihnen, Mr. Reddington. Ich hätte nicht die Beherrschung verlieren dürfen, aber der Marquis hat mich zu sehr geärgert.« Das war keine sonderlich gute Erklärung, aber etwas Besseres fiel ihr nicht ein. Sie hoffte, daß ihre Bemerkung von anderen Paaren gehört worden war und bald die Runde machen würde.

James Reddingtons Miene war tiefernst, aber er begann, sich mit ihr über Nichtigkeiten zu unterhalten, und sie war ihm dankbar dafür. Sie wußte, daß er ihr über eine sehr schwierige Situation hinweghelfen wollte. Während sie sich gleichfalls bemühte, die Unbefangene zu spielen, beobachtete sie, daß der Marquis sich soeben mit der schönen Miss Milgrave in die Tanzpaare einreihte. Die sonst so statuenhafte junge Dame wirkte fast belebt, und sie schien sogar über die Komplimente, die ihr Partner ihr machte, zu erröten. Um diesen Verehrer beneide ich sie nicht, dachte Carina;

um nichts in der Welt würde ich mit diesem widerwärtigen Menschen tanzen.

Als James sie nach dem Tanz zu Lady Helen zurückbrachte, sagte Carina erleichtert und zutiefst gerührt: »Ich danke Ihnen sehr, Mr. Reddington, daß Sie sich meiner angenommen haben. Das werde ich Ihnen nie vergessen.«

James erwiderte würdevoll: »Ich glaube Ihnen, daß Sie über das erträgliche Maß hinaus provoziert worden sind, Miss Quincey. Aber da ich älter bin als Sie und mehr Lebenserfahrung habe, ist es meine Pflicht, Sie darauf hinzuweisen, daß Ihr Verhalten in weiten Kreisen Aufmerksamkeit erregt hat. Ich fürchte, daß das recht unliebsame Folgen für Sie haben wird.«

Lizzie kam ihnen entgegen und redete sofort eifrig auf Carina ein: »Es war nicht deine Schuld, dessen bin ich mir ganz sicher. Ich habe zwar kein Wort von dem verstanden, was der Marquis gesagt hat, aber ich konnte sehen, daß er dich provozierte. Allerdings begreife ich nicht, warum du dich so über einen Handschuh aufregst. Ich brenne darauf, die Geschichte zu hören, die dahintersteckt.«

Viel unangenehmer war es, sich Lady Helens Blick zu stellen. Das Gesicht der gebieterischen Matrone verriet zwar ihren Unmut, doch Lady Helen hatte viel zu gute Manieren, als daß sie sich jetzt mit dem Vorfall befaßt hätte. »Es tut mir so leid, Lady Helen«, stammelte Carina zerknirscht. »Vielleicht ist es das beste, wenn Großmama mich nach Hause bringt.«

»Das würde genau die Art von Aufmerksamkeit erregen, die wir auf jeden Fall vermeiden müssen, Miss Quincey«, erwiderte Lady Helen eisig. »Ich bitte Sie dringend, nichts zu tun, wodurch Sie auffallen würden.«

Der weitere Verlauf des Abends war wie ein Alptraum. Carina mußte sich möglichst ungezwungen mit Lizzie und James unterhalten und graziös mit dem Fächer wedeln, während ihr bewußt war, daß sie unablässig beobachtet wurde. Lizzie empfand tiefes Mitgefühl für sie, und auch James stand ihr unerschütterlich zur Seite. Er sprach über alles mögliche und erzählte ihr von einer sehr interessanten Predigt, die er am vergangenen Sonntag in St. Margaret's in Westminster gehört hatte. Er beschrieb ihr ein paar der bekanntesten Kirchen von London und drückte die Hoffnung aus, daß sie und Lady Talboys an der Morgenandacht in St. Margaret's teilnehmen würden, eine Kirche, die er vor allen anderen bevorzuge. Da er die Hauptlast der Unterhaltung trug, brauchte Carina kaum mehr als ja oder nein zu sagen. Sein Redestrom hatte zwar nicht ganz die beruhigende Wirkung, die er hätte haben sollen, aber sie mußte zugeben, daß Mr. Reddington sich als wahrer Freund erwies.

Der Abend schien nicht enden zu wollen. Carina war zwar nicht ausschließlich auf die Hilfe der Reddingtons angewiesen; ein- oder zweimal wurde sie zum Tanz aufgefordert, aber sie hegte den Verdacht, daß ihre Partner mehr von Neugierde als von Bewunderung motiviert waren. Sie wählte ihre Worte mit übertriebener Vorsicht und beschränkte sich auf höfliche Nichtigkeiten. Das Ergebnis war eine Unterhaltung, die jeweils beide Seiten als höchst banal empfanden.

Mitternacht war schon vorüber, als Lady Talboys endlich den Kartentisch verließ. Sie war schlecht gelaunt, weil sie ein paar hundert Guineen verloren hatte. Carina versuchte wegzuhören, während Lady Helen ihrer Großmutter einen gedrängten Bericht über den Auftritt mit dem Marquis gab. Der Marquis selbst schien verschwunden zu sein. Als Carina mit ihrer Großmutter den Ballsaal verließ, hielt sie nach ihm Ausschau, aber seine hochgewachsene Gestalt war nirgends zu sehen.

Jeder Mann von Welt hätte ihr sagen können, daß der Marquis nur selten längere Zeit auf Bällen und Abendgesellschaften verweilte. Er pflegte von dort stets zum White's Club zu gehen, wo um höchste Einsätze gespielt wurde.

An diesem Abend nahm er am Hasard-Tisch Platz und saß immer noch dort, als Jeremy Ponsonby nach Mitternacht im Club erschien. Die Kerzen waren fast niedergebrannt und flackerten. George Selwyn lag mit dem Oberkörper auf dem Tisch und schlief; vor seinem Kopf lag ein Häufchen Guineen. Seine Freunde machten für ihn die Einsätze, und während er friedlich schlummerte, wurde das Häufchen immer kleiner.

Der Marquis war noch hellwach, obwohl der Morgen nicht mehr fern war. Er hatte die Halsbinde gelockert, die jetzt schief auf einer Seite baumelte, und die Spitzenmanschetten zurückgeschlagen, um besser spielen zu können. Seitlich vor ihm stand eine nur noch halbvolle Flasche, die letzte von vielen, die er in dieser Nacht geleert hatte. Er hockte in schlaffer Haltung auf seinem Stuhl, und das war außer den wild funkelnden Augen das einzige Anzeichen dafür, daß er betrunken war. In dem steckt mal wieder der Satan, dachte Ponsonby, während er seinen Platz einnahm.

Er ließ seinen Blick über die Männer schweifen, die rund um den Tisch saßen, darunter Sir Francis Dashwood, Charles James Fox und Lord Mountford – alle besessene Spieler. Die Einsätze waren sehr hoch, und schon hatten mehrere tausend Pfund die Hände gewechselt. Nach den Zetteln zu urteilen, die überall herumlagen, hatte Charles James Fox die ganze Nacht hindurch Schuldscheine gekritzelt. Der größte Haufen lag vor dem Marquis.

»Auberon hat heute ein wahrhaft teuflisches Glück«, beschwerte sich Fox. Auch er war betrunken und konnte kaum noch sprechen. Aber er war nicht streitsüchtig. Charles James Fox verlor niemals seine Höflichkeit und Liebenswürdigkeit. Oftmals, wenn er die ganze Nacht gespielt und getrunken hatte und erst im Morgengrauen nach Hause kam, verbrachte er den Vormittag damit, im Bett Horaz im Originaltext zu lesen.

»Auberon hat vielleicht Glück im Spiel«, klang eine affektierte Stimme von der anderen Seite des Tisches auf, »aber hat er auch Glück in der Liebe?« Der Sprecher war Sir William Goring Pelham. Ponsonby betrachtete ihn mit sichtlicher Abneigung. Sir William war ihm zuwider – dem Marquis übrigens auch – er hoffte, daß es keinen Streit geben würde.

Mountford erhob sich. Er war ein großer schwerer Mann in mittleren Jahren. Wie man sich erzählte, verspielte er sein ganzes Vermögen am Kartentisch. »Ich mag nicht mehr spielen, Auberon«, sagte er, »ich hab's satt. Ich brauche Abwechslung. Hasard verliert im Laufe der Zeit seinen Reiz.«

Sir William stand ebenfalls auf. Er war keine Spielernatur; er spielte nur, weil die Mode es verlangte. Ihm mangelte es sowohl an dem Willen, zu gewinnen, als auch an der Verwegenheit, an einem Abend mehr als ein paar hundert Pfund zu verlieren.

»Langweilt das Spiel Sie auch, Sir William?« fragte der Marquis spöttisch. Die anderen Herren lächelten. Sir William war bekannt dafür, daß er den Tisch verließ, wenn er eine Pechsträhne hatte.

»Gegen Ihr Kartenglück bin ich machtlos«, erwiderte Sir William gereizt, »aber ich möchte wetten, daß Sie in der Liebe nicht soviel Glück haben. Ich gehe jede Wette ein, daß Sie die neue Erbin nicht so leicht erobern können, wie Sie im Spiel gewinnen. Das Mädchen scheint eine Abneigung gegen Sie zu haben.«

Bevor der Marquis etwas sagen konnte, riß Lord Mountford das

Wort an sich. »Die Wette gilt, Sir William!« rief er. »Aber lassen wir Peterborough aus dem Spiel. Er kann nicht auf seinen eigenen Erfolg setzen. Zweihundert Guineen, Sir William, daß Peterborough das Herz dieses Mädchens gewinnen wird – wie heißt sie eigentlich?«

»Miss Quincey«, antwortete Sir William mit einem hämischen Kichern. Ein Clubdiener brachte eilig das Wettbuch herbei.

Ponsonby warf einen besorgten Blick auf den Marquis. Was sich da anbahnte, gefiel ihm nicht. Natürlich konnte Auberon nicht gegen die Wette protestieren. In dem berühmten Wettbuch wurden tagtäglich die absurdesten Wetten eingetragen. Aber er war überzeugt davon, daß diese neue Wette seinem Freund aufs höchste mißfiel. Er wußte, was andere, die dem Marquis nicht so nahestanden, nur ahnen konnten – daß der Ehrenwerte Auberon St. John, fünfter Marquis von Peterborough, es nämlich gar nicht schätzte, wenn über ihn geredet wurde; das ließ sein Stolz nicht zu.

Der Marquis schenkte dem Gespräch zwischen Sir William und Lord Mountford anscheinend keine Beachtung. Er lümmelte sich immer noch auf seinem Stuhl herum und trank einen Schluck Rotwein. Er war sehr ruhig. Für Ponsonby signalisierte sein Verhalten die Ruhe vor dem Sturm.

Die anderen Herren drängten sich um das Wettbuch und sahen zu, wie die Wette eingetragen wurde. Lord Mountfords Name war in den letzten Tagen mehrmals genannt worden: »Lord Mountford wettet gegen Sir Desmond Stanhope um zwanzig Guineen, daß Lady Mary Coke eher ein Kind bekommt als Lady Kildare... Mr. Fox wettet gegen Lord Mountford um fünfhundert Guineen, daß in der Lotterie die Zahl zwei und nicht die Zahl vier gezogen wird.«

Und jetzt wurde die neueste Wette sorgfältig eingetragen: »Lord Mountford wettet gegen Sir William Goring Pelham um zweihundert Guineen, daß...« Sir William hielt inne. »Wie wollen wir es formulieren?« Lord Mountford nahm ihm ungeduldig die Feder aus der Hand und schrieb weiter: »... daß der Marquis von Peterborough Miss Quinceys Herz gewinnt. Die Wette wird dadurch entschieden, daß innerhalb von sechs Monaten die Hochzeit stattfindet oder die Dame an gebrochenem Herzen dahinsiecht.«

»Das ist verdammt regelwidrig«, murrte Fox mit einem Blick auf den Marquis. »Demnach kann Auberon die Wette nach Belieben entscheiden. Wenn er Sie gewinnen lassen will, Mountford, braucht er dem Mädchen nur einen Heiratsantrag zu machen.«

»Oh, da habe ich keine Angst! Ich bin sicher, daß die Kleine ihm einen Korb geben würde«, sagte Sir William kichernd. »Ich habe ihr den Spitznamen ›die schöne Furie‹ gegeben. Haben Sie gesehen, mit welchem Zorn sie ihm den Handschuh ins Gesicht warf?« Die Zuhörer reagierten mit Schweigen.

Der Marquis sprang auf. Er trat drohend auf Sir William zu, der sich unter seinem Blick duckte. »Es gefällt mir nicht, daß Sie über mich Geschichten verbreiten«, sagte er eisig. »Ich kann diese Wette nicht verhindern, aber ich möchte nicht erfahren müssen, daß Sie über mich klatschen. In diesem Fall müßte ich Sie zum Schweigen bringen.« Er legte unmißverständlich die Hand an den Degen.

In diesem Augenblick schaltete sich Lord Mountford ein. »Ich verzichte gern auf die Wette«, bot er großmütig an. »Es ist ja nur ein Spaß, Auberon, aber wenn es Sie beleidigt...«

Der Marquis schüttelte den Kopf. »Nein, mein lieber Mountford, ich möchte um nichts in der Welt meinen Mitmenschen ein Vergnügen vergällen. Die Wette soll ruhig gültig bleiben. Außerdem ist sie in meinen Augen bedeutungslos, denn mein Verhalten bestimme immer noch ich selbst. Ja, wenn Sie gewettet hätten, daß ich die Strecke von London nach Peterborough in einer neuen Rekordzeit zurücklege – das wäre etwas ganz anderes gewesen...«

4

Lady Talboys saß von Kissen gestützt in ihrem Bett, vor sich ein Tablett mit einer dampfenden Tasse Schokolade. Ihr Nachthäubchen, eine extravagante Kreation aus Spitze und Bändern, war etwas verrutscht, und der elegante Schal, den sie um ihre Schultern drapiert hatte, störte sie beim Trinken. Mit einem gereizten Seufzer schüttelte sie ihn ab. Sie war mit schlechter Laune aufgewacht, und wie es für alte Damen typisch ist, wenn sie gründlich verärgert sind, wollte sie es ihre gesamte Umgebung wissen lassen, daß ihre Stimmung miserabel war.

»Pinkerton, was hantieren Sie denn so ungeschickt mit den

Töpfchen auf dem Toilettentisch herum?« knurrte sie. »Wo ist das Kleid, das ich heute vormittag anziehen soll?«

»Ich habe das grüne Kleid bereitgelegt, Mylady«, sagte Pinkerton mit verkniffenem Mund. Sie war mit den griesgrämigen Anfällen ihrer Herrin wohlvertraut, und wenn es ihr zu bunt wurde, konnte sie sich sehr energisch zur Wehr setzen. Aber das kam nur selten vor. Sie wußte, daß die schlechte Laune nicht ewig dauern würde. Wenn man fast ein halbes Jahrhundert bei ein und derselben Dame als Zofe in Stellung ist, hat man gelernt, wie man mit deren Launen fertig werden kann. Pinkerton hatte ihre Methoden.

»Unsinn, Sie Frauenzimmer. Das Grüne ist für eine Fünfzigjährige geeignet. Soll ich wie eine auf jung herausgeputzte Alte aussehen? Ich will das schwarze Brokatkleid anziehen.«

»Wie Sie wünschen, Mylady. Wenn Sie es sagen, ist es sicher das richtige für heute, wenngleich ich der Meinung bin, daß es für einen so schönen Tag ein bißchen düster ist.«

»Schöner Tag? Meine Gute, kein Tag ist schön, wenn einem beim Aufwachen einfällt, daß man am Kartentisch zweihundert Guineen verloren hat. Diese widerliche Mrs. Milgrave hatte eine Glückssträhne und hat mich kahl gerupft. Ich hatte den ganzen Abend nichts als Pech.« Beinahe hätte sie hinzugefügt, daß es kaum ein schöner Tag sein konnte, wenn man daran dachte, daß die eigene geliebte Enkelin sich wie eine Törin benommen hatte. Die Szene mit dem Marquis mußte die allgemeine Aufmerksamkeit erregt haben. Sie wünschte, daß sie dieses eine Mal den Verlockungen des Kartenspiels widerstanden und statt dessen ein Auge auf Carina gehabt hätte. Das Mädchen war so naiv; es hatte keine Ahnung, wie man mit verwickelten Situationen fertig werden mußte. Und Lady Helen war offensichtlich keine Hilfe gewesen.

»Außer ständig ihr Mißfallen über irgend etwas zu äußern, hat Lady Helen nur einen Gedanken im Kopf und der dreht sich um Pfunde, Schillinge und Pennies«, bemerkte sie bissig zu Pinkerton. Die Zofe war klug genug, nicht darauf zu antworten. Sooft auch Lady Talboys ihre Gedanken laut aussprach und ihrer Zofe gegenüber mit ungeschminkter Offenheit die schockierendsten Dinge erwähnte – Pinkerton hüllte sich stets in Schweigen. Das war das beste. Manchmal bezweifelte sie, daß Lady Talboys sich ihrer Gegenwart überhaupt bewußt war. Aber wie dem auch sei, es tat Lady Talboys wahrscheinlich gut, wenn sie sich ihren Ärger vom

Herzen reden konnte. Um so besser, dachte Pinkerton.

»Wo ist das Mädchen?« fragte Lady Talboys ungeduldig, als ob Pinkerton hätte wissen müssen, daß sie Carina sprechen wollte.

»Ich werde Miss Quincey bitten, heraufzukommen«, sagte Pinkerton dienstbeflissen. Na, dachte sie, die kann sich auf etwas gefaßt machen; die alte Dame ist heute wirklich gereizt. Das Hauspersonal hatte sehr schnell herausgefunden, daß der neue Gast zwar eine Hinterwäldlerin war, trotzdem aber bei Lady Talboys in Gunst stand. Man wußte, daß Lady Talboys Leute, die sie mochte, unbarmherzig auszankte, tyrannisierte und drangsalierte – natürlich nur zu deren Bestem. Zu Leuten, die sie nicht leiden konnte, war sie entweder von einer eisigen Höflichkeit, oder sie ignorierte sie völlig. Miss Quincey war bei ihrer Großmutter wohlgelitten, und das bedeutete, daß sie sich daran gewöhnen mußte, von ihr gescholten zu werden.

»Na, du hast ja ein feines Debüt in der Gesellschaft gegeben«, sagte die alte Dame ohne Einleitung, sobald das Mädchen die Tür hinter sich geschlossen hatte. »Dein erster Ball, und schon hast du einen Skandal entfesselt, der für die ganze Saison ausreicht. Warum hast du das getan?«

»Es war nicht meine Schuld, Großmama«, versuchte Carina sich zu verteidigen. »Na ja, zumindest war es nicht allein meine Schuld. Nämlich der Marquis und ich – also, wir sind uns schon früher einmal begegnet. Ich hatte auf der Reise nach London ein sehr häßliches Erlebnis mit ihm. Wir haben im ›King's Head‹ übernachtet...« Und sie erzählte ihrer Großmutter von der rohen Umarmung, die sie vor den Augen der Pferdeknechte hatte erdulden müssen. Die Erinnerung an jenen Nachmittag trieb ihr immer noch die Röte ins Gesicht.

»Dieser verflixte junge Kerl ist doch nie zufrieden, wenn er nicht irgendeinen Unfug anstellen kann«, sagte ihre Großmutter ärgerlich. »Wenn er nicht gerade die teuersten Mätressen von London aushält, dann duelliert er sich oder spielt um so hohe Einsätze, daß ihn der Verlust ruinieren könnte. Aber warum sucht er sich für seine Unverschämtheiten ausgerechnet meine Enkelin aus? Das ist es, was mich empört. Und warum warst du so dumm, alle Welt sehen zu lassen, daß er dich aus der Fassung gebracht hatte?«

Carina ließ den Kopf hängen. Ihr war klar, daß sie sich wenig damenhaft benommen hatte. Da sie nicht wußte, was sie zu ihrer Entschuldigung vorbringen konnte, schwieg sie.

»Nun ja, ich bin nicht überrascht«, fuhr Lady Talboys fort. »Der junge Mann schlägt seinem Vater nach – seinem Großvater übrigens auch. Der dritte Marquis war ein skrupelloser Geselle. Ich kann mich noch erinnern, daß er ... Aber er ist seit fünfundzwanzig Jahren oder noch länger tot, und nur eine alte Frau wie ich kann wissen ...«

Sie unterbrach sich, weil ihr einfiel, daß solche Erinnerungen jetzt fehl am Platze waren. »Du hast gesagt, daß er in Gesellschaft war?« forschte sie weiter. »Der junge Ponsonby und zwei Frauen?«

»Ich glaube, sie hatten alle zuviel getrunken«, sagte Carina unsicher. Sie wußte nicht, ob dieser Umstand die Sache besser oder schlechter machte.

»Tja, wenn er betrunken war, würde er sich bedenkenlos auf jedes Mädchen gestürzt haben«, sagte Lady Talboys. »Ich meine, daß wir dankbar sein dürfen, daß nichts Schlimmeres passiert ist. Bist du sicher, daß diese Gouvernante den Mund halten wird?«

»Miss Humphries hat mir versprochen, es niemandem zu erzählen«, erwiderte Carina.

»Im allgemeinen gebe ich nichts auf das Wort von Vornehmtuerinnen, die in Wirklichkeit bloß bezahlte Angestellte sind; aber vielleicht haben wir Glück«, sagte ihre Großmutter ermutigend. »Herrgott, das ist doch zum Wahnsinnigwerden! Wenn ich von diesem Vorfall gewußt hätte, Carina, dann hätte ich besser auf dich aufgepaßt. Alle hätten annehmen können, der Marquis mache dir den Hof; nun aber klatschen sie natürlich darüber, weil du deine Empörung so offen gezeigt hast. Jetzt können wir nichts anderes tun, als Besonnenheit zu üben, wenngleich diese Einsicht etwas spät kommt. Geschehenes kann man nicht ungeschehen machen, außerdem möchte ich wetten, daß das Ganze für den Marquis ein heilsamer Schock war. In den vergangenen zehn Jahren hat jede hohlköpfige Debütantin nach ihm geschmachtet, ihn blöde angelächelt, mit ihm kokettiert und ihm schöne Augen gemacht. Ich wette zehn gegen eins, daß er noch nie einen solchen Empfang erlebt hat. Das wird ihm guttun, aber ich fürchte, daß es dir schaden wird, meine Liebe.«

»Ich weiß, Großmama, und es tut mir aufrichtig leid«, sagte Carina seufzend. »Mein Temperament ist an allem schuld. Ich kriege immer so heftige Wutanfälle, wenn ich die Beherrschung verliere. Papa hat mir oft gesagt, ich solle mir Mühe geben, meine

Gefühle unter Kontrolle zu halten. Er meinte, eine junge Dame dürfe ihre Gefühle niemals öffentlich zeigen, nur hat er mir nie gesagt, wie ich das bewerkstelligen könnte.«

»Hat dein Papa wirklich so gesprochen?« fragte Lady Talboys abfällig. »Dann muß seine Unterhaltung sehr ermüdend gewesen sein, wenn auch zweifellos mit erhebenden Aussprüchen gespickt. Genau dasselbe könnte auch James Reddington gesagt haben. Kein Wunder, daß du dich zu ihm hingezogen fühlst. Der junge Mann kann pausenlos erbauliche Reden halten, wobei er eine Ausdrucksweise wählt, die mich zum Einschlafen bringt.«

»Ich mag Männer, die ernst veranlagt sind«, sagte Carina zur Verteidigung Mr. Reddingtons und ihres Vaters. »Außerdem bin ich Mr. Reddington zu Dank verpflichtet. Er war gestern abend sehr gütig zu mir. Hätte er sich nicht sofort eingeschaltet, wäre der Vorfall mit dem Marquis vielleicht noch katastrophaler verlaufen. Aber er hat mich schnell auf die Tanzfläche geführt, um weitere unerfreuliche Szenen zu vermeiden.«

»Nun ja, über Geschmack läßt sich nicht streiten«, sagte die alte Dame mürrisch. »Ich für meine Person habe immer eine Schwäche für Draufgänger gehabt. Deshalb gefiel mir ja der dritte Marquis so gut. Er sah phantastisch aus, und natürlich wußte er, wie man Frauen bezaubert. Alle St. Johns waren Charmeure, aber ich gebe zu, daß sowohl der dritte als auch der vierte Marquis sehr solide wurden, sobald sie verheiratet waren. Wo bleibt denn Pinkerton? Sie hat mir dieses gräßliche schwarze Brokatkleid herausgelegt. Ich will jetzt doch das Grüne anziehen ...«

Carina schlüpfte unauffällig aus dem Zimmer und bedeutete Pinkerton, die draußen gewartet hatte, daß sie zu ihrer Herrin hineingehen solle. »Sie ist in einer ziemlich schwankenden Stimmung«, warnte sie die Zofe.

»Sie meinen wohl, daß sie übelster Laune ist«, sagte Pinkterton mit einer Art von galliger Befriedigung. »Das ist nichts Ungewöhnliches, und es gehört zu meinen Pflichten, so etwas zu ertragen.« Sie marschierte ins Schlafzimmer und wappnete sich innerlich gegen die Vorwürfe, die sie wegen des schwarzen Kleides zu hören bekommen würde.

Eine Weile später betrat Lady Talboys in einem Kleid aus grünem Seidenmoiré, zu dem ein Unterkleid in einem blasseren Grün gehörte und das mit Spitze aus Rohseide besetzt war, das Damenzimmer.

»Was wir brauchen, ist ein wohlüberlegter Feldzugsplan, mein Kind«, sagte sie energisch zu Carina. Offensichtlich hatte sie ihre gute Laune wiedererlangt. »Wenn wir erreichen wollen, daß das kleine Spektakel von gestern abend dir nicht schadet, müssen wir der Welt zeigen, daß wir kein bißchen aus der Fassung gebracht sind. Alle sollen sehen, daß wir uns amüsieren. Einfach unbekümmert darüber hinweggehen, und zum Teufel mit den Konsequenzen! Ich habe unzählige Skandale miterlebt, mein Kind, und es ist immer dasselbe: Wenn man Haltung bewahrt, so tut, als wisse man von nichts, und den Eindruck erweckt, daß man viel zu erhaben ist, um der Sache Bedeutung beizumessen, übersteht man das Ganze ohne große Schwierigkeiten. Und genau das werden wir tun, Kind. Du wirst dich überall sehen lassen und der Welt zeigen, daß du bei bester Laune bist. Wir werden mit einer Spazierfahrt durch den Park beginnen.«

»Ist es wirklich so arg, daß wir der Welt die Stirn bieten müssen?« fragte Carina betroffen. Die Kampfeslust ihrer Großmutter beunruhigte sie. Anscheinend war ihre Lage viel schlimmer, als sie angenommen hatte. Natürlich hatte sie erwartet, daß Lady Talboys über den Zwischenfall sehr aufgebracht sein würde, aber mit anderen Folgen hatte sie nicht gerechnet. »So viel Einfluß wird der Marquis von Peterborough doch nicht haben. Wenn jedermann weiß, daß er ein Spieler und ein Wüstling ist, dann kann er doch kein hohes Ansehen genießen.«

»Unsinn, mein Kind! Wo hast du denn diese verschrobenen Ideen her? Seit wann bringen Weibergeschichten oder das Spiel einen Mann in Verruf? Glaube mir, Peterborough ist in der Gesellschaft hoch angesehen. Eine alte Frau wie ich mag ihn für ein lästiges Bürschchen halten, aber selbst ich weiß, wie einflußreich er ist. Außerdem ist es für einen Mann nicht ehrenrührig – und Moralanschauungen spielen dabei keine Rolle –, ein Mädchen im Hof einer Gastwirtschaft zu küssen, und es war absolut guter Stil, dir den Handschuh zurückzugeben. Es war jedoch kein guter Stil, dem Marquis diesen Handschuh ins Gesicht zu werfen und so einen Skandal zu verursachen, wie du es getan hast. Es ist nun einmal so: die Gesellschaft verzeiht einem jungen Mann aus den besten Kreisen jede Art und Menge Liebschaften, wilde Streiche und Laster, aber sie wird es einer jungen Frau niemals verzeihen, wenn diese die Fassung verliert.«

Auf Carina wirkten diese offenen Worte niederschmetternd.

»Wenn das die Lebensart der vornehmen Welt ist, dann gefällt sie mir nicht«, sagte sie mit einem Anflug von Halsstarrigkeit. »Aber ich sehe ein, daß wir uns zur Wehr setzen müssen, und ich verspreche Ihnen, daß ich tun werde, was Sie für richtig halten, Großmama. Trotzdem bin ich nach wie vor der Meinung, daß es zu Hause ordentlicher zuging.«

»Ordentlicher vielleicht, aber nicht so vergnüglich«, lautete Lady Talboys' sarkastischer Kommentar. Es gefiel ihr, wenn jemand ihr gegenüber mutig seine Meinung vertrat. »So, und jetzt will ich dein Kleid genau inspizieren. Es ist sehr wichtig, daß du heute gut aussiehst. Du bist ein reizendes kleines Ding, auch wenn du keine Schönheit bist.«

Sie unterzog ihre Enkelin einer kritischen Musterung. Carina hatte eines ihrer neuen Kleider angezogen; es war aus kirschroter Seide und wurde ohne Reifrock getragen. Zuerst hatte sie gedacht, daß Lady Talboys auf einem Reifrock bestehen würde, aber sie hatte sich geirrt. »Für Ausgehkleider genügt es, wenn sie etwas ausgepolstert sind«, erklärte ihre Großmutter. »Aber wo ist der neue Hut mit der kirschroten Garnitur? Das wäre genau das richtige. Und natürlich Handschuhe und weiße Strümpfe. Wie oft habe ich dir gesagt, daß man jetzt weiße Strümpfe trägt! Also zieh diese uneleganten schwarzen Dinger sofort aus. Dann komm wieder her, damit ich deine Aufmachung nochmals begutachten kann.«

Auch nachdem Carina die Strümpfe gewechselt, den Hut mit den roten Bändern aufgesetzt und weiße Handschuhe übergestreift hatte, war Lady Talboys noch nicht ganz zufrieden. Sie befahl, statt der Schnallenschuhe weiße lederne Halbstiefel anzuziehen. »Vielleicht gehen wir ein bißchen auf dem Rasen spazieren«, murmelte sie nachdenklich, »da hat man mehr Gelegenheit, mit anderen Leuten Grüße auszutauschen.«

Die Fahrt durch den Park führte Carina abermals vor Augen, wie sehr sich das Leben der vornehmen Gesellschaft in vorgeschriebenen Bahnen bewegte. Sie hatte den Eindruck, daß alle, die Rang und Namen hatten, hier versammelt waren. Auf dem Fahrweg drängten sich die Gefährte, in der Mehrzahl offene Kutschen, viele mit einem Familienwappen am Schlag. Carina sah auch viele Reiter und bewunderte ihre prachtvollen Pferde. Die Herren zeigten ihre Reitkünste auf Rappen und Braunen, während die Damen Grauschimmel und Füchse bevorzugten. Sie ritten im

Damensattel und boten in ihren eleganten Reitkleidern ein so anmutiges Bild, daß Carina sich vornahm, in Zukunft lieber zu Pferd als in der Kutsche im Park zu erscheinen.

Da es ein schöner, wenn auch nicht sehr warmer Tag war, zogen viele Leute es vor, spazierenzugehen. Die Sonne schien, und nur ein paar Wolken am Himmel deuteten an, daß es später regnen würde. Der Frühlingswind wirbelte die Mähnen und Schweifhaare der Pferde auf, zerzauste Carinas Locken und ließ die Bänder auf ihrem Hut flattern. Sie war froh, daß die langen Handschuhe wenigstens ihre Arme ein bißchen warm hielten.

Der Kutscher ließ die Pferde im Schritt gehen, damit Lady Talboys in Ruhe ihren Bekannten zuwinken konnte. Carina erfreute sich an den Beeten mit den Frühlingsblumen, und plötzlich erspähte sie unter den Spaziergängern ein paar vertraute Gestalten. »Großmama, können wir anhalten? Da drüben sind Lizzie, ihre Mutter und Mr. Reddington. Wenn du gestattest, möchte ich mich bei Lady Helen dafür bedanken, daß sie sich gestern abend um mich gekümmert hat.«

Die Reddingtons hatten es vorgezogen, ihre Kutsche zu verlassen und die frische Luft zu Fuß zu genießen. Lizzie sah in ihrem blauen Kleid sehr hübsch aus. James war anscheinend zu Pferd gekommen, wie sein Anzug verriet; außerdem hielt er in der einen Hand eine Reitgerte und hatte seinen Hut unter einen Arm geklemmt. Lady Talboys gebot dem Kutscher anzuhalten, und die beiden Damen stiegen aus, um ihre Verwandten zu begrüßen.

Nachdem man die üblichen Höflichkeiten ausgetauscht hatte, gingen die beiden älteren Damen ein Stück voraus. Wahrscheinlich wird Großmutter Lady Helen die Lage erklären, dachte Carina, und hatte nichts dagegen, mit den Geschwistern ein Stück zurückzubleiben.

»Carina, es ist etwas Schreckliches geschehen«, platzte Lizzie heraus, sobald die beiden älteren Damen außer Hörweite waren. »James hat erfahren, daß man Wetten darüber abschließt, ob es dem Marquis gelingen wird, dein Herz zu erobern. So ist es doch, James, nicht wahr?«

»Meine Schwester ist immer so voreilig. Ich hatte gehofft, es Ihnen in einem ruhigeren Augenblick erzählen zu können, Miß Quincey«, sagte James mit umständlicher Höflichkeit. »Es wird Sie nicht weniger als mich schockieren, zu erfahren, daß Ihr Name zum Gegenstand des Klatsches geworden ist. Ich habe es meiner

Mutter berichtet, weil ich es für meine Pflicht hielt, sie darüber zu informieren, und sie wird zweifellos Lady Talboys warnen. Sie müssen jetzt Ihre ganze Vernunft aufbieten, um diese Sache durchzustehen. Vorsicht muß Ihr oberstes Gebot sein.«

»Was soll das alles heißen? Wie kann man denn eine solche Wette abschließen? Es ist sicher dumm von mir, aber ich kann es einfach nicht glauben. Sicherlich ist das nur Gerede, hinter dem nichts steckt.«

»Leider muß ich Ihnen sagen, Miß Quincey, daß man mir die Wahrheit berichtet hat. Als Ihr nächster männlicher Verwandter fühlte ich mich berufen, einen mir als zuverlässig bekannten Herrn um Auskunft zu bitten, und er bestätigte, daß Ihr Name in dem Wettbuch im White's Club genannt wird. Jeder, der dort verkehrt, kann ihn lesen. Ich brauche Ihnen wohl nicht zu erklären, was das bedeutet. Von jetzt an wird man pausenlos Mutmaßungen über Sie anstellen, und selbst Leute, die Sie nicht kennen, werden darüber spekulieren, ob Sie der neueste Flirt des Marquis sind. Ich hoffe um Ihretwillen, daß dieser Mann nicht plötzlich anfängt, sich in auffälliger Weise um Sie zu bemühen, aber ich fürchte, daß er es tun wird. Eine derartige Wette fordert zweifellos seinen Stolz heraus. Es würde nicht zu ihm passen, wenn er sich zurückhielte.«

»James hat recht, was die Vermutungen und das Geklatsche über dich betrifft«, sagte Lizzie voller Mitgefühl. »Das Ganze ist sehr schlimm für dich, Carina. Trotzdem muß ich sagen, daß die Sache auch eine komische Seite hat. Ich bin überzeugt davon, daß Charlotte Milgrave über diese Neuigkeit sehr erbost sein wird. Jedermann weiß, daß sie hinter dem Marquis her ist, und sie wird wild vor Eifersucht sein, daß dein und sein Name in einem Atemzug genannt werden, auch wenn es nur boshafter Klatsch ist.«

»Aber es gefällt mir nicht, daß sein und mein Name zusammen genannt werden«, protestierte Carina. »Ich glaube, ich habe noch nicht ganz begriffen, um was es eigentlich geht. Hat man darum gewettet, daß der Marquis von Peterborough meine Zuneigung gewinnt? Und auf so etwas hat er Geld gesetzt? Und Herren, die der guten Gesellschaft angehören, haben ihm bei dieser schäbigen Unternehmung geholfen?«

»Ich hatte gehofft, Ihnen die Einzelheiten ersparen zu können«, sagte James Reddington gewichtig. »Sie können Ihnen nur Verlegenheit bereiten. Aber ich sehe ein, daß ich es riskieren muß, Sie noch mehr zu schockieren. Das Geld wurde darauf gesetzt, daß der Marquis Ihre Zuneigung gewinnt, und wird entweder bei der Bekanntgabe seiner Hochzeit mit Ihnen oder wenn Sie an gebrochenem Herzen dahinsiechen an den Gewinner gezahlt.«

»Das ist doch das Abscheulichste, was ich je gehört habe!« rief Carina entsetzt. »Nehmen wir an, ich würde für den Marquis Zuneigung empfinden, was Gott sei Dank nicht der Fall ist, denn in meinen Augen ist er verabscheuenswert, was diese Wette ja auch beweist! Aber nehmen wir an, ich hätte ihn wirklich gern, dann würden diese Spieler ihr schmutziges Geld ja auf meine Gefühle setzen! Ich bin wahrhaftig zutiefst schockiert, Mr. Reddington. Kann es denn wirklich wahr sein?«

»Ich fürchte, ja«, erwiderte er. »Das Glücksspiel ist ein Krebsgeschwür, das die Gesellschaft zerfrißt und jegliche Moral und alles Feingefühl zerstört. Der Marquis ist nicht nur ein Spieler, er huldigt auch anderen Lastern, die damit verknüpft sind. Ich kann seine Neigungen nur beklagen.«

Carina lächelte ihm bewegt zu. Gewiß, James Reddington war wirklich etwas pompös und umständlich, aber sie empfand es tröstlich, daß er ihre Gefühle teilte. Er hatte Verständnis für ihren Abscheu und ihr Entsetzen über die herzlosen Tollheiten der vornehmen Welt. Lizzie war ein liebes Mädchen, aber sie dachte nicht ernsthaft über solche Dinge nach. Ihr Bruder hatte jedoch bewiesen, daß er ein Mann mit soliden Grundsätzen war, und wenn er vielleicht ein bißchen langweilig war, so fand sie das entschieden besser als die Zügellosigkeit und Rücksichtslosigkeit, die bei so vielen jungen Männern seiner Gesellschaftsklasse vorherrschten.

Von seiner Mutter war sie weniger begeistert. Carina hatte das Gefühl, daß Lady Helen ihr etwas kühler gegenüberstand als vorher; eine gewisse Zurückhaltung war nicht zu übersehen. Sie hatte den Eindruck, daß Lady Helen abwarten wollte, ob es ratsam sei, sie, Carina, zu akzeptieren. Die Klatschbasen scheinen schon emsig am Werk zu sein, dachte Carina, aber dann fiel ihr ein, daß es James Reddington gewesen war, der seine Mutter über die Wette im White's Club informiert hatte.

Lady Helen reichte Carina mit einem fast unmerklichen Zögern die Hand und sagte dann in ernstem Ton: »Ich habe soeben Ihre Großmama von den bedauerlichen Folgen des gestrigen Vorfalls unterrichtet, Miss Quincey. Ich muß Ihnen wohl kaum sagen, daß

Sie von jetzt an in jeder Hinsicht äußerste Diskretion üben müssen. Ein einziges vorschnelles Wort oder ein unüberlegter Scherz könnten Ihrem Ruf schaden. Man wird Sie genau beobachten und kritisieren. Das ist eine harte Lektion für Sie, aber Sie werden gewiß davon profitieren.«

Carinas erster Impuls war, sich energisch zu verteidigen. Schließlich war es nicht ihre Schuld, daß eine Clique von Spielern eine so skandalöse Wette abgeschlossen hatte. Aber Lady Talboys warf ihr einen warnenden Blick zu, und deshalb hielt sie ihre Zunge im Zaum, so schwer es ihr auch fiel. »Ich danke Ihnen, Lady Helen«, sagte sie fügsam. »Sie haben recht, es ist wirklich eine Lektion für mich, und ich werde mir Mühe geben, sie zu lernen. Ich sehe ein, daß ich noch zuwenig Lebenserfahrung habe, und ich möchte mich für Ihre Freundlichkeit mir gegenüber bedanken.«

Bei diesen Worten begann Lady Helen etwas aufzutauen. Ihre Stimme klang wesentlich gnädiger, als sie sagte: »Nun, Sie sind ein hübsches Mädchen, und Sie bringen ein ansehnliches Vermögen als Aussteuer mit. Ich sehe keinen Grund, warum es Ihnen nicht gelingen sollte, diesen kleinen Skandal in Vergessenheit geraten zu lassen. Sie werden mir verzeihen, meine Liebe, wenn ich sage, daß Sie sich selbst Schwierigkeiten bereiten, weil Sie zu empfindsam sind, zuviel Gefühl haben. Nehmen Sie sich ein Beispiel an Miss Milgrave. Sie ist eine überaus vernünftige junge Dame, die niemals eine unziemliche Erregung zeigen würde.«

»Mama, Sie wissen, daß Charlotte Milgrave arrogant und anmaßend ist und überhaupt keine Gefühle hat«, protestierte Lizzi. »Mir würde es gar nicht gefallen, wenn jemand, den ich mag, sie zum Vorbild nähme. Sie ist kein Mensch aus Fleisch und Blut, sondern eine Marmorstatue.«

»Elizabeth hat recht«, sagte Lady Talboys unverblümt. »Mir würde es auch nicht gefallen, wenn meine Enkelin sich benehmen würde, als ob sie eine ausgestopfte Rarität unter einem Glassturz wäre. Aber Sie haben natürlich ganz recht, Lady Helen, wenn Sie Carina ermahnen, ihre Gefühle unter Kontrolle zu halten. Es gibt für alles im Leben einen goldenen Mittelweg. Im Augenblick ist es jedoch unsere vordringlichste Aufgabe, den entstandenen Schaden wiedergutzumachen. Der gestrige Abend war schon schlimm genug, aber nach dieser Wette ist Carinas Namen leider in aller Munde, und die Klatschbasen werden ihr möglichstes tun, um die

Sache noch mehr aufzubauschen. Ich bin Ihnen sehr zu Dank verpflichtet, Lady Helen. Es ist für Carina eine große Hilfe, wenn Sie, Ihr Sohn und Ihre Tochter der Welt zeigen, daß meine Enkelin Freunde hat, die zu ihr stehen. So, Carina, und jetzt müssen wir uns noch ein bißchen sehen lassen. Heute vormittag wird sich erweisen, wer meine wahren Freunde sind. Ich hätte nie gedacht, daß ich meine Bekannten auf die Probe stellen muß, aber ich glaube, daß es eine wertvolle Erfahrung sein wird.«

Innerlich seufzend stieg Carina wieder in die Kutsche und dachte, wie angenehm es wäre, mit dieser ganzen Komödie aufzuhören und einfach nach Hause zu fahren. Es bedrückte sie, daß sie Lady Talboys so viele Unannehmlichkeiten bereitete. Es fiel ihr nicht auf, wie sehr die alte Dame die Situation genoß. Lady Talboys liebte einen guten Kampf.

Sie befahl dem Kutscher, die Pferde wieder im Schritt gehen zu lassen, und widmete sich der Aufgabe, allen Leuten, die sie kannte, grüßend zuzuwinken. Sie hatte einen enormen Bekanntenkreis, und Carina wurde zum ersten Mal bewußt, wie angesehen ihre Großmutter in der Gesellschaft war. Wenn eine Kutsche neben der ihren anhielt, machte Lady Talboys ihre Enkelin mit den Insassen bekannt, und bald schwirrte Carina der Kopf vor Namen. Während der ganzen Fahrt gab ihre Großmutter Kommentare: »Das ist Lady Betty Coke, eine nette Person, aber eine fürchterliche Klatschbase. Lady Archer – ich muß sie grüßen, aber ich werde dich ihr nicht vorstellen, Carina; denn in ihrem Kreis wird sogar für meinen Geschmack zu hoch gespielt, obwohl ich manchmal ihre Einladung annehme ... Da kommt Lady Sefton, eine meiner engsten Freundinnen, sehr gutmütig. Viel zu dick natürlich, aber eine liebenswerte Frau, solange man sie nicht strapaziert ... Lord Mountford, er verspielt sein ganzes Vermögen. Es wundert mich, ihn hier zu sehen, denn für gewöhnlich sitzt er in irgendeiner Spielhölle ...«

Der schlimmste Augenblick kam, als die Kutsche bei einer Gruppe von jungen Männern anlangte, zu der auch Sir William Goring Pelham gehörte. Offenbar hatte er seinen Freunden gerade eine komische Geschichte erzählt, denn alle lachten, und als die Kutsche vorbeifuhr, warfen sie so vielsagende Blicke auf Carina, daß sie annehmen mußte, sie sei der Gegenstand ihres Gelächters gewesen. Sir William hielt das mit Edelsteinen besetzte Lorgnon vor die Augen, und nachdem er die Insassen der Kutsche ausgiebig angestarrt hatte, beehrte er sie mit einer übertrieben tiefen Verbeugung. Carina empfand sein Verhalten wie eine bewußte Provokation, und sie warf einen verstohlenen Blick auf ihre Großmutter. Lady Talboys erwiderte Sir Williams Gruß, indem sie würdevoll den Kopf neigte und lächelte.

Aber auch ihr war Sir Williams dreistes Benehmen nicht entgangen. Sobald sie in sicherer Entfernung waren, sagte sie verärgert: »Dieser widerliche Wicht macht mich wütend. Er hat eine scharfe Zunge, und ich fürchte, daß er sein Gift auf deine Kosten verspritzt. Möglicherweise ist er einer von denen, die sich an der Wette beteiligt haben. Wenn dieser pompöse James Reddington die Ohren besser aufgesperrt hätte, wüßten wir vielleicht ihre Namen... Zu schade, daß du Sir William Anlaß gegeben hast, dich als eine Hinterwäldlerin einzustufen, die nichts als wohltätige Werke im Kopf hat.«

»Sir William hat keinen Grund, mich abzulehnen, Großmama, außer daß er mich langweilig findet. Ich war gestern abend sehr höflich zu ihm«, widersprach Carina.

»Kind, du bist zu naiv. Dieser Bursche braucht keinen Grund, um boshaft zu sein. Boshafter Klatsch ist sein Hauptvergnügen. Er ist zwar vermögend, aber seine natürlichen Gaben reichen nicht aus, um ihm in der Gesellschaft Geltung zu verschaffen – er besitzt weder die erforderlichen männlichen Tugenden noch Untugenden. Er ist weder ein wagemutiger Spieler noch ein Frauenheld. Seine einzigen Interessen sind modische Kleider – und da zeigt er einen merkwürdigen Geschmack – und Klatsch. Er empfindet keine Abneigung gegen dich, Carina. Warum sollte er? Du bist für ihn lediglich ein Gegenstand, den er benutzt, um die Gesellschaft zu amüsieren, indem er boshafte Dinge über dich verbreitet. Da er nicht geistvoll ist, muß er sein Gerede mit Boshaftigkeit würzen, damit man ihm gern zuhört.«

»Wie häßlich«, seufzte Carina. Eine tiefe Niedergeschlagenheit überfiel sie. Es kam ihr vor, als ob sich alles gegen sie verschworen hätte. Unerfahren wie sie war, hatte sie einem boshaften Lästermaul Zündstoff gegen sich selbst geliefert. Danach hatte sie einem zügellosen Gesellen gegenüber die Beherrschung verloren. Keiner dieser Vorfälle konnte als skandalös bezeichnet werden, nur spielten leider sowohl das Lästermaul als auch der Libertin in der Gesellschaft eine bedeutende Rolle. Es war wirklich sehr verwirrend!

Aus diesen Gedanken wurde sie von ihrer Großmutter herausgerissen, die sie wieder einmal einer Bekannten vorstellte. Die Dame war jünger als Lady Talboys und stand etwa in Lady Helens Alter. Carina nahm nur flüchtig Notiz von ihr. Sie sah eine Frau in mittleren Jahren vor sich, die recht sympathisch wirkte und schlicht gekleidet war. Das einzige, was an ihr auffiel, war ihr Gesicht, das immer noch die Spuren einstiger Schönheit aufwies. Sie hatte die Haltung und das Aussehen einer großen Dame.

»Ich möchte dich der verwitweten Marchioness von Peterborough vorstellen, Carina«, sagte Lady Talboys. Carina wurde mit einem Ruck hellwach. Das war also die Mutter des verhaßten Marquis! Zuerst konnte sie es nicht glauben, aber als sie die Dame genauer ansah, fiel ihr die große Ähnlichkeit der beiden auf. Dann wurde ihr bewußt, daß sie ihre Überraschung zu deutlich zeigte, und sie errötete.

»Steigen Sie zu mir ein, mein Kind«, sagte die Dame, die ebenfalls in einer offenen Kutsche saß. »Ich möchte mich gern mit Ihnen unterhalten. Würden Sie mir Miss Quincey für ein paar Minuten überlassen, Lady Talboys?« Ihre Stimme klang leise und sanft, und ihre Augen blickten Carina freundlich an.

»Sie haben ganz recht, meine Liebe«, sagte sie, nachdem Carina neben ihr Platz genommen hatte. »Mein Sohn sieht mir sehr ähnlich, aber ich bin nicht annähernd so elegant wie er. Das haben Sie doch gedacht, nicht wahr? Oder zumindest ungefähr?«

Carina errötete abermals. »Sie sind eine gute Beobachterin.«

»Ach nein, ich bin nur daran gewöhnt, daß alle jungen Damen, die zuerst meinen Sohn kennenlernen, überrascht sind«, sagte die Marchioness freundlich. »So, mein Kind, und jetzt erzählen Sie mir, womit mein Sohn Ihnen soviel Kummer bereitet hat. Fast alle Klatschbasen der Stadt sind bei mir gewesen und haben mir die seltsamsten Gerüchte hinterbracht, und ich glaube keiner. Auberon ist temperamentvoll, manchmal wild und rücksichtslos, aber er ist nicht brutal. Vielleicht haben Sie jedoch Grund, ihn anders zu beurteilen?«

Carina mußte zu ihrer Überraschung feststellen, daß sie mit der Mutter des Marquis ohne Scheu sprechen konnte. Sie verschwieg nichts, obwohl es ihr sichtlich peinlich war, über den Kuß zu berichten, der sie so schockiert hatte. »Aber wahrscheinlich war das in seinen Augen nur eine Bagatelle«, sagte sie abschließend. »Ich weiß, daß vornehme Herren eigenartige Launen haben und jedem weiblichen Wesen nachstellen. Aber für mich war es etwas anderes. Ich bin kein vornehmer Herr, ich bin nicht einmal mit den Gewohnheiten der Gesellschaft vertraut. Ich verabscheue diesen Lebensstil und das Elend, zu dem er führen muß.«

Die Marchioness schwieg nachdenklich. Carina entdeckte erst jetzt, daß zu ihren Füßen, halb verdeckt von den Falten ihres Kleides, ein kleiner zotteliger Hund saß. »Ist das nicht ein häßlicher Kerl?« sagte die Marchioness. »Ich habe ihn vor ein paar Kindern gerettet, die ihn quälten, und dann habe ich es nicht übers Herz gebracht, ihn wegzugeben. Außerdem ist er so treu und anhänglich.«

Der kleine Terrier war wirklich häßlich und gewiß nicht die geeignete Begleitung für eine vornehme Dame. »Nehmen Sie ihn überall mit?« fragte Carina etwas ungläubig.

»Nein, soviel Mut habe ich nicht, Miss Quincey. Ich fürchte, sein Aussehen gereicht mir wenig zur Ehre. Aber wir haben wichtigere Dinge zu besprechen als das. Lassen wir also Toby beiseite. Ich möchte mit Ihnen über meinen Sohn sprechen. Im allgemeinen pflege ich mich nicht für Auberons Verhalten zu entschuldigen, aber diesmal muß ich wohl eine Ausnahme machen. Er hat Sie schäbig behandelt, und ich bin sehr erstaunt über sein Benehmen. Für gewöhnlich ist er Damen gegenüber nicht so rüde. Im Gegenteil, er umgarnt sie mit seinem Charme und mit Komplimenten, und ich habe mich oft gefragt, ob er damit nicht zeigt, wie wenig ihm das Ganze bedeutet. Aber in Ihrem Fall hat sein Charme ihn offenbar im Stich gelassen, und ich weiß nicht, was ich davon halten soll.«

»Vielleicht ist Ihr Sohn der Ansicht, ich sei ja nur eine unbedeutende Landpomeranze«, sagte Carina erbittert.

»Das glaube ich nicht«, erwiderte die Marchioness sachlich. »Natürlich hat er ein wahrhaft teuflisches Temperament. Es war nicht klug von Ihnen, ihm den Handschuh ins Gesicht zu werfen. Ich habe nie einen Mann getroffen, der weniger fähig wäre, eine Beleidigung hinzunehmen – es sei denn sein Vater, bevor ich seine Frau wurde. Alle St. Johns waren in ihren jungen Jahren nicht zu bändigen. Der vierte Marquis, mein verstorbener Gatte, war ein wilder Draufgänger. Meine Mutter war gegen unsere Ehe, aber ich wollte nicht auf sie hören. Und doch sind wir sehr glücklich geworden. Ich bin überzeugt, daß er nach unserer Hochzeit keine andere Frau mehr angesehen hat, obwohl er Dutzende von

Mätressen gehabt hat, bevor wir uns kennenlernten. Ich kann nur hoffen, daß mein Sohn sich genauso entwickelt.«

»Dann kann ich es kaum erwarten, daß Ihr Sohn heiratet«, sagte Carina mit beißendem Spott, »denn inzwischen tut er alles, um meinen Ruf zu ruinieren und uns beide in einen Skandal zu verwickeln.«

»Ich kann verstehen, daß Sie verbittert sind«, sagte die Marchioness bedauernd. »Ich werde mit ihm sprechen, und vielleicht kann ich Ihnen auch in anderer Hinsicht behilflich sein. Die Zungen der Spieler kann ich allerdings nicht zum Schweigen bringen. Sir William Goring Pelham zum Beispiel wird bestimmt nicht den Mund halten. Er hat Sie bereits mit einem unschönen Spitznamen bedacht, den ich nie erwähnen würde, wenn ich es nicht für ratsam hielte, daß Sie Bescheid wissen. Er nennt Sie ›die schöne Furie‹, und ich fürchte, daß dieser Name an Ihnen hängenbleibt.«

Carina war selbst über den unbändigen Zorn erschrocken, der in ihr aufstieg. Anscheinend sollten ihre Schwierigkeiten nie ein Ende finden. Wie ein Stein, der beim Auftreffen auf eine Wasseroberfläche fortlaufend kreisförmige Wellen ans Ufer schickt, produzierte der kurze Moment ihrer törichten Unbeherrschtheit eine endlose Reihe von unangenehmen Folgen. Zuerst diese schockierende Wette! Und jetzt dieser beschämende Spitzname! »Ich glaube nicht, daß alle jungen Männer Sir Williams Beispiel folgen werden«, sagte sie, »und wenn sie es doch tun, dann sind sie in meinen Augen nicht viel wert, und vielleicht macht es mir dann nichts aus.« Aber sie wußte sehr genau, daß es ihr etwas ausmachen würde.

Die Marchioness versuchte sie zu trösten. »Es wird sicherlich nicht so schlimm werden, wie es im Moment aussieht«, sagte sie. »Ich hoffe sehr, daß unsere Fahrt durch den Park Ihnen genützt hat. Das ist den Klatschmäulern natürlich nicht entgangen, und es beweist zumindest, daß ich Ihnen Ihren Temperamentsausbruch gegen meinen Sohn nicht übelnehme. Das ist wenig genug, aber leider kann ich nicht mehr für Sie tun. Wenn ich zeige, daß mir Ihre Gesellschaft angenehm ist, werden wenigstens ein paar von den älteren Damen meinem Beispiel folgen. Und natürlich werde ich mit Auberon sprechen, aber ich weiß nicht, ob er auf mich hören wird. Wenn ihn der Zorn übermannt, handelt er so unüberlegt, daß ich manchmal Angst um ihn habe. Wenn er nur ein Mädchen fände, das er aufrichtig lieben könnte...«

Carina war insgeheim der Meinung, daß der Marquis zu viele Frauen gefunden hatte, die er lieben konnte, aber es wäre grausam, das seiner Mutter zu sagen, die sich so bemühte, freundlich zu ihr zu sein. Sie hatte allen Grund, ihr dankbar zu sein.

»Ich bin Ihnen sehr zu Dank verpflichtet«, sagte Carina schüchtern. »Ich glaube, nur wenige Menschen hätten sich die Mühe gemacht, so freundlich zu mir zu sein.«

»Aber, mein liebes Kind, das habe ich gern getan. Ich gestehe, daß ich mich noch nie in dieser Form für meinen Sohn entschuldigt habe. Wie ich bereits sagte, ist er im Umgang mit Frauen sonst ganz anders. Ich möchte nicht, daß jemandem durch seine Gedankenlosigkeit Schaden zugefügt wird. Außerdem habe ich Verständnis für Sie, weil ich als junges Mädchen auch ein Hitzkopf war. Auberon hat sein Temperament nicht nur von seinem Vater geerbt.«

Sie kehrten zu Lady Talboys zurück, und die alte Dame schloß sich Carinas Dankesworten an.

»Sie waren immer sehr gütig, Anne«, sagte sie schroff, um ihre Rührung zu verbergen. »Bitte glauben Sie mir, daß ich Ihrem Sohn keinen Vorwurf mache. Ich weiß, was es heißt, jung und ungebärdig zu sein. Er wird sich austoben und dann vernünftig werden, genauso wie sein Vater – oder wie sein Großvater. Ich erinnere mich sehr gut an den Skandal, als der dritte Marquis mit einer Ehrendame der Königin durchbrannte. Wir anderen jungen Mädchen waren gelb vor Neid. Das war ein Aufruhr! Trotzdem sind die beiden miteinander glücklich geworden, und er hat nie wieder eine andere Frau auch nur angesehen. Ach ja, wie lange ist das her! Aber Sie werden verstehen, daß ich an meine Enkelin denken muß. Ich kann es nicht zulassen, daß Ihr ungestümer Sohn ihre Chancen für eine gute Heirat ruiniert.«

Später sagte Lady Talboys zu Carina: »Ich kenne nicht viele Frauen, die das für dich getan hätten, was die Marchioness heute für dich getan hat. Sie hat dich wohl ins Herz geschlossen, obwohl ich mir nicht vorstellen kann, warum. Wollen wir hoffen, daß es hilft, die Gerüchte zum Verstummen zu bringen.«

Gerade als sie die Heimfahrt antreten wollten, hielt ein gutaussehender junger Mann, der einen prächtigen Braunen ritt, neben der Kutsche an. Er stieg vom Pferd und sagte zaghaft: »Lady Talboys, würden Sie die Güte haben, mich Ihrer Enkelin vorzustellen. Ich möchte gern unsere neueste Schönheit kennenlernen.«

Carina erkannte in ihm den jungen Mann in Offiziersuniform, der mit Lizzie getanzt hatte. Das war also Robert Torrington. Sie warf einen Blick auf ihre Großmutter und sah, daß Lady Talboys über das Interesse des jungen Mannes nicht sonderlich erfreut war, auch wenn sie seiner Bitte nachkam.

Robert Torrington war von der mißbilligenden Miene der alten Dame etwas eingeschüchtert, aber er wich nicht von der Stelle. Das Pferd am Zügel führend, ging er neben der Kutsche her und begann eine höfliche Unterhaltung. Er fragte, ob Carina sich auf dem Ball gut amüsiert habe und bedauerte, daß er nicht das Vergnügen gehabt hatte, mit ihr zu tanzen – »eine Unterlassungssünde, die ich hoffentlich bei einer späteren Gelegenheit wiedergutmachen kann«, schloß er galant.

Seine Worte waren Balsam für Carinas wunde Seele. Sie vermutete zwar, daß Lizzie ihn veranlaßt hatte, sich ihr vorzustellen, aber das war ihr gleichgültig. Nach all den Peinlichkeiten, dem Spott und den Witzen, die auf ihre Kosten gemacht worden waren, empfand sie die Aufmerksamkeiten eines gutaussehenden jungen Mannes als eine erfreuliche Abwechslung. Sie lächelte ihm zu und sagte, daß auch sie hoffe, bald einmal mit ihm zu tanzen.

»Hoffentlich wirst du diesen jungen Mann nicht ermutigen«, sagte Lady Talboys ohne Umschweife, als Robert Torrington sich verabschiedet hatte. »Er ist lediglich ein jüngerer Sohn. Die Torringtons haben einen guten Namen und sollen einen recht hübschen Besitz haben. Aber dieser geht auf den älteren Bruder über. Außer dem, was ihm die Armee zahlt, hat Robert Torrington nicht einen Penny.«

»Ich fand ihn sehr charmant«, sagte Carina spitzbübisch. »Außerdem muß ich ja nicht jeden jungen Mann heiraten, der ein paar höfliche Worte an mich richtet.«

»Nein, und nicht jeder junge Mann wird dir einen Heiratsantrag machen«, gab Lady Talboys scharf zurück. »Jüngere Söhne pflegen immer Charme zu entwickeln, wenn sie auf der Suche nach einer guten Partie sind. Ich brauche wohl kaum zu betonen, Carina, daß du mit deinem hübschen Gesicht und deinem Vermögen etwas Besseres erwarten kannst, als einen Mann wie Robert Torrington. Es kann dein Ansehen nicht heben, wenn du ihn ermutigst.«

»Sie reden wie Sir William Goring Pelham«, murrte Carina. Am liebsten hätte sie ihrer Großmutter erklärt, daß sie an Robert

Torrington nicht interessiert war. Aber sie hatte Lizzie versprochen, ihr zu helfen, und vielleicht wäre ein Flirt mit dem jungen Mann genau das richtige. Unter dem Deckmantel ihres eigenen Interesses würde Lizzies Beziehung zu Robert Torrington nicht auffallen. »Jedenfalls«, fuhr sie fort, »habe ich an Mr. Torrington nichts auszusetzen. Er ist wenigstens höflich zu mir, und in meiner Lage ist jede Höflichkeit willkommen.«

In diesem Augenblick wurde Carinas Aufmerksamkeit von etwas ganz anderem gefesselt. Die Kutsche rollte jetzt in schnellerem Tempo in Richtung Mayfair, wo Lady Talboys wohnte. Auf der Straße herrschte reger Verkehr. Man sah nicht nur elegante Kutschen und Reiter, sondern auch die Karren, Wagen und Packpferde von Händlern und Krämern. Auf den gepflasterten Streifen, die an den Häusern entlangliefen, drängten sich Fußgänger – Diener, die Einkäufe machten, Dienstmägde, Ratsherren, hier und da ein Geistlicher und Dutzende von Männern und Frauen, die von Schubkarren oder aus Körben irgendwelche Waren verkauften.

Aber nicht diese Leute waren es, die Carinas Aufmerksamkeit erregten, sondern ein armseliger kleiner Junge, den sie im Straßengraben erspähte. Zerlumpt und schmutzig, lag er bäuchlings in einer schleimigen Pfütze, und nur seine zuckenden Schultern zeigten an, daß er noch lebte.

»Bitte halten Sie sofort an«, rief Carina dem Kutscher zu, »ich muß aussteigen!« Der Kutscher gehorchte in der Annahme, daß sich hinter ihnen ein schwerer Unfall ereignet habe, und zog die Zügel scharf an.

»Carina, was fällt dir ein? Bleib gefälligst sitzen!« rief Lady Talboys konsterniert, als Carina, den Rock mit beiden Händen hochgerafft, aus der Kutsche sprang, noch ehe diese ganz zum Stehen gekommen war.

Sie ignorierte die Rufe ihrer Großmutter und rannte ein Stück zurück, den Hut in der Hand haltend. »Der Kuckuck hole die Närrin!« sagte Lady Talboys, unbekümmert um die Wahl ihrer Worte. »Drehen Sie um! Was ist ihr bloß jetzt wieder eingefallen?!«

Inzwischen war Carina bei dem kleinen Jungen angelangt, der sich in dem Schlamm und Dreck des Straßengrabens mühsam aufsetzte. Er weinte, und seine Tränen hinterließen helle Streifen in seinem schmutzigen Gesicht, das vor Hunger ganz spitz war. Er bot einen mitleiderregenden Anblick.

Ohne Rücksicht auf ihr schönes Kleid half Carina ihm auf die Füße und stand ziemlich hilflos neben ihm, während er erfolglos versuchte, den Schlamm von seiner zerlumpten Kleidung abzustreifen. Sie legte sanft eine Hand auf seine Schulter und fragte ihn leise: »Bist du schlimm verletzt?«

Das Kind zuckte instinktiv vor ihrer Berührung zurück, als ob sie ihm einen Schlag versetzt hätte. Wahrscheinlich war es mehr an Tritte und Prügel gewöhnt als an Freundlichkeiten. Sie wiederholte ihre Frage: »Bist du schlimm verletzt?«

Der Junge blickte mißtrauisch zu ihr auf. Inzwischen hatte sich eine kleine Gruppe von Neugierigen versammelt. Ein paar Männer machten ordinäre Bemerkungen oder gaben sinnlose Ratschläge. Der Junge begann ängstlich zu werden. »Ich bin nich' verletzt, Miss«, sagte er undeutlich. »'s war einer von die großen Wagen, wo mich umgefahren hat.«

»Aber bestimmt möchtest du etwas essen. Du siehst ja ganz verhungert aus. Ich nehme dich mit, und dann werde ich sehen, was ich für dich tun kann«, sagte Carina, die über der Notlage des Jungen alles andere vergaß.

Als er das Wort ›essen‹ hörte, blickte der Junge erfreut auf, aber als er hörte, daß sie ihn mitnehmen wollte, verdüsterte sich seine Miene. »Danke, Miss. Ich brauch' keine Hilfe nich'. Das gibt bloß Ärger.«

Er hatte die Lage ganz richtig eingeschätzt, denn in diesem Augenblick schob sich ein beleibter Krämer durch die Menge. Er hielt einen Prügel in der Hand und sah alles andere als freundlich aus. »Werden Sie von diesem Ungeziefer belästigt, Miss?« fragte er und zeigte mit dem Stock auf den Jungen. »Dieser diebische Bursche gehört eingesperrt.«

»Ich muß jetzt weg, Miss«, sagte der Junge verzweifelt und blickte mit vor Angst geweiteten Augen umher.

»Ich möchte dir helfen«, sagte Carina hastig, ohne die Weisheit seines Entschlusses anzuzweifeln. »Weißt du, wo die Curzon Street ist? Ich wohne in Nummer zwölf. Frage dort nach mir, ich bin Miss Quincey.«

Der Junge nickte. Sein Blick huschte ängstlich von einer Seite zur anderen. »Soll ich ihn wegjagen, Miss?« dröhnte die Stimme des dicken Krämers. »Sie brauchen nur ein Wort zu sagen, und der kriegt was von mir, woran er noch lange denken wird. Diebischer kleiner Halunke!«

»Halten Sie endlich den Mund, Sie gräßlicher Mensch!« fauchte Carina ihn an. Mit Genugtuung stellte sie fest, daß ihr Wutausbruch ihn sprachlos gemacht hatte. »Hör zu, Junge«, sagte sie schnell, »ich möchte deine Freundin sein. Wenn du Hilfe brauchst, findest du mich im Hause von Lady Talboys in der Curzon Street. Hast du mich verstanden?«

»Curzon Street bei Lady Talboys«, wiederholte der Junge. Dann schlüpfte er wie ein Aal durch die Menge und gab Fersengeld. Die Zuschauer sahen ihm verdutzt nach, bis er in einer Seitengasse verschwand.

»Da haben Sie etwas Schönes angerichtet! Ich wollte dem armen Kind helfen, und Sie haben es verscheucht«, sagte Carina zornig zu dem Krämer. »Ich hoffe, Sie sind mit sich selbst zufrieden. Der Junge brauchte Hilfe, und alles, was Sie zu bieten hatten, war eine Tracht Prügel. Sie widern mich an.«

Nach einem letzten vernichtenden Blick auf den Mann ging sie verärgert zur Kutsche zurück. Ein paar Leute folgten ihr, weil man ja nicht wissen konnte, ob sie ihnen nicht noch einmal etwas zum Lachen liefern würde. Dem Kutscher stand vor Staunen der Mund offen, und Lady Talboys machte ein grimmiges Gesicht. Aber weder sie noch Carina sagten ein Wort, als die Kutsche sich wieder in Bewegung setzte.

5

Zu Hause angekommen, brach Lady Talboys ihr Schweigen, und es entwickelte sich eine heftige Meinungsverschiedenheit, die nur die erste von vielen sein sollte. Vergeblich versuchte Lady Talboys ihrer Enkelin klarzumachen, wie töricht es gewesen sei, aus der Kutsche zu springen und das Leben und die gesunden Knochen für einen Straßenjungen in der Gosse aufs Spiel zu setzen. Carina gab zu, daß sie sich von ihrer Impulsivität hatte hinreißen lassen, aber das war alles. Sie wollte nicht versprechen, sich in Zukunft besser zu benehmen, und sie machte ein bockiges Gesicht, als ihre Großmutter die Meinung äußerte, man solle sich besser nicht um Straßenjungen kümmern. »Papa hätte gewünscht, daß ich mein möglichstes tue«, war alles, was sie zu ihrer Handlungsweise sagte.

In den folgenden Tagen wurde der verstorbene Sir Basil für Lady Talboys immer mehr zu einem Ärgernis. Sie kam zu dem Schluß, daß er einen äußerst schlechten Einfluß auf seine Tochter gehabt hatte. Ihrer Ansicht nach war Sir Basil zeit seines Lebens ein fader Mensch gewesen, der noch nach seinem Tod einen ebenso faden Einfluß auf Carina ausübte. Der Vorfall mit dem Straßenjungen blieb nämlich nicht die einzige Gelegenheit, bei der Sir Basils Einfluß über das Grab hinaus zu wirken schien.

Zu ihrem Entsetzen mußte Lady Talboys erfahren, daß Carina den Butler Hitchens, der dem Haushalt in der Curzon Street vorstand, über die Löhne der Küchenmägde befragt hatte. »Die junge Miss meint es sicher gut«, sagte das alte Faktotum mit unbewegter Miene, »aber ich hielt es für meine Pflicht, Sie davon zu unterrichten, Mylady. Solche Fragen entspringen einer mitfühlenden Natur und dem Wunsch, Gutes zu tun, aber ich brauche Ihnen wohl kaum zu sagen, daß andere Mitglieder des Gesindes sie mißverstehen und in ihnen einen Anlaß für Nörgeleien und Unzufriedenheit sehen könnten.«

Als Lady Talboys ihrer Enkelin Vorhaltungen machte, entschuldigte sich Carina, falls sie eine Unhöflichkeit begangen habe, und fuhr fort: »Vielleicht war es falsch, Sie nicht vorher zu fragen, Großmama, aber ich wollte Sie nicht belästigen.« Lady Talboys' Argument, daß solche Fragen das Personal nur verwirren würden, das sowieso schon launisch genug sei, machte auf Carina keinen Eindruck. »Es ist doch sicherlich Ihre und meine Pflicht, ein Auge auf das Wohlergeben des Gesindes zu haben, nicht wahr?« fragte Carina mit entwaffnender Unschuld. »Ich bin überzeugt, daß Sie sich immer dafür interessiert haben, Großmama. Sie haben es ja auch selbst gesagt.«

»Dummes Zeug«, lautete die Antwort der alten Dame, und das war alles, was sie sagen konnte. Allerdings machte sie sich wegen der Wirkung von Carinas Einmischung keine Sorgen; denn sie verließ sich voll und ganz auf Hitchens' Fähigkeit, mit dieser Sache fertig zu werden. Hitchens stand seit fast fünfzig Jahren im Dienst der Familie Talboys und war der unbestrittene Diktator des Haushalts; seinen Anordnungen fügte sich sogar Lady Talboys. Meist merkte sie es gar nicht; denn Hitchens ging so taktvoll vor, daß sie stets in dem Glauben blieb, sie sei es, die die Anweisungen erteile.

Es gab noch andere unangenehme Vorkommnisse. Nur mit

Schaudern konnte sich Lady Talboys später an den Tag erinnern, als Carina darauf bestanden hatte, ein verschmutztes Kätzchen ins Haus zu bringen, das sie in der Gosse aufgelesen hatte. Pinkerton, die sie bei dem Einkaufsbummel begleitet hatte, war steif vor Entrüstung zurückgekehrt, und Lady Talboys mußte ihren Gefühlsausbruch über sich ergehen lassen. Er begann mit dem Angebot zu kündigen (»Kommt nicht in Frage, Pinkerton«, hatte die alte Dame gesagt), gefolgt von der Klage, wie töricht es sei, eine junge Dame auf dem Land aufwachsen zu lassen. Lady Talboys war zwar ebenfalls dieser Meinung, doch hielt sie es für unangebracht, Pinkerton den Geist zu erklären, in dem Sir Basil seine Tochter aufgezogen hatte. Das gelang ihr allerdings nur unvollkommen. »Wenn die junge Miss nicht eine Lady wäre, was man sofort sieht, würde ich sagen, daß sie eine ausgesprochene Exzentrikerin ist«, sagte Pinkerton naserümpfend.

Aus Furcht vor einem erneuten Gefühlsausbruch wagte Lady Talboys nicht zu fragen, was mit der Katze geschehen sei. Und wiederum schuldete sie dem vortrefflichen Hitchens für die Erledigung der Angelegenheit Dank. Er ließ sie diskret wissen, daß er für die Katze ein Plätzchen gefunden habe.

»Ich habe sie dem zweiten Kutscher gegeben, der Miss Quincey versprochen hat, sie gut zu behandeln. Ich wußte, daß der Koch sie niemals bei sich geduldet hätte, Mylady, und das sagte ich der jungen Miss auch, als sie vorschlug, das Tier solle in der Küche bleiben. Außerdem habe ich der jungen Miss erklärt, daß es sich in den Ställen wohler fühlen würde.«

»Ich weiß nicht, was ich ohne Ihre Hilfe machen sollte«, sagte Lady Talboys seufzend zu ihrem Butler – und zwar nicht zum ersten Mal.

Viel unangenehmer als diese kleinen Zwischenfälle war eine Entwicklung, mit der sie nicht gerechnet hatte. Sie war darauf gefaßt gewesen, daß man in der Gesellschaft über Carina und den Marquis von Peterborough klatschen würde – eine unvermeidliche Folge der Szene im Ballsaal und der im Club abgeschlossenen Wette –, aber jetzt war sie entsetzt: Irgend jemand hatte die Geschichte von Carinas Zusammentreffen mit dem Marquis im ›King's Head‹ verbreitet.

Lady Talboys erfuhr es von Lady Helen. »Sie können sich vorstellen«, sagte Lady Helen, »daß ich zuerst schockiert war, aber bei näherem Nachdenken habe ich den Eindruck gewonnen, daß Miss Quincey keine Schuld trifft, daß sie aber sehr unklug gehandelt hat. Ihre beklagenswerte Erziehung ist die Ursache für ihr oft unkonventionelles Benehmen, wie ich ihr bei Gelegenheit bereits gesagt habe. Jede Dame aus gutem Haus, insbesondere wenn sie ein Jahreseinkommen von zehntausend Pfund hat und darüber hinaus fünfzigtausend Pfund in Staatspapieren besitzt, kann sich in der Öffentlichkeit gar nicht vorsichtig genug bewegen.«

Lady Talboys, die sonst kein Blatt vor den Mund nahm, verkniff sich die Frage, was ein Jahreseinkommen von zehntausend Pfund mit dem Benehmen einer vornehmen Dame in der Öffentlichkeit zu tun habe. Sie brauchte Lady Helens Unterstützung und war sich bewußt, daß ihre übliche Offenheit in diesem Fall eher hinderlich sein würde. So begnügte sie sich mit der Antwort: »Ich weiß darüber Bescheid, Lady Helen. Das ist nichts als ein Sturm im Wasserglas. Das Kind hat mir sofort nach seiner Ankunft in meinem Haus alles erzählt.« Das war eine Lüge, aber Lady Talboys hoffte, daß das niemand entdecken würde.

Dann fügte sie hinzu: »Sie wissen ja, daß diese jungen Burschen vor nichts haltmachen, wenn sie zuviel getrunken haben, und Sie haben sicher gehört, daß der Marquis total betrunken war. Ich konnte Carina also versichern, daß sie keine Schuld trifft.« Mit dieser zweiten Lüge hoffte sie, sich Lady Helens Unterstützung endgültig gesichert zu haben.

Auch anderen gegenüber blieb sie unerschütterlich auf dieser Linie und tat ihr Bestes, um die Wogen des Skandals zu glätten. Aber zu Hause vertraute sie Carina und der allgegenwärtigen Pinkerton ihre Sorgen an. »Ich kann mir nicht vorstellen, wie diese Geschichte an die Ohren der Klatschbasen gedrungen ist. Sicherlich nicht durch Peterborough oder Ponsonby. Gleichgültig, was für törichte Streiche die beiden schon angestellt haben, sie sind schließlich und endlich Gentlemen. Peterborough würde sich niemals mit einem solchen Erlebnis brüsten – jedenfalls hat er so etwas bisher nicht getan. Das läßt nur den Schluß zu, daß du indiskret gewesen bist, Carina. Und wir waren so gut vorangekommen, bis diese Sache ans Tageslicht kam!«

»Ich habe es der Marchioness erzählt«, sagte Carina nachdenklich. »aber sie würde bestimmt mit niemandem darüber sprechen. Nein, Großmama, die Schuldige ist jemand anders. Haben Sie die Gouvernante vergessen, mit der ich nach London gekommen bin?

Sie versprach mir zu schweigen, aber vielleicht hat sie ihr Wort nicht gehalten. Es würde mich nicht überraschen, wenn sie die ganze Geschichte einem ihrer Zöglinge erzählt hätte – sozusagen als abschreckendes Beispiel und Warnung. Sie müssen wissen, Großmama, daß Miss Humphries mich nicht leiden konnte. Und sobald erst eine andere Person Bescheid wußte, konnte es nicht ausbleiben, daß es sich herumsprach.«

»Typisch für ein so gewöhnliches Geschöpf wie eine Gouvernante, Klatsch zu verbreiten«, fauchte Lady Talboys wütend. »Schäbige Vornehmtuerinnen! Für die Sorte habe ich noch nie etwas übrig gehabt.«

»Ja, und da ist noch ein anderer Punkt«, fuhr Carina fort. »Miß Humphries war auf dem Weg zu ihrer neuen Stellung bei den Milgraves. Nicht als Gouvernante für Charlotte, denn die hat ja schon debütiert, aber für die jüngeren Töchter. Als ich mit ihr zusammen war, hat sie die ganze Zeit über die Familien geredet, die sie kennt. Genausogut kann sie von unserer Reise erzählt und dabei meinen Namen erwähnt haben.«

»Die Milgraves, natürlich! Warum habe ich nicht schon eher daran gedacht! Ich gehe jede Wette ein, daß diese Gouvernante alles Charlotte oder deren Mutter erzählt hat, wahrscheinlich um sich lieb Kind zu machen. Mrs. Milgrave ist deinetwegen außer sich vor Wut, auch wenn sie uns zu ihrer Abendgesellschaft eingeladen hat. Sie hat Angst, daß du ihrer Tochter die Chancen verdirbst, und sie würde bedenkenlos jede Geschichte herumtratschen, die dich in Verruf bringt. Ich wette meine Diamanten, daß das Ganze von ihr ausgeht.«

»Warum sollte Mrs. Milgrave den Wunsch haben, mir zu schaden?« fragte Carina verdutzt. Sie hatte inzwischen Charlotte und deren Mutter kennengelernt, und beide hatten sie höflich behandelt, wenn sie über die neue Bekanntschaft auch nicht begeistert gewesen waren.

»Weil Charlotte schon die ganze Saison hinter dem Marquis von Peterborough her ist. Jedermann weiß, daß Charlotte Milgrave ehrgeizig ist. Sie ist sehr schön und bekommt ein Vermögen als Aussteuer mit, und wenn sie nur etwas lebhafter wäre, hätte sie den Marquis schon vor Wochen eingefangen. Jedenfalls sah es sehr vielversprechend aus. Ich will nicht behaupten, daß du mit ihr rivalisieren kannst, Carina, das ist ausgeschlossen. Zum einen bist du nicht hübsch genug, zum andern weißt du auch nicht, wie man sich zu benehmen hat. Charlotte Milgrave macht nie etwas falsch, du hingegen immer, trotz aller Mühe, die ich mir mit dir gebe. Es ist jedoch nicht von der Hand zu weisen, daß der Marquis jetzt anfängt, sich für dich zu interessieren. Es mag vielleicht kein willkommenes Interesse und nur die Folge jener unsinnigen Wette sein, aber ich möchte schwören, daß Mrs. Milgrave sich Sorgen macht. Sie hofft, den Marquis durch irgendwelche Skandalgeschichten über dich von dir fernzuhalten und ihn für die eigene Tochter zu ködern.«

»Es fällt mir schwer, das zu glauben«, erwiderte Carina. »Ich hätte gedacht, daß kein Skandal schlimm genug sein kann, um den Marquis zu verscheuchen. Schließlich ist sein bisheriges Leben eine einzige Kette von Skandalen gewesen. Jedenfalls habe ich diesen Eindruck gewonnen.«

»Das ist deine Meinung, mein Kind, aber laß dir von mir sagen, daß zwischen einem Skandal, der sich um einen Herrn dreht, und einem Skandal, der sich um eine Dame dreht, ein gewaltiger Unterschied besteht. Und wenn der Marquis noch so viele Liebschaften hat – heiraten wird er nur eine Dame mit tadellosem Ruf. Es ist unfair, aber es ist nun einmal so.«

»Ist Charlotte Milgrave mit ihm verlobt? Sie hat bestimmt einen makellosen Ruf«, sagte Carina mit sinkendem Herzen. Irgendwie brachte sie die Vorstellung, daß die beiden heiraten könnten, aus dem Gleichgewicht. »Andererseits kann ich nicht glauben, daß sie gut zueinander passen. Miss Milgrave ist ein Muster an gutem Benehmen, und das kann man von dem Marquis wirklich nicht sagen.«

»Genau aus diesem Grund wird er sich vielleicht für Miss Milgrave entscheiden«, erwiderte Lady Talboys. »Die Verlobung hat zwar noch nicht stattgefunden, aber Mrs. Milgrave darf sich in der Hoffnung wiegen, daß ihr Herzenswunsch sich erfüllt.«

Lady Talboys vermerkte mit Befriedigung, daß Carina ihr nicht widersprach. Anscheinend fing sie endlich an, Sitten und Gebräuche der vornehmen Welt zu akzeptieren. Höchste Zeit, dachte Lady Talboys; obwohl das Mädchen immer noch darauf versessen war, kleine Jungen oder Katzen aus der Gosse aufzulesen, hatte sie einige ihrer romantischen Ideen aufgegeben. Auch ihr gesellschaftliches Auftreten machte Fortschritte. Sie tanzte jetzt elegant und ohne jede Unsicherheit, und sie fand sogar Vergnügen an einer Partie Whist um Pennies. An einem Abend hatte ihre Großmutter so oft verloren, daß deren Vorrat an Kupfermünzen erschöpft war.

Carina hatte sogar zugegeben, daß ihr das Glücksspiel Spaß machte. »Allmählich begreife ich, warum so viele Leute daran Gefallen finden. Das Ausspielen einer Karte, das Rollen der Würfel – all das hat einen Reiz, dem ich mich nicht entziehen kann. Aber im Übermaß genossen, ist das Glücksspiel natürlich verderblich.«

Gut, dachte Lady Talboys, zumindest hat sie ihre Ansichten etwas gemildert. Gegen ihre letzte Bemerkung konnte man kaum etwas einwenden, schließlich war es noch nicht lange her, daß Lady Alice Macready und Lord Wallis Selbstmord begangen hatten, nachdem sie sich völlig ruiniert hatten. Ein anderes Anzeichen für Carinas wachsendes Interesse am Leben in der mondänen Welt war ihre Freude an eleganten Kleidern. Statt zu seufzen, wenn sie einen neuen Brokatstoff aussuchen oder eine Anprobe über sich ergehen lassen mußte, fand sie zunehmend Gefallen an modischen Dingen. Sie hatte von Natur aus einen guten Geschmack und Sinn für Farbkombinationen. Selbst die gestrenge Pinkerton, die sonst mit Lob geizte, mußte das zugeben.

»Miss Quincey ist vielleicht keine Schönheit im eigentlichen Sinn, Mylady«, sagte sie zu ihrer Herrin, »aber sie hat etwas an sich, das in meinen Augen noch besser ist. Es macht mir Freude, dafür zu sorgen, daß sie möglichst vorteilhaft aussieht.« Ein größeres Kompliment aus ihrem Munde war gar nicht denkbar.

Aber so bezaubernd Carina auch aussah – und sie erregte bei vielen jungen Herren Bewunderung –, ihr Ruf hatte immer noch ein paar Kratzer. Lady Talboys tat ihr möglichstes, ohne jedoch den gewünschten Erfolg zu erzielen. Auf Mrs. Milgraves Gesellschaft, die ein paar Tage später stattfand, entging es ihr nicht, daß einige der älteren Damen, einschließlich der Gastgeberin, Carina mit verächtlichen Blicken bedachten. Um sicherzugehen, daß ihre Enkelin diesen Kritikerinnen nicht hilflos ausgeliefert war, entsagte Lady Talboys sogar dem Vergnügen des Kartenspiels und blieb bei den Anstandsdamen im Ballsaal. Sie wollte unbedingt dafür sorgen, daß alles glattging. Deshalb hatte sie Carina energisch klargemacht, daß sie nichts tun oder sagen dürfe, womit sie Aufsehen erregen würde.

»Von jetzt an mußt du unablässig auf gutes Benehmen bedacht sein«, hatte sie Carina gewarnt. »Achte darauf, daß dein Auftreten stets dem einer unschuldigen jungen Dame angemessen ist. Halte deine vorlaute Zunge im Zaum und tue nichts, was zu abfälligen Bemerkungen Anlaß gibt.«

Der Abend bei den Milgraves ließ sich recht gut an, wenngleich die Mütter anderer Debütantinnen Carina mit kühler Höflichkeit begegneten. Carina sah bezaubernd aus. Das Kind hat Klasse und Charme, dachte Lady Talboys, während sie ihre Enkelin liebevoll musterte. Carina trug das Haar ungepudert, und die kastanienbraunen Löckchen umrahmten anmutig ihr Gesicht; am Hinterkopf waren sie in einem duftigen Bausch zusammengenommen, der sich an ihren schlanken Hals schmiegte. Ihr Kleid war aus silberner Seide, der Rock war mit Rosen-Girlanden bestickt, deren Blütenblätter aus Glanzplättchen bestanden, und durch das Mieder zogen sich Silberfäden. Die Ärmel waren mit üppigen Rüschen aus Brüsseler Spitze gesäumt, und mit der gleichen Spitze waren das Mieder und das rosa Unterkleid besetzt, das der vorn geschlitzte silberfarbene Rock freigab. Lady Talboys hatte darauf geachtet, daß Carina prächtig, aber doch mädchenhaft gekleidet war. An Schmuck trug sie nur eine einreihige Perlenschnur um den Hals und einen Halbmond aus Perlen im Haar.

Charlotte Milgrave, in einer kostbaren grünen Seidenrobe mit Smaragdschmuck und farblich abgestimmter französischer Spitze, wirkte vielleicht eleganter, aber in Lady Talboys Augen mangelte es ihr an der Frische, die Carina so anziehend machte. Lizzie Reddington, in dunkelblauer Seide, sah ebenfalls ganz reizend aus, aber sowohl ihr als auch Charlotte Milgrave fehlte etwas, das Carina in reichem Maße besaß – Charme. Carina hatte etwas Besonderes an sich – ihre naive Unschuld und ihre ungekünstelte Heiterkeit mußten jedem gefallen. Selbst Charlotte Milgraves untadelige Selbstbeherrschung verblaßte daneben.

Lady Talboys war daher nicht überrascht, als Sir William Goring Pelham auf sie zukam. Er verneigte sich vor ihr, machte ein paar höfliche Komplimente und forderte Carina zum Tanz auf. Lady Talboys hoffte sehr, daß er durch diese Geste seine frühere Unfreundlichkeit, Carina den Spottnamen ›die schöne Furie‹ zu geben, etwas entschärfen wollte. Vielleicht würde Sir William von ihrem Charme bezwungen werden...

Aber Carina, die ihre Tanzschritte mit mehr Selbstvertrauen ausführte als beim letzten Mal, als sie Sir Williams Partnerin gewesen war, teilte diesen Optimismus nicht. Sie hatte nicht vergessen, daß Sir William ihr Debüt in der Gesellschaft gleich zu

Anfang durch den grausamen Spottnamen verdüstert hatte. Wie gern hätte sie ihn gefragt, warum er sie so lächerlich gemacht hatte, doch wußte sie, daß eine solche Offenheit verheerende Folgen haben würde. Das ließ sie den Tanz um so mehr als eine Strapaze empfinden.

»Genießen Sie die Saison, Miss Quincey?« fragte Sir William in seinem schleppenden Tonfall. »Finden wahrscheinlich uns modische Gesellen furchtbar langweilig, wie?«

Noch vor einer Woche hätte Carina ihm ohne zu überlegen die ungeschminkte Wahrheit gesagt, aber inzwischen hatte sie Diskretion gelernt. »Natürlich amüsiere ich mich, Sir William«, erwiderte sie gelassen. »Warum sollte ich nicht?«

»Kann mich erinnern, daß Sie meinten, wir sollten uns lieber in Wohltätigkeit üben«, gab Sir William spöttisch zurück. »Sagten doch, daß Philanthropie Ihr besonderes Anliegen ist. Aber das ist in der Saison nicht sehr gefragt. Dachte daher, daß Sie sich langweilen, eh, Miss Quincey?«

»Ich bin keineswegs gelangweilt, Sir William. Aber Sie wären es, wenn ich Ihnen die Gründe für meine Ansichten erläutern würde. An so komplizierten Themen dürften Sie kaum interessiert sein. Warum unterhalten wir uns nicht lieber über Skandale und den neuesten Klatsch? Das ist doch viel eher Ihr Metier, nicht wahr?«

Sir William blickte unbehaglich drein. Carina stellte mit Genugtuung fest, daß ihm die eigene Medizin gar nicht schmeckte. Eigentlich hatte sie versöhnlich und charmant sein wollen, statt dessen hatte sich schon wieder ein Disput entwickelt. Bedauerlich, aber nicht zu ändern. Selbst aus Liebe zu ihrer Großmutter konnte und wollte sie Sir Williams unverschämte Bemerkungen nicht demütig hinnehmen. Ihr Ruf hatte sowieso Schaden gelitten. Dieser Mann war ihr feindlich gesinnt. Sie wußte zwar nicht, warum, aber sie würde sich damit abfinden müssen.

Während ihr diese Gedanken durch den Kopf gingen, riß Sir Williams nächste Stichelei sie jählings in die Gegenwart zurück. »Oh, der Marquis von Peterborough beehrt uns auch mit seiner Gegenwart! Wann werden er und Miss Milgrave wohl ihre Verlobung verkünden? Ein schönes Paar, fürwahr!«

»Die Verlobung wird sicherlich bald stattfinden«, sagte Carina schnell, um sofort klarzustellen, daß sie nichts anderes erwarte. »Ich finde, die beiden sind füreinander geschaffen, meinen Sie nicht auch, Sir William? Bei so viel Schönheit auf ihrer Seite und so viel – wie soll ich es nennen – Vornehmheit auf seiner Seite ist es gewiß eine ideale Verbindung.« Nur mit Mühe konnte sie verhindern, daß ihre Stimme einen bitteren Beiklang bekam. Sir Williams Bemerkung war eine höchst unwillkommene Überraschung gewesen.

Natürlich hatte sie damit rechnen müssen, daß auch der Marquis eingeladen war und selbstverständlich mit der Tochter der Gastgeberin tanzen würde. Sie mußte sich an den Gedanken gewöhnen, daß er Miss Milgrave heiraten würde. Ein Glück, daß sie nicht errötet war. Verstohlen blickte sie um sich. Ja, da war er und tanzte mit Miss Milgrave.

Vielleicht würden sich die Klatschbasen jetzt mit diesem Paar befassen statt mit ihr. Sie sagte sich, daß sie dankbar sein sollte, wenn der Marquis sie ignorierte, daß sie froh sein sollte, wenn dieser widerliche Mensch mit Miss Milgrave einen Hausstand gründen würde. Sie sagte sich all dies und noch vieles andere, was tröstlich, vernünftig und besänftigend war – und doch tat ihr der Anblick der beiden weh. Es entging ihr nicht, daß der Marquis Miss Milgrave tief in die Augen blickte, daß seine Hand die von Miss Milgrave hielt, daß sein Körper den von Miss Milgrave berührte, während sie die Tanzfiguren ausführten.

Da ihr bewußt war, daß Sir Williams boshafter Blick jede Regung ihres Gesichts registrierte, bemühte sie sich, unbeteiligt auszusehen. Er würde über jedes Anzeichen von Kummer oder Eifersucht entzückt sein.

»Ich glaube, alle Welt erwartet, daß die Verlobung in aller Kürze bekanntgegeben wird«, sagte sie und war froh, daß ihre Stimme fest blieb. »Miss Milgrave ist wunderschön, und ich wünsche ihr, daß sie sehr glücklich wird.« Das war eine glatte Lüge – Carina hatte Miss Milgrave niemals mehr verabscheut, als in diesem Augenblick, da sie mit dem Marquis tanzte.

»Wie ich höre, haben Sie Peterborough schon bei einer früheren Gelegenheit kennengelernt. War das nicht auf Ihrer Reise nach London?« fragte Sir William mit einem widerlichen, vielsagenden Lächeln.

Sie gestattete ihm nicht die Befriedigung, irgendein Zeichen von Verlegenheit an ihr zu entdecken.

»Gewiß«, sagte sie leichthin. »Es hat sich wohl herumgesprochen, wie schockierend er sich damals benommen hat. Was mich betrifft, so trage ich ihm nichts nach. Ich habe eine wertvolle

Lektion gelernt, daß nämlich Provinzstädte kein sicherer Aufenthalt für Damen sind, wenn in der Nähe ein Preisboxkampf stattfindet.«

So, daraus kannst du machen, was du willst, dachte sie und fragte sich, ob es klug gewesen war, so offen zu sein. Aber was hätte sie sonst sagen können?

Sir William schien über ihre Antwort nicht gerade glücklich zu sein, aber es gelang ihm, noch einen Giftpfeil abzuschießen: »Eine sehr wertvolle Lektion, Miss Quincey, das kann man wohl sagen.«

Es kam Carina wie eine Ewigkeit vor, bis der Tanz zu Ende war und sie von ihrem unsympathischen Partner in die sichere Nähe ihrer Großmutter flüchten konnte. Bei ihr angekommen, vergaß sie Sir William sofort, denn Robert Torrington wartete auf sie, um sie zum nächsten Tanz aufzufordern.

Lady Talboys schien über diesen neuen Partner nicht sonderlich erfreut zu sein, sagte jedoch nichts. Auch Lizzie ging gerade mit einem jungen Herrn auf die Tanzfläche, und ihr Blick folgte Carinas Partner, doch sie sah sofort weg, als sie Carinas Blick auffing.

»Ich glaube, wir haben eine gemeinsame Freundin, Mr. Torrington«, steuerte Carina ohne Umschweife ihr Ziel an, wobei sie ihren Partner freundlich anlächelte. »Wenn ich Ihnen oder meiner Cousine Lizzie irgendwie behilflich sein kann, will ich es gern tun.«

»Ich danke Ihnen so sehr, Miss Quincey«, erwiderte er strahlend. »Ich wollte Sie um Ihre Hilfe bitten, aber es ist nicht gerade einfach, eine charmante junge Dame zu fragen, ob sie bereit sei, die Herzensaffäre einer anderen zu fördern. Ich wußte wirklich nicht, wie ich die Sprache darauf bringen könnte, und Ihr Angebot hat es mir erspart, in Ihren Augen wie ein ungehobelter Bursche dazustehen.«

»Aber, aber, Mr. Torrington, ich bin nicht eitel genug, um von jedem Mann zu erwarten, daß er mich umwirbt«, sagte Carina ungeduldig. »Ich habe einen Plan und hoffe, daß Sie und meine Cousine damit einverstanden sind. Ich schlage vor, daß Sie und ich so tun, als ob wir miteinander flirten. Wenn man sieht, daß Sie mich umwerben und mir das keineswegs unangenehm ist, wird dadurch die eigentliche Richtung Ihrer Zuneigung verschleiert. Ich habe Lizzie gesagt, daß ich gern für sie beide die Zwischenträgerin spielen möchte, aber davon, daß ich zur allgemeinen Täuschung Ihre Aufmerksamkeiten ermutigen will, haben wir noch nicht gesprochen. Ich könnte mir aber denken, daß sie damit einverstanden ist. Was meinen Sie dazu?«

»Ich glaube es auch, und es wird mir ein großes Vergnügen sein, mit Ihnen zu flirten, Miss Quincey«, erklärte Robert Torrington und bedachte sie mit einem so schmachtenden Blick, daß Carina versucht war zu lachen. Dann zwinkerte er ihr zu und sagte: »Sollten Sie nicht Lizzie von unserem Plan unterrichten, bevor wir ihn in die Tat umsetzen? Ich möchte vermeiden, daß sie auch nur eine Sekunde lang an meiner Liebe zweifelt.«

Carina war gegen sein gutes Aussehen und seinen Charme nicht unempfindlich. Ihr gefiel auch, daß er soviel Rücksicht auf Lizzie nahm. Alles in allem war er ein sehr netter junger Mann, der wahrscheinlich ein guter Ehemann sein würde. Er war ebenso freundlich wie amüsant. »Sie haben ganz recht«, stimmte sie ihm zu. »Außerdem müssen wir vorsichtig ans Werk gehen. Meine Großmutter hat mich bereits gewarnt, daß Sie ein jüngerer Sohn sind und ich etwas Besseres erwarten dürfe.«

»O je, Sie können sich nicht vorstellen, wie ich es hasse, ein ›jüngerer Sohn‹ genannt zu werden«, sagte Robert Torrington mit gespieltem Entsetzen. »Dieses Etikett verfolgt mich auf Schritt und Tritt. Ich gebe zu, daß ich Lizzie nicht das Leben bieten kann, das ich ihr bieten möchte. Ich bin zwar kein Bettler, aber ich besitze nichts außer meinem Offizierssold und ein paar hundert Pfund Apanage. So trostlos das auch ist – ein Mitgiftjäger bin ich nicht, und auch Lizzies Aussteuer spielt für mich keine Rolle. Wir müssen uns mit einem sehr bescheidenen Lebensstil begnügen, falls wir jemals heiraten. Ich würde mit Lizzie auch in einer Hütte glücklich sein. Aber im Augenblick besteht keine Aussicht darauf, daß sich unser Herzenswunsch erfüllt. Ich fürchte, daß Lady Helen mir nicht freundlich gesonnen ist.«

»Da haben Sie recht, Mr. Torrington. Für Lady Helen ist Geld von überragender Wichtigkeit, und nur ein ansehnliches Vermögen würde Sie in ihren Augen akzeptabel erscheinen lassen. Haben Sie denn keine reiche Tante oder Cousine, die Ihnen den Gefallen erweisen könnte, demnächst das Zeitliche zu segnen und Ihnen ein schönes Erbe zu hinterlassen? So ergeht es doch den Helden in allen Liebesromanen.«

»Leider habe ich nichts dergleichen zu erwarten«, sagte der junge Mann betrübt. »Die einzige Möglichkeit für mich, zu Reichtum zu kommen, wäre – was Gott verhüten möge! –, daß mein älterer Bruder stirbt. Er und ich sind nicht gerade Busenfreunde, aber ich wäre sehr traurig, wenn Gerald etwas zustoßen würde. Nein, Miss Quincey, mir wird bestimmt keine Erbschaft in den Schoß fallen, mit der ich Lady Helens Herz erweichen könnte.«

Seine Offenheit machte auf Carina einen guten Eindruck. Es gefiehl ihr, daß er so ehrlich und ohne Beschönigungsversuche über seine Zukunftsaussichten sprach. Sie hielt ihn für einen Mann, der keine Angst davor hatte, den Tatsachen ins Auge zu sehen. Schade, daß Lady Helen so auf Geld versessen war. »Könnten Sie mich morgen besuchen, Mr. Torrington?« fragte sie. »Vielleicht kann ich schon heute abend unbeobachtet mit Lizzie sprechen und Ihnen sagen, ob sie damit einverstanden ist, daß ich Ihren Verbindungsmann spiele. Ich halte es für ratsam, daß Sie heute nicht mit ihr tanzen, aber seien Sie unbesorgt, ich werde ihr den Grund erklären und mir ihr Einverständnis holen, daß Sie sich als mein Verehrer ausgeben.«

Mr. Torringtons Miene verdüsterte sich, als er hörte, daß er nicht mit Lizzie tanzen solle. »Wie schade«, sagte er bekümmert, »aber Sie haben sicher recht, liebe Miss Quincey. Ich danke Ihnen tausendmal. Sie haben mir wieder Hoffnung gemacht. Ich habe mir den Kopf zermartet, wie ich mit Lizzie in Verbindung bleiben könnte, aber jetzt sind Sie gekommen, um uns zu helfen. Ich habe volles Vertrauen zu Ihnen, und Lizzie sicherlich auch.«

»Ich kann aber keine Wunder vollbringen«, warnte Carina. Mr. Torringtons Vertrauen in ihre Fähigkeiten war anscheinend grenzenlos. »Ich verspreche Ihnen, alles zu tun, was in meinen Kräften steht. Nichts würde mir mehr Freude machen, als meiner lieben Lizzie zu helfen, das wahre Glück zu finden.«

Während Robert Torrington sie zu Lady Talboys zurückbrachte, dachte Carina, daß es leichter sei, ein Versprechen zu geben, als es zu halten. Ihr war klar, daß ein junges Mädchen, das ständig in der Obhut einer Anstandsdame sein mußte, nur wenig Handlungsfreiheit hatte. Sie durfte es daher nicht wagen, mit Lizzie, die ganz in ihrer Nähe saß, über Robert Torrington zu sprechen. Außerdem war ihr nicht entgangen, daß Lady Talboys sie während des letzten Tanzes nicht eine Sekunde aus den Augen gelassen hatte und sie bereits etwas mißtrauisch betrachtete. Es mußte ihrer Großmutter aufgefallen sein, daß sie und Robert Torrington sich ausgezeichnet verstanden, und daraus zog sie nun eine ganz falsche Schlußfolgerung.

Aber plötzlich schien Lady Talboys' Aufmerksamkeit von etwas anderem gefesselt zu sein, und als Carina sah, wer sich ihnen näherte, erblaßte sie und fühlte sich einer Ohnmacht nahe. Es war der Marquis von Peterborough, der mit gelassener Unbekümmertheit auf sie zukam. Sein Anzug aus scharlachroter Seide bestach durch eine ungewöhnliche Schlichtheit; der ausgezeichnete Schnitt wurde nur durch eine dezente Stickerei auf der Weste und an den Knopflöchern betont. Aber die Spitzenrüschen an Hals und Handgelenken waren ein Vermögen wert. An den Händen des Marquis funkelten Rubinringe, und auch die Jabotnadel hatte einen großen Rubin. Heute abend trug er keinen Degen, sondern nur einen zierlichen Stock mit einem Silberknauf.

Wie immer richteten sich die Blicke aller Damen, einschließlich der würdigen Matronen, auf ihn. Es gab im ganzen Saal wohl kaum ein weibliches Wesen, das ihn nicht beobachtete, dachte Carina erbittert. Zweifellos fieberten sie vor Neugierde auf das, was geschehen würde, wenn er sie begrüßte. Sie nahm sich fest vor, ihre Großmutter nicht zu blamieren. Diesmal *mußte* sie sich beherrschen.

Selbst Lady Talboys schien beunruhigt zu sein; Lizzie zeigte nur Neugier, während James Reddington die Szene aus einiger Entfernung mit offener Mißbilligung verfolgte. Carina hoffte, daß niemand hören konnte, wie laut ihr Herz pochte. Der Marquis kam geradewegs auf sie zu, lächelte und fragte mit einem Blick, der ihr verdächtig spöttisch vorkam: »Darf ich um die Ehre dieses Tanzes bitten, Miss Quincey?«

Um Zeit zu gewinnen, versank Carina in einen tiefen Knicks, dann streckte sie dem Marquis die Hand entgegen, über die er sich mit blasierter Miene beugte. Dann verneigte er sich. Rein äußerlich verlief die Begrüßung streng nach der Etikette, aber Carina war sich der Ironie dieser Szene voll bewußt.

Er legte ihre Hand auf seinen Arm und führte sie zur Tanzfläche. Carina kam es wie ein Gang aufs Schlachtfeld vor, wo der Feind ihrer harrte. Sie fühlte, daß alle Augen auf sie gerichtet waren, und dem Marquis mußte es genauso ergehen. Warum hatte er sie aufgefordert? Wollte er sie in Verlegenheit bringen? Sie wünschte sich Miss Milgraves kühle Überlegenheit; Charlotte würde niemals so heftig erröten, wie ihr selbst es immer wieder passierte. Und da schoß ihr auch schon das Blut in die Wangen, und ihre Handflächen waren feucht vor Nervosität. Hoffentlich merkte niemand, wie unsicher sie war.

»Sie verbergen Ihre nur allzu verständliche Verlegenheit und Empörung außerordentlich gut, Miss Quincey«, sagte der Marquis mit leiser Ironie. Wie seine Mutter konnte anscheinend auch er Gedanken lesen. »Niemand käme auf die Idee, daß Sie den überwältigenden Wunsch verspüren, mich zu erwürgen.«

»Sie sind unausstehlich, Sir«, sagte Carina leise, damit niemand sie hören konnte. Er hatte versucht, einen leichten Ton anzuschlagen, aber sie war nicht in der Stimmung, darauf einzugehen. »Soll das ein Beispiel dafür sein, was Sie unter einem Scherz verstehen? Haben Sie mich um diesen Tanz gebeten, damit Sie mich ganz nach Belieben weiter beleidigen können?«

»Bezähmen Sie sich, schöne Furie«, sagte der Marquis. Obwohl seine Stimme jetzt alles andere als freundlich klang, wich das Lächeln nicht aus seinem Gesicht. Er absolvierte seine Tanzfiguren mit betonter Grazie und bot den würdigen Damen, die die Tanzfläche säumten, das Bild eines lächelnden, wohlgelaunten Kavaliers. »Sie sollten mir dankbar sein, Sie kleiner Zankteufel.«

»Ich! Dankbar!« Fast hätte sie jetzt doch die Beherrschung verloren. Mit Mühe gelang es ihr, die Stimme zu dämpfen.

»Natürlich dankbar! Was sonst?« fragte die unbarmherzige Stimme. »Seien Sie nicht so aufbrausend, Miss Quincey, sonst werden Sie alles verderben. Unser Tanz findet nämlich nicht zu dem Zweck statt, daß wir den Klatschmäulern wieder ein ordinäres Spektakel liefern.«

»Ich begreife nicht, warum wir überhaupt miteinander tanzen«, sagte Carina brüsk. »Wir sind wohl kaum Freunde – tatsächlich können wir einander nicht ausstehen. Ich finde Sie abscheulich, und aus irgendeinem obskuren Grund, der sich meinem Verständnis entzieht, scheinen Sie nur den Wunsch zu haben, mich zu quälen.«

»Der Zweck dieses Tanzes ist, Ihren angekratzten Ruf wiederherzustellen«, belehrte er sie geduldig, jedoch mit einem gereizten Unterton in der Stimme. »Wenn die Leute sehen, daß wir uns mit lächelnder Miene unterhalten können und höflich und beherrscht miteinander umgehen, darf man hoffen, daß der Skandal, den Sie mit Ihrem Temperamentsausbruch verursacht haben, in Vergessenheit gerät. Sie sehen also, daß Sie mir dankbar sein sollten. Ich tanze nicht mit Ihnen, um mich zu amüsieren, sondern um Ihnen einen Gefallen zu erweisen.«

»Welch exquisites Zartgefühl! Welch Edelmut!« spottete Carina. »Ist Ihnen nie der Gedanke gekommen, daß dies alles nicht nötig sein würde, wenn Sie mich bei unserer ersten Begegnung nicht so beleidigt hätten?«

»Ach, zum Teufel, woher hätte ich wissen sollen, daß Sie eine Dame der Gesellschaft sind?« gab er zurück, immer noch aufreizend lächelnd. »Sie sahen wie die einem Spaß nicht abgeneigte Tochter eines Ladenbesitzers aus. Außerdem finde ich einen Kuß nicht beleidigend. Viele Mädchen hätten nur zu gern mit Ihnen getauscht, schöne Furie. Meiner Meinung nach bin ich außerordentlich höflich zu Ihnen gewesen.«

»Nehmen Sie jemals auf die Gefühle anderer Rücksicht und nicht nur auf Ihre eigenen?« fragte Carina aufgebracht. »Können Sie sich nicht vorstellen, wie ich mich geschämt habe – wie verwirrt ich war!«

»Warum sollte ich an so etwas denken? Außerdem entsprach es nicht gerade dem Benehmen einer wohlerzogenen jungen Dame, mir eine Szene zu machen, als ich Ihnen den Handschuh zurückgab. Ich hatte nicht erwartet, daß Sie sich freuen würden, mich wiederzusehen – wohl aber hatte ich gute Manieren erwartet. Nicht ich, Miss Quincey, sondern Sie waren unglaublich unhöflich. Nein, starren Sie mich nicht so finster an, das fordert nur neues Gerede heraus. Lächeln Sie lieblich, so daß diese alten Katzen glauben müssen, daß wir gute Freunde sind.«

Carina zwang sich zu einem Lächeln, dann zischte sie: »Mir wird von dieser Komödie speiübel. Lassen Sie sich gesagt sein, daß ich Sie verabscheue.«

»Wie unfreundlich, Miss Quincey! Ich hingegen fange an, Sie richtig gern zu haben. Und wenn ich daran denke, welche Wonne mir unsere erste Begegnung bereitet hat, fühle ich mich versucht, das Vergnügen zu wiederholen.« Seine Stimme klang so spöttisch wie eh und je.

Carina bebte vor Zorn. Sie hatte das Gefühl, den Verstand zu verlieren. Sie konnte dieses Theater nicht mehr ertragen und versuchte, sich loszureißen und davonzulaufen, mußte aber feststellen, daß ihre Hand wie in einem eisernen Schraubstock steckte. So war sie gezwungen, den Tanz fortzusetzen. Es war wie ein Alptraum.

»Ich würde an Ihrer Stelle nicht einfach weglaufen, Miss Quincey«, mokierte sich der Marquis. »Damit schaden Sie sich selbst, und außerdem kompromittieren Sie Lady Talboys. Sie ist eine alte Dame, die auf Einhaltung der gesellschaftlichen Formen großen Wert legt. Ihnen mögen Höflichkeit und Konventionen nichts bedeuten, aber denken Sie bitte an Ihre Großmutter. Ein neuer Skandal wäre sehr schmerzlich für sie.«

Damit hatte er natürlich recht, gestand Carina sich ein, aber sie wollte diesem spöttischen Ungeheuer nicht die Genugtuung geben, zu triumphieren. Sie raffte ihre ganze Würde zusammen und sagte: »Es freut mich zu hören, daß Sie wenigstens auf Lady Talboys' Gefühle Rücksicht nehmen, wenn Sie schon über meine hinweggehen. Ich will mich bemühen, meine Abneigung gegen sie zu verbergen, solange dieser Tanz dauert. Danach brauchen wir einander wohl nicht mehr zu sehen, es sei denn aus der Entfernung. Ich werde zweifellos einen Bekanntenkreis finden, der meine Neigungen teilt, und Sie werden ebenso zweifellos bald mit der Bekanntgabe Ihrer bevorstehenden Hochzeit mit der bewunderungswürdigen Miss Milgrave beschäftigt sein.«

»Da irren Sie sich, Miss Quincey«, erwiderte der Marquis. »Wir werden einander sehr oft sehen. Ich fange an, Ihre Gesellschaft zu genießen. Ihre Grobheit ist erfrischend, schöne Furie. Zumindest ist sie eine Abwechslung von den ewigen Komplimenten. Ich finde Ihr hitziges Temperament stimulierend. Wir sind vom gleichen Schlag, meinen Sie nicht auch? Oder ziehen Sie es vor, etwas anderes zu behaupten?«

Carina wußte nicht, wie sie auf dieses Kompliment reagieren sollte. Am besten war es wohl, auf höfliche und nichtssagende Floskeln zurückzugreifen. »Du meine Güte, Sir«, zwitscherte sie, das für junge Damen übliche kokette Kichern glaubwürdig nachahmend, »ich weiß gar nicht, was Sie meinen! Sie sind zu gescheit für mich. Finden Sie nicht auch, daß es ein ganz reizender Abend ist?«

»Sie wissen sehr gut, daß ich diese Gesellschaft tödlich langweilig finde, schöne Furie«, antwortete der Marquis. »Überdies ist mir seichtes Geplauder zuwider, also ersparen Sie mir wenigstens das. Es ist auch nicht Ihre Stärke. Sie sind keine einfältige schmachtende Miss, schöne Furie, also tun Sie nicht so, als ob Sie eine wären.«

Seine Worte entlockten Carina das erste ungekünstelte Lächeln. Auch wenn dieser Mann zügellos und verschwenderisch war –

seine Offenheit war wohltuend. »Ich bin schockiert über Ihre Ansichten«, piepste sie so einfältig, wie es ihr möglich war. »Pfui, Sir! Welche Sprache! Fast möchte ich mir die Ohren zuhalten!«

»Sie sind durchaus nicht schockiert, schöne Furie«, entgegnete der Marquis grinsend. »Sie mögen so tun, als seien Sie nichts weiter als ein tugendhaftes Mädchen vom Lande, aber ich weiß es besser. Sie haben genausowenig Sinn für Schwindel und Aufschneiderei wie ich, Miss Quincey, obwohl Sie noch nicht erkannt haben, wie weit dieses Übel in unserer Gesellschaft verbreitet ist. Nein, ob Sie es wollen oder nicht: Wir beide sind vom gleichen Schlag.«

Zu Carinas Erleichterung brach die Musik ab. Der Tanz war zu Ende. Ihrem Gefühl nach bewegte sich das Gespräch auf einem gefährlichen Terrain, und ihre Abwehr geriet allmählich ins Wanken. Eine Unterhaltung mit dem Marquis ist wie ein Spaziergang auf dem Eis, dachte sie, man weiß nie, wann man einbricht und in der eisigen Kälte seines Mißfallens versinkt. Als der Marquis sie zu ihrer Großmutter zurückgebracht hatte, machte sie einen graziösen Knicks. »Ich danke Ihnen für den Tanz, Mylord«, sagte sie förmlich.

»Ich habe Ihnen zu danken, Miss Quincey«, erwiderte er. Dann wandte er sich zu ihrer Enttäuschung ab und gesellte sich zu einer Gruppe von jungen Herren, die sich an einem Spieltisch geräuschvoll vergnügten. Wenn sie seine Art der Unterhaltung auch ablehnte, seine Gesellschaft war sehr anregend gewesen.

Eigentlich hätte sie an dem weiteren Verlauf des Abends Gefallen finden müssen. Unter den vielen jungen Herren, die sie zum Tanz aufforderten, war auch James Reddington. Er unterhielt sie, indem er ihr wiederum interessante Einzelheiten über Abendgesellschaften in früheren Zeiten und in der Gegenwart erzählte. Alles, was er sagt, ist sehr belehrend, dachte Carina, aber irgendwie langweilte es sie. Ein etwas weniger konventionelles Gespräch hätte ihr mehr Spaß gemacht. Die anderen jungen Herren behandelten sie mit ausgesuchter Höflichkeit, und allmählich gewann sie den Eindruck, daß sie von der Gesellschaft akzeptiert wurde.

Es freute sie sehr, daß Lady Talboys mit ihr zufrieden war. »Nett von diesem Racker, dem jungen Peterborough«, sagte die alte Dame auf dem Heimweg. »Ich war immer der Ansicht, daß er trotz seiner verwegenen Streiche ein gutes Herz hat. Ich hätte mich gern bei ihm bedankt. Bestimmt hat die Marchioness ihn dazu gebracht. Er liebt seine Mutter abgöttisch. Ein guter Mensch, die

Anne. Vergiß nicht, ihr zu danken, wenn du sie das nächste Mal siehst.«

»Gewiß, Großmama«, sagte Carina, während ein Gefühl der Enttäuschung in ihr aufstieg. »Meinen Sie, daß der Marquis nur deshalb mit mir getanzt hat, weil seine Mutter es wünschte?«

Die alte Dame warf ihr einen scharfen Blick zu. »Warum nicht, mein Kind? Es gibt natürlich noch eine andere Erklärung. Vielleicht versucht er, dich zu umgarnen. Er kann teuflisch charmant sein, und jedermann weiß ja, daß er nur zu winken braucht, und schon läuft jede Frau ihm nach. In dieser Hinsicht kennt er keine Skrupel. Ich will nicht behaupten, daß er so etwas mit dir vorhat, aber da ich für dich die Verantwortung trage, ist es meine Pflicht, dich an die abgeschlossene Wette zu erinnern. Ich kann dich nur davor warnen, mein Kind, dein Herz an ihn zu verlieren.«

»So etwas Törichtes würde ich niemals tun«, erwiderte Carina heftig. »Ich verabscheue diesen widerlichen Marquis von Peterborough.«

6

Am nächsten Vormittag hatte Carina keine Zeit, an den widerlichen Marquis zu denken. Zu Lizzies Freude hatte Lady Helen Carina eingeladen, mit ihnen nach St. Pancras Wells zu fahren. Es war Mode, gelegentlich einen Vormittag in der ländlichen Umgebung der Hauptstadt zu verbringen und in Chalk Farm frischgemolkene Milch zu trinken oder Erdbeeren zu essen, die man in den Handelsgärten von Lamberth und Brompton selbst gepflückt hatte.

St. Pancras Wells bot viele Annehmlichkeiten. Das Heilwasser dort wurde zwar als ein »hochwirksames Mittel gegen Blähungen und eine unübertroffene Hilfe für die Natur« angepriesen, doch gab sogar Lady Helen zu, daß es nicht sehr angenehm schmeckte. Aber es gab auch andere Genüsse: Für die Herren verschiedene Sorten Wein, einen merkwürdigen Punsch und Bier von Dorchester und Ringwood; die Damen delektierten sich an »frischer Milch und Sahne und an perfekt gemixten Sillabubs« (joghurtähnlichen Erfrischungsgetränken) von den extra für diesen Zweck gehaltenen Kühen. Zu den Spezialitäten gehörten ferner schäumende kuhwarme Milch und Käsekuchen. Der weitläufige Park bot Kegelbahnen, Fischteiche und die Möglichkeit langer Spaziergänge auf baumbeschatteten Alleen. Es gab sogar einen Damenweg, zu dem Herren keinen Zutritt hatten, was, wie Lady Helen erklärte, besonders angenehm sei, wenn man des Abends Belästigungen durch die »zudringlichere Sorte« entgehen wolle.

Carina, die ja das wirkliche Landleben kannte, fand die Idee sehr amüsant. Sie fragte die allwissende Pinkerton, was sie anziehen solle, und wurde belehrt, daß für diese Gelegenheit ein schlichtes Kleid das richtige sei. »Zur Zeit ist es schick, sich im ländlichen Stil zu kleiden«, erklärte Pinkerton sachlich. »Sie sollten Ihren Bergère-Hut aufsetzen, und zwar den ohne Seidenaufputz, und das rosa und weiß gestreifte Glanztaftkleid anziehen. Ein Reifrock ist nicht nötig, Hüftpolster genügen.«

Pinkerton hatte recht, wie immer. Am Ziel des Ausflugs angekommen, sah Carina die elegantesten Damen von London in betont einfacher Aufmachung. Viele trugen Schürzen, die zum Teil mit prachtvollen Stickereien und kostbarer Spitze verziert waren, und die meisten Damen hatten zarte Spitzentüchlein in den Ausschnitt gesteckt.

Zum Glück für Carina und Lizzie traf Lady Helen ein paar gute Bekannte, mit denen sie sich in der Trinkhalle niederließ, um das Heilwasser zu schlürfen, Sillabubs zu genießen und über Vermögen, Eheverträge und Aussteuern zu diskutieren. »Dürfen Carina und ich einen kleinen Spaziergang machen?« bat Lizzie mit unschuldiger Miene. »Es gibt ein paar hübsche Stellen, die ich Carina gern zeigen möchte.«

»Natürlich, mein Kind, aber geh nicht zu weit. Um diese Zeit sind die ›Zudringlichen‹ zwar noch nicht hier, aber ich habe im Park ein paar von diesen Krämern aus der Stadt gesehen«, sagte Lady Helen warnend. »Meine liebe Carina, lassen Sie sich von meiner unbedachten Tochter nicht allzuweit entführen. Ich verlasse mich darauf, daß Sie ein Auge auf sie haben.«

»Das will ich gern tun. Aber ich muß gestehen, daß ich gar zu gern ein Glas frische Milch trinken würde.« Carina knickste artig, und dann gingen die beiden Mädchen Arm in Arm davon. Sie boten ein reizendes Bild, und Lady Helen äußerte ihren Freundinnen gegenüber, daß Miss Quincey nicht nur erfreulicherweise zehntausend Pfund im Jahr hatte, sondern auch das perfekte Gegenstück zu Lizzies hochgewachsener Gestalt bildete. »Zwei so reizende und liebe Mädchen findet man nicht so schnell noch einmal«, gurrte sie.

Hätte Lady Helen hören können, worüber die beiden reizenden und lieben Mädchen sich unterhielten, wäre ihr seelisches Gleichgewicht arg erschüttert gewesen. »Ach, Carina«, seufzte Lizzie, sobald sie außer Hörweite waren, »ich konnte es kaum erwarten, mit dir zu sprechen. Ich habe gesehen, daß du mit Robert getanzt hast. Ist er nicht charmant? Findest du nicht, daß er wunderbar aussieht? Und er ist so nobel in seinen Gedanken und Gefühlen! Hat er sich dir anvertraut? Wahrscheinlich hat er keine Hoffnung mehr, denn er hat mich nicht einmal zum Tanz aufgefordert.«

»Ja, ich finde, daß er sehr gut aussieht, und er liebt dich von ganzem Herzen. Ich selbst habe ihm geraten, dich nicht um einen Tanz zu bitten. Ich habe nämlich einen Plan. Ich schwöre dir, daß er nur an dich denkt, und er hat mich gebeten, dir alle nur möglichen Beteuerungen seiner Liebe auszurichten. Wirklich, man könnte neidisch werden! Er sagte, seine Liebe zu dir sei unerschütterlich, und daß er verzweifelt nach einem Weg suche, wie er die Einwilligung deiner Eltern erhalten könne.«

Lizzie strahlte. »Ich bin so erleichtert. Ich muß gestehen, liebe Cousine, daß ich ein paar eifersüchtige Regungen verspürte, als ich sah, daß er mit dir tanzte, mich aber nicht ein einziges Mal aufforderte. Du kannst dir vorstellen, wie unglücklich ich war! Natürlich wußte ich, wie gut und treu er ist, trotzdem konnte ich eine gewisse Angst nicht unterdrücken.«

»Du Schäfchen«, sagte Carina liebevoll. »Wahrscheinlich hast du beobachtet, daß wir ein bißchen miteinander geflirtet haben. Nun, das gehört zu meinem Plan, den Mr. Torrington gutheißt. Es soll so aussehen, als wende er seine Aufmerksamkeit mir zu. Das wird deine Mutter auf eine falsche Fährte locken.«

»Das ist schon geschehen«, gestand Lizzie. »Weißt du, sie hat meine Eifersucht noch geschürt. Sie sagte nämlich, daß Robert offensichtlich ein Mitgiftjäger und nicht mehr an mir, sondern an dir interessiert sei, weil du mehr Geld hast als ich. Natürlich habe ich ihr nicht geglaubt, aber ein leiser Zweifel ist doch geblieben.«

»Das war ganz unnötig«, versicherte Carina. »Was ihr beide braucht, ist ein wohlüberlegter Plan. Ich habe Mr. Torrington gefragt, ob er mit einer Änderung seiner Lebensumstände rechnen könne, so daß er die Billigung deiner Mutter finden würde. Er sagte, daß er leider von keiner Seite etwas zu erwarten habe. Aber das weißt du wahrscheinlich selbst. Meinst du nicht, daß du deinen Vater doch überreden könntest, seine Einwilligung zu eurer Hochzeit zu geben?«

»Nein, ich glaube nicht, daß ich ihn dazu bringen könnte, sich Mamas Wünschen zu widersetzen. Er tut immer, was sie will. Wenn sie einverstanden wäre, würde ihn das sehr freuen. Ich weiß, daß er die Familie Torrington und Robert schätzt, und sobald wir verheiratet wären, würde er ihm bestimmt bei seiner Karriere in der Armee helfen. Auf Grund seiner engen Beziehungen zur Admiralität hat Papa viel Einfluß in militärischen Kreisen.«

»Das klingt vielversprechend«, sagte Carina befriedigt. »Das einzige, was eurer Hochzeit im Wege steht, ist also der Wunsch deiner Mutter, daß du einen reichen Mann heiratest.«

»Ja, und dieser Wunsch ist leider ein unüberwindbares Hindernis«, sagte Lizzie hoffnungslos. »Ich weiß, daß Mama niemals ihre Einwilligung geben wird. Ich brauchte nur ein Wort zu sagen, und sie würde mich einfach zu meiner widerwärtigen alten Tante aufs Land schicken und mir verbieten, Robert jemals wiederzusehen.«

»Aber wenn du glaubst, daß du deine Eltern nicht einmal fragen kannst, welche Möglichkeiten bleiben dann noch?« Carina stellte diese Frage eigentlich mehr an sich selbst als an Lizzie.

»Wenn ich doch weglaufen und Robert in aller Stille heiraten könnte! Ich brauche keine aufwendige Hochzeitsfeier. Mir würde die einfachste Zeremonie genügen.«

Carina kam blitzartig eine Idee. »Warum tust du es nicht, Lizzie? Warum heiratest du Mister Torrington nicht ohne die Einwilligung deiner Eltern?«

»Ach, Carina, du solltest mich nicht in Versuchung führen. Nein, das brächte ich bestimmt nicht fertig. Schon die Vorstellung, daß ich nachts aus dem Fenster meines Schlafzimmers klettere! Außerdem würde meine Zofe aufwachen. Ihr Zimmer schließt an das meine an, und sie hat einen sehr leichten Schlaf. Sie würde das ganze Haus alarmieren, und das wäre für mich das Ende. Nein, nein! Das würde ich niemals wagen!«

»Lizzie, du übertreibst«, sagte Carina ungehalten. »Es wäre gar nicht nötig, daß du dich um Mitternacht aus dem Haus schleichst. Was könnte dich daran hindern, einfach eines Vormittags in London zu heiraten? Ich weiß, wo und wie solche heimliche Eheschließungen stattfinden. Ich hätte nie gedacht, daß es für mich jemals von Nutzen sein würde, solche Dinge zu wissen, aber anscheinend habe ich mich da geirrt.«

»Soll ich es wagen?« flüsterte Lizzie und preßte die Hände gegen die Wangen. Fast automatisch blickte sie zur Trinkhalle zurück, wo Lady Helen sich noch immer mit einigen Damen unterhielt. »Was würde sie mit mir machen, wenn sie es erfährt? Irgendwann müßten wir es ihr sagen.«

»Ich kann mir nicht vorstellen, daß sie viel tun könnte«, sagte Carina beherzt. »Gewiß, sie würde sehr böse sein, aber überleg doch mal, Lizzie, würde sie nicht versuchen, einen Skandal zu vermeiden? Würde sie über die ganze Sache nicht lieber Schweigen bewahren? Sobald du legal verheiratet bist, bleibt ihr nichts anderes übrig, als sich damit abzufinden.«

»Ja, das stimmt, und James denkt wie sie«, überlegte Lizzie konzentriert. »Und meinem teuren Robert wird es sicherlich gelingen, sie mit dem Gedanken zu versöhnen, daß wir verheiratet sind. Keine Mutter könnte von seinem edlen Wesen und seinem Feingefühl unbeeindruckt bleiben! Und selbst wenn Mama sich gegen ihn stellen sollte – Papa würde bestimmt auf meiner Seite sein. Er liebt seine Ruhe, und deshalb wird er jeden Wirbel vermeiden wollen. Er würde bestimmt für mich sprechen.«

»Davon bin ich überzeugt«, sagte Carina aufmunternd. Insgeheim dachte sie, daß alle Tugenden, die Robert Torrington besaß, Lady Helen kaum beeindrucken konnten, daß aber die Gefahr eines Skandals sein bester Verbündeter sein und Lizzies Mutter dazu bewegen würde, sich mit der heimlichen Hochzeit möglichst schnell abzufinden.

»Wie soll das Ganze vonstatten gehen?« fragte Lizzie plötzlich. »Ich bleibe dabei, daß ich mich auf keinem Fall nachts aus dem Haus schleiche. Für solche Abenteuer bin ich nicht geeignet.«

Auf diese Frage hatte Carina gewartet. Jetzt konnte sie Lizzie ihren Plan erklären. Jedes Paar, das genug Geld hatte, um den Pfarrer zu bestechen, konnte in einer der ›Heiratsmühlen‹ in der Nähe des Fleet-Gefängnisses getraut werden, in denen Geistliche von fragwürdigem Ruf amtierten. Ein Aufgebot war ebensowenig erforderlich wie eine Heiratserlaubnis. Der Handel hatte sich so fest eingebürgert, daß sogenannte ›Ehewerber‹ auf offener Straße mit der Aufforderung: »Treten Sie ein und lassen Sie sich trauen«, an vorübergehende Paare herantraten. All das wußte Carina aus dem Buch »Die Altertümer von London«. Bei dem Gedanken, daß die ahnungslose Miss Humphries auf diese Weise einer heimlichen

Trauung Vorschub geleistet hatte, mußte Carina lachen. Wie schockiert die würdige Gouvernante sein würde, wenn sie das wüßte!

»Warum lachst du?« fragte Lizzie erstaunt und etwas beleidigt.

»Ach, ich mußte gerade an etwas denken«, erwiderte Carina. Plötzlich stiegen Bedenken in ihr auf. »Du willst doch wirklich seine Frau werden, nicht wahr, Lizzie? Ich meine, du würdest es später nicht bereuen, daß er kein reicher Mann ist, oder das Gefühl haben, daß man dich um eine richtige Hochzeitsfeier betrogen hat?«

»Ich mache mir nichts aus pompösen Zeremonien und all solchem Zeug. Mir genügt es, wenn ich mein Schicksal in die Hände meines Geliebten legen kann«, sagte Lizzie mit leuchtenden Augen. »Ich weiß, daß eine heimliche Trauung eine sehr schockierende Tat ist und daß ich viele Unannehmlichkeiten haben werde, bis Mama mir verziehen hat. Aber die Liebe ist und bleibt das Wichtigste, nur auf die kommt es an. Was hält Robert von diesem Plan?«

»Er kennt ihn noch nicht«, gestand Carina. »Ich wollte zuerst hören, wie du dich dazu stellst. Aber ich habe ihn gebeten, heute in die Curzon Street zu kommen. Wenn du mit meinem Vorschlag einverstanden bist, kann ich ihn fragen, wie er darüber denkt. Also Lizzie, was sagst du dazu?«

»Ich kann nur sagen, daß du meine Wohltäterin bist, liebste Carina«, rief Lizzie aus. »Ich finde deinen Plan wundervoll, und ich bin sicher, daß Robert dir genauso dankbar sein wird, wie ich es bin.« Sofort begann sie, mit Carina Einzelheiten zu besprechen.

Mr. Torrington, der am Nachmittag in der Curzon Street erschien, erfüllte Lizzies Erwartungen. Er hatte bereits am Vormittag seine Karte abgegeben, als Carina in St. Pancras Wells war, aber seine Ungeduld ließ ihn nicht ruhen, bis er sie sprechen konnte.

Zu Carinas Glück war Lady Talboys nicht im Haus, als er zum zweiten Mal vorsprach. Nachdem sie einen ruhigen Vormittag im Bett verbracht hatte, beschloß die alte Dame, der ehemaligen Kinderfrau der Familie Talboys, Mrs. Medwey, die jetzt in einem kleinen Häuschen im Dorf Kensington wohnte, einen Besuch abzustatten. Lady Talboys hatte zwar keinen großen Hang zur Wohltätigkeit, wie sie selbst ihrer Enkelin gegenüber betont hatte, aber sie tat stets das, was sie für ihre Pflicht hielt. Ohne großes

Aufheben zu machen, sorgte sie dafür, daß alte Bedienstete der Familie ausreichend versorgt in den Ruhestand geschickt wurden, und ungefähr einmal im Jahr raffte sie sich auf, diese Leute zu besuchen. Auch wenn sie im allgemeinen mehr schalt als Mitgefühl zeigte, verzieh man ihr, denn alle Bediensteten des Hauses waren sich einig, daß sich hinter Lady Talboys' scharfer Zunge ein gütiges Herz verbarg. Sie stand jetzt im gleichen Alter wie viele ihrer einstigen Bediensteten, aber sie besaß noch so viel Energie und Lebenskraft, daß niemand sich darüber wunderte – am wenigsten Lady Talboys selbst –, daß sie es war, die die Strapazen eines Besuches auf sich nahm.

Gut, daß sie nicht zu Hause war; denn sie hätte die Art und Weise, wie ihre Enkelin Mr. Torrington empfing, bestimmt nicht gebilligt. Hitchens, der Butler, der ihn in den Empfangssalon führte, fragte Carina sehr korrekt, ob sie wünsche, daß er Miss Pinkerton als Anstandsdame hole. Carina lehnte diesen Vorschlag rundweg ab, und Hitchens hielt ihr mit sehr gemischten Gefühlen die Tür des Besuchszimmers auf, in dem der junge Mann wartete. Er bot das typische Bild des von Ängsten gepeinigten Liebhabers, wie er da bleich und nervös im Zimmer hin und her ging. Carina erklärte ihm sofort ihren Plan und wartete gespannt auf seine Reaktion.

Robert Torrington hatte ebenso wie Lizzie einen Hang zur Romantik und ließ seiner Begeisterung freien Lauf. »Wie kann ich Ihnen jemals danken, Miss Quincey? Kann ich – darf ich denn zulassen, daß das liebe Mädchen ihr Glück auf diese Weise aufs Spiel setzt? Meine geliebte Elizabeth ist ja so jung und unschuldig! Bin ich nicht ein Schuft, wenn ich ihre Unerfahrenheit ausnutze? O bitte, sagen Sie mir, daß ich nicht unanständig handle! Oder ist es meine Pflicht, still davonzugehen und schweigend zu leiden bei dem Gedanken, daß sie eines Tages jemandem ihre Zuneigung schenkt, der ihrer würdiger ist als ich?«

»Sie müssen selbst wissen, was Ihre Pflicht ist«, sagte Carina entrüstet, obwohl sie überzeugt war, daß seine Überlegungen rein rhetorischer Natur waren. »Ich fände es einfach gemein, wenn Sie jetzt auf Lizzie verzichteten. Schließlich hat sie Ihnen ihr ganzes Herz geschenkt. Wenn sie nichts gegen eine heimliche Trauung einwendet, sehe ich keinen Grund, warum Sie es tun sollten. Ich bin nicht der Ansicht, daß Sie ihre Unschuld ausnutzen. Das haben Sie getan, als Sie ihr Ihre Liebe gestanden. Jetzt ist es Ihre Sache, diese Liebe zu verwirklichen. Ich bin überrascht, daß Sie das nicht erkennen.«

»Ach, sie ist ja so jung, so rein, so gut!« schwärmte der Verliebte in einer Art und Weise, die Carina ziemlich ermüdend fand. Sie war froh, daß nicht sie es war, die von Robert Torrington geliebt wurde. Für so phantastische und späte Skrupel konnte sie kein Verständnis aufbringen. Aber schon redete er weiter: »Wie wollen wir die Täuschung bewerkstelligen, Miss Quincey? Wie kann Lizzie entfliehen?«

Erwartungsvoll blickte er seine Mentorin an. Wie Lizzie schien auch er unfähig zu sein, selbst die Dinge in die Hand zu nehmen. Geduldig erklärte Carina ihm den Plan einer Trauung im Fleet-Viertel.

Obwohl sie mit Lizzie noch nicht alle Einzelheiten besprochen hatte, zweifelte Carina nicht daran, daß sie den scharfen Augen von Helen und Lady Talboys entschlüpfen könnten. Sie könnten zum Beispiel vorgeben, zusammen irgendeine Besorgung machen zu wollen, und sich dann mit Robert Torrington beim Fleet-Gefängnis treffen. Man würde eine Mietkutsche nehmen, damit kein Diener etwas ausplaudern konnte. Mr. Torrington dürfe beruhigt alle Arrangements ihr überlassen. Sei das nicht ein großartiger Plan?

Mr. Torrington war begeistert und mit allem einverstanden. Man vereinbarte das Datum – in drei Tagen – und den genauen Treffpunkt.

»Nach der Trauung müssen wir unser Geheimnis noch zwei oder drei Tage bewahren, weil ich zu meinem Bruder fahren und ihn um seine Hilfe bitten möchte«, erklärte der junge Mann. »Ich wage es nicht, schon jetzt mit ihm Verbindung aufzunehmen, damit er Lady Helen nicht durch eine unvorsichtige Bemerkung auf unser Vorhaben aufmerksam macht. Ich werde ihn erst nach der Trauung aufsuchen. Wir werden Lady Helen und dem Admiral erst die Wahrheit sagen, wenn ich mit Gerald gesprochen habe. Vielleicht ist er bereit, meine Apanage zu erhöhen. Ich erwarte nicht, daß er es tut, aber zumindest sollte ich ihn fragen.«

»Das ist eine gute Idee«, stimmte Carina ihm zu. »Im übrigen halte ich es für ratsam, daß Sie inzwischen keinen Versuch unternehmen, mit Lizzie zu sprechen. Statt dessen sollten Sie ihren Flirt mit mir fortsetzen. Das wird zwar meine Großmutter verärgern, aber es wird Ihre wahre Neigung vertuschen. Wenn wir Lady

Helen glauben machen können, daß Sie jetzt in mich verliebt sind und nicht mehr in ihre Tochter, wird sie zwar sagen, daß Sie ein flatterhafter Mensch sind, aber sie wird keinen Verdacht schöpfen.«

»Bin ich nicht ein beneidenswerter Mann, Miss Quincey, weil Sie mir gestatten, nach Herzenslust mit Ihnen zu flirten?« fragte Robert Torrington galant und küßte Carina auf die Wange. Es war eine brüderliche Liebkosung, die von Carina auch so aufgefaßt wurde.

Es war daher ein höchst unglücklicher Zufall, daß sich ausgerechnet in diesem Moment die Tür öffnete und ein Besucher eintrat. Als Carina sah, wer es war, zog sie scharf den Atem ein und errötete verlegen. Zu ihrem Entsetzen stand der Marquis von Peterborough vor ihr.

»Ich störe wohl ein rührendes Tête-à-Tête«, näselte er spöttisch. »Ich fürchte, daß ich ungelegen komme.«

»Keineswegs, Lord Peterborough«, sagte Carina schnell. Sie war empört – wie typisch von ihm, unangemeldet einzutreten! »Mr. Torrington und ich haben unsere Besprechung beendet, und er wollte sich gerade verabschieden. Ich hoffe, Sie bald wiederzusehen, Mr. Torrington«, wandte sie sich an den jungen Mann und reichte ihm die Hand.

Er zögerte. »Ich möchte meinen Abschied nicht überstürzen, Miss Quincey, wenn ich Ihnen durch mein Hierbleiben dienlich sein kann«, bot er ihr an, während er einen nervösen Blick auf die grimmige Miene des Marquis warf.

»Nein, Mr. Torrington, Ihre Anwesenheit würde mir nicht im geringsten nützen. Ich freue mich auf Ihren morgigen Besuch«, sagte sie in einem unmißverständlichen Ton. Robert Torrington fügte sich ihrem Wunsch, verneigte sich und ging.

Erst als der junge Mann das Zimmer verlassen hatte, brach der Marquis sein Schweigen. »Pflegen Sie junge Herren immer ohne die Gegenwart einer Anstandsdame zu empfangen, Miss Quincey?« fragte er tadelnd. »Dann muß ich Ihnen sagen, daß Sie Ihren Ruf gefährden, wenn Sie sich so unkonventionell benehmen. Nach all dem Wirbel, den Sie wegen eines Kusses entfacht haben, hat es mich sehr überrascht, Sie in dieser Situation zu sehen. Darf ich Ihnen zu Ihrer Verlobung gratulieren, oder habe ich lediglich ein hitziges Techtelmechtel unterbrochen, Miss Quincey?«

»Es ist nicht so, wie Sie denken«, sagte Carina aufgebracht. Es war ihr entsetzlich peinlich, gerade von dem Mann, den sie am meisten verabscheute, in dieser Situation ertappt worden zu sein. Sie wußte sehr gut, welchen Eindruck ihr Verhalten auf ihn machen mußte, und das trug nicht dazu bei, ihre Laune zu verbessern. Der Marquis war genau im falschen Augenblick aufgetaucht, und unglücklicherweise konnte sie nichts sagen, was seinen Verdacht zerstreut hätte. Schließlich hing ja Lizzies und Roberts Glück davon ab, daß sie vorgab, Mr. Torringtons neue große Liebe zu sein.

»Woher wollen Sie wissen, was ich denke, Miss Quincey? Ich spiele nicht gern den Moralprediger, diese Rolle liegt mir nicht, aber ich muß Ihnen sagen, daß ein so freies Benehmen wirklich die Höhe ist. Ich kann nicht glauben, daß Lady Talboys Ihnen gestatten würde, die Werbung eines jüngeren Sohnes zu ermutigen. Und es schickt sich nicht, daß Sie sich von einem Herrn küssen lassen, es sei denn, Sie haben die Absicht, seine Frau zu werden. Man wird Sie für kokett halten, Miss Quincey, und ich brauche Ihnen wohl nicht zu erklären, wie gefährlich ein neuer Skandal für Sie wäre.«

Carina war zutiefst empört. »Ausgerechnet Sie müssen mir einen Vortrag über gutes Benehmen halten! Wer ist denn verantwortlich für den Skandal, in den ich verwickelt bin? Sie! Wem außer Ihnen sollte ich die Schuld daran geben, daß man seit meiner Ankunft in London über mich klatscht, mich beobachtet und beargwöhnt? Sie haben wegen einer schändlichen Wette meinen Ruf zerstört. Aber wie dem auch sei, weder bin ich in Robert Torrington verliebt, noch habe ich die Absicht, ihn zu heiraten. Ich habe nicht einmal einen Flirt mit ihm! Aber eines will ich Ihnen sagen: Wenn ich in ihn verliebt wäre, würde es keine Rolle spielen, was er ist. Er ist zehnmal mehr wert als Sie. Ja, er ist nur ein Habenichts, ein jüngerer Sohn, aber er hat Gefühle!«

Einen Moment lang herrschte Schweigen, dann fragte der Marquis: »Können Sie mir Ihr Wort darauf geben, Miss Quincey? Können Sie mir reinen Gewissens bestätigen, daß zwischen Ihnen und Mr. Torrington nichts ist und daß der Kuß, den Sie sich ohne Widerstreben gefallen ließen, nur eine brüderliche Zärtlichkeit war?«

»Ja, darauf gebe ich Ihnen mein Wort, Sir.« Vor Zorn und Scham war sie den Tränen nahe. »Ich erwarte nicht, daß Sie verstehen, was eine geschwisterliche Zuneigung ist. Sie können sich wohl nur eine ganz bestimmte Art von Liebe zwischen Mann und Frau vorstellen. Alles, was Sie tun und sagen, steht im scharfen Gegensatz zu einer natürlichen Freundschaft zwischen den Geschlechtern. Für Sie ist jeder Kuß ein Mittel zur Verführung und jede Freundlichkeit, die ein Mann einer Frau erweist, nichts weiter als ein Schritt auf dem Weg zur Lasterhaftigkeit. Aber nicht jeder denkt so wie Sie!«

»Ich akzeptiere Ihr Wort, Miss Quincey, etwas anderes bleibt mir gar nicht übrig«, sagte der Marquis ruhig. Aber seine Augen funkelten wild, und sein Mund hatte sich höhnisch verzogen. »Nun gut, wenn dieser junge Mann Ihnen nichts bedeutet, wenn Sie nur schwesterliche Gefühle für Mr. Torrington empfinden, dann beweisen Sie es mir! Ja, beweisen Sie es, indem Sie meine Frau werden!«

Carina, die nervös ihr Taschentuch zwischen den Fingern gedreht hatte, blickte verdutzt auf. Das hatte sie nicht erwartet. Der große Mann vor ihr schien vor Wut zu kochen. Aber dann glaubte sie ihn zu verstehen, und plötzlich überfiel sie eine eiskalte Ruhe. »Soll ich diesen cholerischen Ausbruch als einen Heiratsantrag auffassen, Sir? Oder ist dies eine neue Tortur, die Sie sich ausgedacht haben, um mich zu peinigen?«

»Es ist ein Heiratsantrag, Miss Quincey. In solchen Dingen pflege ich nicht zu scherzen. Und deshalb wiederhole ich meine Worte: Beweisen Sie mir, daß Sie Mr. Torrington nicht lieben, und werden Sie meine Frau.« Seine Stimme hatte einen seltsamen Unterton, und er schien Carina mit seinen Blicken zu verschlingen.

Eine Sekunde lang glaubte sie, daß er betrunken sei, aber dazu war es noch zu früh am Tage. »Vielen Dank, Sir, aber ich muß gestehen, daß Sie der letzte Mann auf der Welt sind, den ich heiraten würde. Ich verabscheue Sie nämlich, Sir, und selbst Ihr Rang und Ihr Reichtum sind nicht verlockend genug, um meinen Haß zu überwiegen.« Sie knickste voller Ironie, aber als sie sich wieder aufgerichtet hatte, packte sie die Angst. Er sah aus, als ob er sie schlagen wollte.

Doch der Marquis bewahrte Haltung. Seine Stimme klang nicht mehr spöttisch, sie bebte vor Zorn, aber er verlor nicht die Beherrschung. »Darf ich erfahren, was ich getan habe, um mir einen solchen Haß zuzuziehen? Ich habe mich bisher in dem Glauben gewiegt, daß die Dame, der ich meine Hand anbiete, zumindest höflich sein würde, auch wenn sie meinen Antrag ablehnen sollte. Allerdings habe ich entdecken müssen, daß Sie eine Frau sind, die für mich etwas ganz Neues ist – man kann sich nicht darauf verlassen, daß Sie Anstand oder gute Manieren zeigen.«

Jetzt war es Carina, die vor Zorn bebte. »Hätten Sie sich bei unserer ersten Begegnung mehr wie ein Gentleman und weniger wie ein Wüstling aufgeführt, dann hätte ich vielleicht nur eine Abneigung gegen Sie entwickelt, Lord Peterborough. Aber jetzt und hier darf ich Ihnen versichern, daß Sie mir zutiefst verhaßt sind. Alles, was ich über Sie erfahren habe – Ihre Spielleidenschaft, Ihre Liebschaften, Ihre Ballettänzerinnen und die anderen Frauen, die von Ihnen ausgehalten werden –, läßt Sie in meinen Augen als ein unheilbarer Verschwender erscheinen. Aber da ist noch etwas: Glauben Sie etwa, daß ich nichts von der schändlichen Abmachung gehört hätte, die auf Ihr Betreiben bei White's ins Wettbuch eingetragen worden ist? Einem skrupellosen Spieler Ihres Schlages ist selbst ein Heiratsantrag nicht heilig. Ich werde Ihnen nicht helfen, die Wette zu gewinnen, indem ich Ihrem Wunsch nachkomme, mich mit Ihnen zu verloben. Diese eine Wette werden Sie verlieren, Mylord!«

Der Marquis stand ruhig da, aber er sah zum Fürchten aus. Seine Augen sprühten vor Zorn. Seine langen Finger umklammerten die Reitgerte so fest, daß die Knöchel weiß waren. Dann begann er, die Reitgerte mit einem klatschenden Geräuch gegen den Stiefelschaft zu schlagen.

»Ich danke Ihnen für das Bild, das Sie von meinem Charakter gezeichnet haben«, sagte er schneidend. »Ich will es Ihnen ersparen, daß ich irgend etwas dagegen sage; ich werde Sie von meiner Gegenwart befreien. Aber vorher möchte ich *Ihnen* ein paar offene Worte sagen.«

Carina sollte jedoch nicht erfahren, was der Marquis ihr hatte sagen wollen, denn in diesem Augenblick klopfte Hitchens an die Tür. Er war offensichtlich verstört. Die bisherigen Ereignisse hatten schon sein ganzes Mißfallen erregt, aber jetzt bahnte sich eine neue Katastrophe an. »Miss Quincey, draußen steht eine Frauensperson mit einem... einem Straßenjungen. Sie besteht darauf, mit Ihnen persönlich zu sprechen. Ich habe ihr natürlich keine Zusage gegeben, daß Sie sie empfangen werden. Sie wartet in der Bibliothek. Soll ich sie wieder wegschicken?«

»Warum denn?« fragte Carina. »Bitte lassen Sie die Frau eintreten. Der Marquis wollte sich gerade verabschieden.«

Der Butler warf dem Marquis einen flehentlichen Blick zu, den dieser mit kühler Unbeteiligtheit erwiderte; nur ein leises Zucken seiner Mundwinkel deutete an, daß er Hitchens' stumme Bitte verstanden hatte. »Ich nehme an, daß diese – äh – Frauensperson irgendeine Beschwerde vorbringen will. Daher werde ich Miss Quincey beistehen, um zu verhindern, daß sie über Gebühr belästigt wird.«

»Vielen Dank, Mylord«, sagte der Butler erleichtert. »Ich bin sicher, daß Sie Miss Quincey einen Rat geben können, wie sie sich dieser Krämersfrau gegenüber verhalten soll.«

Diese Bemerkung erweckte den Dämon in Carinas Brust, und ihr Gesicht verriet, wie entrüstet sie war. Der Marquis schien ihre Gefühle korrekt zu interpretieren; denn er lachte unterdrückt auf, als der Butler verschwand, um die mysteriösen Besucher zu holen. »Nur keine Aufregung, Miss Quincey«, sagte er. »Ihr Butler ist anscheinend der Ansicht, daß ich Sie beschützen soll, eine Aufgabe, die mir sehr gefällt. Bitte verderben Sie mir dieses Vergnügen nicht durch einen Ihrer Wutanfälle. Ich muß gestehen, daß ich dieses Nachspiel zu Ihrer Ablehnung meines Heiratsantrags geradezu erfrischend originell finde.«

Auch Carina konnte sich dem komischen Aspekt der Situation nicht entziehen, und so kam es, daß der Butler zwei lächelnde junge Menschen vorfand, als er eine füllige Frau in mittleren Jahren hereinführte, die einen zerlumpten, schmutzigen kleinen Jungen fest am Arm gepackt hielt. Carina erkannte in ihm sofort den Jungen wieder, dem sie vor ein paar Tagen hatte helfen wollen.

Bevor sie dem zitternden Kerlchen ein paar beruhigende Worte sagen konnte, brach die Frau in einen langen und verwirrenden Wortschwall aus: »Ich will Sie nicht belästigen, Miss, wo ich niemand bin, der die feinen Leute immer belästigt, auch wenn sie mir Geld schulden, aber ich hielt es für meine Pflicht, herzukommen und Ihnen diesen Strolch zu bringen. Der Junge ist ein richtiger Dieb, da gibt's nichts zu deuteln, und ich sollte ihn den Bütteln ausliefern, aber ich bin nun mal ein mitleidiger Mensch und kann es nicht sehen, wenn Kinder Hunger haben. Ich hab' ihn erwischt, wie er einen Laib Brot stahl, sowie ich den Rücken gekehrt hatte. Bei all den Kunden, die auf Bedienung warteten, hat er wohl gedacht, ich würde ihn nicht sehen. Hab' ich aber doch, und als ich ihm ein paar hinter die Löffel klebte, hat er Ihren Namen gekreischt, Miss, und hat gesagt, daß Sie ihm gesagt haben, er soll zu Ihnen kommen.«

»Das stimmt«, sagte Carina schnell, als die Frau Luft holen mußte. »Ich habe ihm für den Fall, daß er Hilfe braucht, meinen Namen und meine Adresse genannt. Darf ich Ihnen das Brot bezahlen, das er Ihnen gestohlen hat, Mrs. ...?«

»Mrs. Bateman, Miss. Nein, ich brauche das Geld nicht, wo das Geschäft so gutgeht, und ich mißgönne auch dem Bürschchen eine abgebrochene Kruste oder ein Stück altes Brot nicht, aber gegen Stehlen hab' ich was, und jetzt hätt' ich gern gewußt, wie Sie dem das abgewöhnen wollen.«

»Das weiß ich im Moment selbst nicht«, erwiderte Carina. »Ich weiß nur, daß er erst einmal etwas essen muß, und dann braucht er anständige Kleider. Danach müssen wir eine Lehrstelle für ihn finden. Gibt es irgendeinen Beruf, den du gern lernen möchtest?« fragte sie den Jungen freundlich, der mit offenem Mund das schön eingerichtete Zimmer und die fein gekleideten Leute betrachtete.

»Weiß nich', Miss«, murmelte er.

»Wie heißt du, Kleiner?« fragte der Marquis mit unerwartet sanfter Stimme.

»Frank.«

»Frank, und weiter? Wie lautet dein Familienname?«

»Weiß nich', Sir. Hab' nie einen Familiennamen nich' gehört.«

Jetzt schaltete sich Mrs. Bateman wieder ein. »Diese Straßenkinder haben keine Namen oder Eltern oder sonstwas«, erklärte sie. »Ich weiß nicht, ob Sie eine Ahnung haben, wie die andere Hälfte der Menschheit lebt, Miss, aber Kinder wie der haben rein gar nichts. Ich tue, was ich kann, aber das ist nicht viel, ich hab' ja meine eigene Familie und muß an meine fünf Kinder denken. Aber es griff mir ans Herz, als ich sah, wie der Junge klaute, und ich sagte mir, will doch mal sehen, ob die feine Dame, von der er redet, ihm helfen kann. Wenn nicht, dann muß er ins Arbeitshaus, und da wird er erst recht verdorben.«

»Sie haben ganz richtig gehandelt, Mrs. Bateman, und ich danke Ihnen«, sagte Carina ruhig. »Können Sie in Ihrer Bäckerei nicht eine Hilfskraft gebrauchen? Ich würde Ihnen gern behilflich sein und für seine Ausbildung bezahlen, wenn Sie den Jungen nehmen könnten.«

»Nein, Miss, das ist sehr freundlich von Ihnen, aber es geht nicht. Mein Ältester hilft mir bereits, und sein jüngerer Bruder muß jetzt auch mit der Lehre anfangen, und Mr. Bateman würd' es nicht wollen, wo er sozusagen das Geschäft in der Familie behalten will. Aber irgendwas muß geschehen, sonst wird der Frank ein richtiger Dieb. Stehlen ist ja alles, was er kann.«

»Ich verstehe Sie sehr gut, Mrs. Bateman. Ich werde mich seiner annehmen, so daß Sie beruhigt zu Ihrer Familie zurückgehen können. Es war nett von Ihnen, den Jungen zu mir zu bringen, und ich werde mich nicht als undankbar erweisen. Wenn Sie beim Butler Ihren Namen und Ihre Adresse hinterlassen, werde ich Sie bestimmt bald besuchen. Inzwischen darf ich Ihnen vielleicht das hier anbieten, um Sie für Ihre Zeit und für die Unkosten zu entschädigen, die Ihnen dadurch entstanden sind, daß Sie den Jungen hierhergebracht haben.«

Sie nahm zwei Guineen aus ihrem Ridikül und reichte sie der Frau, deren Miene sich bei der Erwähnung einer Entschädigung erhellt hatte. Sie knickste und ließ den Arm des Jungen los, dann sagte sie mit derber Freundlichkeit zu ihm: »So, mein Junge, von jetzt ab wirst du auf das hören, was die Miss sagt, und das tun, was sie will. Du hast gehört, was sie gesagt hat. Du kriegst was zu essen und was anzuziehen.« Nach dieser Ermahnung ging sie, und Hitchens begleitete sie mit säuerlicher Miene zur Haustür.

Der Junge war nun mit Carina und dem Marquis allein. Was, um alles in der Welt, sollte sie mit ihm machen? Sie rief nach Hitchens und trug ihm auf, Frank in die Küche zu bringen und ihm etwas zu essen zu geben. »Und dann bringen Sie ihn wieder her.«

Der Butler verneigte sich, dann fragte er: »Was soll ich Lady Talboys berichten, wenn sie zurückkommt? Ich bitte um Verzeihung, Miss Quincey, aber Mylady wird nicht erbaut sein. Am besten übergeben wir das Kind den Bütteln.«

»Sie brauchen nur dafür zu sorgen, daß der Junge etwas zu essen bekommt, Hitchens. Ich selbst werde Lady Talboys alles erklären«, sagte Carina energisch. Der Butler fügte sich ihren Anordnungen und ging mit dem Jungen hinaus. Carina wußte sehr wohl, daß er recht hatte. Es würde Lady Talboys gar nicht gefallen, daß ihr Haushalt sich um einen kleinen, schmutzigen und – um der Wahrheit die Ehre zu geben – übelriechenden Straßenjungen vermehrt hatte.

»Sie können nicht erwarten, daß Ihre Großmutter das Kind hier im Haus läßt«, sagte der Marquis. Sein Blick verriet, daß er sich über Carinas Dilemma köstlich amüsierte.

»Das weiß ich«, entgegnete sie. »Ich muß mir irgend etwas einfallen lassen. Wenn doch Papa noch da wäre, er würde mir bestimmt helfen! Er wußte immer, was not tut. Auf unserem Besitz gibt es sogar eine Schule, die für Frank genau das richtige wäre. Aber wie soll ich das arrangieren? Ich kann ihn nicht selbst hinbringen, und ich glaube nicht, daß meine Großmutter es gestatten würde, daß einer ihrer Bediensteten ihn begleitet. Ich könnte ihn zwar mit der Postkutsche hinschicken, aber ich möchte wetten, daß er weglaufen oder irgend etwas anstellen würde. Kleine Jungen sind wirklich sehr lästig.«

»Größere auch«, murmelte der Marquis aufreizend. »Sie sitzen in der Klemme, Miss Quincey. Sie können Frank nicht hierbehalten. Lady Talboys ist zwar eine reizende und sehr ungewöhnliche Dame der alten Schule, aber sie hält nichts davon, Wohltäterin der unteren Gesellschaftsschichten zu spielen. Das hat sie meiner Mutter mehr als einmal gesagt.«

»Es ist alles so schwierig. Nun, ich muß eben eine Auseinandersetzung mit ihr riskieren. Irgend etwas muß ich für Frank tun. Er würde bestimmt wieder in der Gosse landen, wenn ich ihm Geld gäbe. Sie haben ja gehört, wie die Frau gesagt hat, daß er außer Stehlen nichts kann. Er braucht andere Hilfe. Ich muß meine Großmutter dazu bringen, daß sie seine Lage begreift. Oder vielleicht sollte ich mich an James Reddington wenden. Er hat einen nüchternen Verstand und würde mir sicher helfen.«

»James Reddington! Dieser aufgeblasene Langweiler soll sich um ein Kind aus der Gosse kümmern?« Der Marquis lachte. »Von dem können Sie nichts erwarten, Miss Quincey.«

»Warum sprechen Sie so über ihn? Doch nur, weil Sie ihn nicht leiden können. Aber ich sage Ihnen, daß er sich mir gegenüber oft genug sehr verständnisvoll über die Lage der Armen geäußert hat. Er hat eine sehr lobenswerte Einstellung.«

»Das bezweifle ich nicht, Miss Quincey. Mr. Reddington versteht es wunderbar, seine Ansichten in schöne Worte zu kleiden, aber versuchen Sie einmal, ihn dazu zu veranlassen, daß er wirklich etwas tut.«

Carina wollte diese Behauptung eigentlich nicht unwidersprochen hinnehmen, sah aber ein, daß es keinen Sinn hatte zu protestieren. »Wer könnte mir sonst helfen?« fragte sie herausfordernd.

»Ich«, erwiderte der Marquis.

»Sie?«

Ihre Überraschung entlockte ihm ein etwas grimmiges Lächeln. »Sie können sich wahrscheinlich nicht vorstellen, daß ich irgendwelche guten Eigenschaften besitze, aber ich versichere Ihnen, daß ich nicht bar jeglichen Mitgefühls bin. Gestatten Sie mir also, daß ich diese gute Tat vollbringe, sei es auch nur, um Ihnen zu beweisen, daß auch ich uneigennützig sein kann.«

»Was haben Sie mit ihm vor?« fragte Carina mißtrauisch. »Was wissen Sie denn über Armut und kleine Jungen?«

»Ich werde ihn meiner Mutter anvertrauen«, erklärte der Marquis gelassen. »Sie weiß alles über solche Dinge. Hat sie Ihnen nichts von dem Waisenhaus erzählt, das sie gegründet hat und leitet? Und von ihren Schulen? Ich dachte, daß Sie mit Ihnen darüber gesprochen habe. Ich weiß, daß Sie ihr sehr gut gefallen haben.«

»Wir hatten keine Gelegenheit, uns darüber zu unterhalten«, erwiderte Carina verlegen.

Der Marquis begriff sofort, was sie damit sagen wollte. »Aha«, murmelte er, »Sie waren beide vollauf damit beschäftigt, meinen unsittlichen Lebenswandel zu beklagen. Nun, dann will ich Sie aufklären. Meine Mutter leitet ein Waisenhaus und drei Schulen, und sie wird genau wissen, was mit Frank geschehen soll. Sie dürfen ihn mir beruhigt mitgeben, und ich verspreche Ihnen, daß ich ihn sofort zu meiner Mutter bringe. Befreit Sie das von Ihren Sorgen?«

»Ja, natürlich«, antwortete Carina und suchte nach ein paar versöhnlichen Worten. »Ich muß mich bei Ihnen entschuldigen, Mylord. Gewiß langweilt es Sie zu Tode, den Wohltäter zu spielen, und deshalb ist es Ihnen um so höher anzurechnen. Frank wird sich meinem Dank sicherlich anschließen.«

Das war jedoch ein Irrtum; denn als der Junge von dem immer noch konsternierten Hitchens wieder ins Zimmer gebracht wurde, war sein Mund noch so mit Essen vollgestopft, daß er kein Wort hervorbringen konnte.

Hitchens' besorgte Miene erhellte sich, als Carina ihm mitteilte, daß der Marquis den Jungen mitnehmen würde. Sie erhellte sich noch mehr, als der Marquis ihm diskret etwas in die Hand drückte und meinte, es genüge wohl, wenn man Lady Talboys gegenüber die Anwesenheit des Jungen nur flüchtig erwähne. Obwohl Carina

Bestechung als etwas Verwerfliches verurteilte, war sie erleichtert, daß der Marquis Hitchens' Hand gesalbt hatte. Ihr war klar, daß sie bei dem Butler in Ungnade gefallen war. Natürlich würde er Lady Talboys über den Vorfall unterrichten, aber vielleicht würde er sie in seinem Bericht jetzt etwas milder behandeln.

»So, Frank«, sagte sie zu dem Jungen, »du gehst jetzt mit diesem Herrn mit. Er heißt Lord Peterborough, und du mußt sehr brav sein und ihm gehorchen. Er wird dich zu seiner Mutter bringen. Sie wird für dich einen Platz finden, wo du regelmäßig zu essen bekommst und in einem richtigen Bett schlafen kannst. Und dann wirst du einen anständigen Beruf erlernen.«

»Komm, mein Junge«, sagte der Marquis energisch, »und mach mir keinen Ärger.«

»Jässir«, sagte der Kleine, der die Stimme der Autorität erkannte. Obwohl er von all dem Neuen sehr verwirrt war, vergaß er Carina nicht. Er griff sich verlegen ins Haar und verbeugte sich ungeschickt. »Danke, Ma'm«, murmelte er, und Carinas Herz schmolz. Sie sah zu dem hochgewachsenen Mann auf, der sie aus ihrer schwierigen Lage erlöst hatte, und für einen Augenblick vergaß sie seine Arroganz und den Heiratsantrag, über den sie sich so geärgert hatte. »Ich danke Ihnen vielmals, Mylord«, sagte sie lächelnd.

»Ach, Miss Quincey, was tun Sie mir da an?« seufzte der Marquis, und der alte Spott blitzte aus seinen Augen. »Wenn Sie lächeln, verspüre ich den Wunsch, Sie wieder zu küssen.«

»Schlagen Sie sich das aus dem Kopf«, fauchte sie, und mit einem sonderbaren Gefühl, gemischt aus Empörung und Verwirrung, begleitete sie das seltsame Paar – den eleganten Lebemann und den zerlumpten Straßenjungen – zur Haustür.

7

Lady Talboys war sehr schlechter Laune, als sie wieder zu Hause eintraf. Nanny Medway war noch langweiliger als sonst gewesen und hatte Lady Talboys mit einer pausenlosen Tirade über die losen Sitten der modernen jungen Damen, den hohen Mehlpreis sowie die gesundheitsschädliche und extravagante derzeitige Mode beglückt. Mit der ganzen Tyrannei einer alten Vertrauten hatte sie

Lady Talboys kaum eine Gelegenheit gegeben, auch etwas zu sagen. Und was das Ganze noch schlimmer gemacht hatte: Nanny Meday, die ans Haus gefesselt war und ein tugendhaftes Leben führte, hatte während der ganzen Zeit an irgendwelchen scheußlichen Kleidungsstücken für die Armen gestrickt. Selbst Lady Talboys hatte nichts entdecken können, das ihr Grund zum Schelten gegeben hätte.

Als ob das noch nicht genug gewesen wäre, wurde sie an der Haustür von Hitchens empfangen, der wieder einmal seine ›resignierte Miene‹, wie sie es nannte, aufgesetzt hatte. Jedesmal, wenn sein Anstandsgefühl oder seine Geduld über das erträgliche Maß strapaziert worden waren, bot er ihr an, aus ihren Diensten auszuscheiden. Dieses Angebot wurde natürlich niemals akzeptiert. Tatsächlich wäre Hitchens ebenso überrascht wie verletzt gewesen, wenn es angenommen worden wäre, denn er hatte nicht die leiseste Absicht, Lady Talboys' Haus zu verlassen. Die Folge dieses Kündigungsrituals, dachte Lady Talboys gereizt, war entweder eine weitere Erhöhung seines bereits übertrieben hohen Lohns oder die Strafe, sich eine Stunde lang seine Klagen anhören zu müssen. Obwohl sie sehr müde war, hörte sie zu.

Es war ein sehr langatmiger Bericht über das halsstarrige Benehmen von Miss Quincey, das schockierende Auftauchen einer Händlersfrau und eines Betteljungen, den Besuch von Mr. Torrington und die Güte und Großherzigkeit des Marquis von Peterborough. Lady Talboys, die nur mit halbem Ohr zuhörte, nahm sich vor, mit Carina zu sprechen. Anscheinend hatte das Mädchen wieder einmal alle Konventionen in den Wind geschlagen und sich unmöglich benommen. Sie war besonders über Mr. Torringtons Besuch verärgert.

Ihre Stimmung verschlechterte sich noch mehr, als Pinkerton sich nicht davon abhalten ließ, ihr zu berichten, daß Miss Quincey es abgelehnt hatte, ihre Dienste als Anstandsdame in Anspruch zu nehmen. »Nicht, daß mir das etwas ausgemacht hat, schließlich habe ich Berge von Näharbeiten, ganz zu schweigen von Ihrem Reiseumhang, Mylady, den ich eingemottet habe. Ich will damit nur sagen, daß die junge Miss einfach nicht weiß, was sich gehört. Ich wäre die letzte, die behaupten würde, daß sie mit Mister Torrington oder Lord Peterborough flirtet, aber die beiden Herren ohne Anstandsdame zu empfangen, kann man weder als klug noch als wohlerzogen bezeichnen, und ein solches Verhalten kann nur falsch ausgelegt werden.«

Dieser Meinung war Lady Talboys auch, aber sie schwieg, weil sie es für besser hielt, wenn das Personal glaubte, daß Carinas Benehmen von ihrer Großmutter gebilligt wurde. Bei der ersten Gelegenheit ließ sie das Mädchen zu sich rufen und stellte es ohne Umschweife zur Rede: »Was muß ich da hören? Du hast Mr. Torrington und Lord Peterborough ohne Anstandsdame empfangen? Ich verstehe, daß du Pinkerton nicht dabeihaben wolltest, sie kann höchst lästig sein, aber es ist unglaublich, daß du Herrenbesuche empfängst, ohne daß irgendeine Frauensperson anwesend ist. Das geht einfach nicht, Carina! Du hast dich nicht nur schlecht, sondern auch töricht benommen.«

Carina senkte beschämt den Kopf. Ihre Großmutter hatte ja recht, und es tat ihr leid, daß sie bei ihr in Ungnade gefallen war. »Ich vermute, daß Sie eine entstellte Version gehört haben, Großmama«, sagte sie vorsichtig und fragte sich, was Pinkerton und Hitchens tatsächlich berichtet hatten. »Ich hatte selbstverständlich vor, Ihnen alles zu erzählen.« Und dann gab sie ihrer Großmutter einen Bericht über die Geschehnisse des Nachmittags, allerdings ohne den Plan, den sie mit Robert Torrington ausgeheckt hatte, und den Heiratsantrag des Marquis zu erwähnen.

Sie erzählte nur, daß Mr. Torrington und der Marquis ihr einen kurzen Besuch abgestattet hatten. Die Bäckersfrau und der Junge waren nicht so leicht zu erklären; Carina beschloß, bei der Wahrheit zu bleiben. Lady Talboys hörte ihr schweigend zu und warf ihr nur hin und wieder einen mißtrauischen Blick zu, insbesondere als es um Mr. Torrington ging. Erst als Carina ihr von Lord Peterboroughs Angebot, ihr den kleinen Jungen abzunehmen, berichtete, ließ sie sich zu einer Äußerung hinreißen: »Rede keinen Unsinn, mein Kind! Ich soll dir glauben, daß der Marquis von Peterborough sich eines schmuddeligen Betteljungen aus der Gosse angenommen hat?«

»Ja, das hat mich auch überrascht. Aber genau das hat er getan. Er erzählte mir, daß seine Mutter Schulen für Waisenkinder gegründet habe, und daß er ihr das Kind anvertrauen werde. Normalerweise hätte ich es nicht gestattet, daß er das Kind mitnahm, aber bei Lady Peterborough kann ich sicher sein, daß sie das Richtige tut.«

»So so«, murmelte die alte Dame nachdenklich. Plötzlich erhellte sich ihre Miene. »Vielleicht hat der Marquis wirklich eine

Schwäche für dich entwickelt, Carina, und wollte sich dir von einer angenehmen Seite zeigen. Ja, das wäre eine Erklärung.«

»Ich würde mich keineswegs geschmeichelt fühlen, wenn es so wäre«, erklärte Carina und dachte an den taktlosen Heiratsantrag des Marquis. »Aber ich fürchte, er hatte einen anderen Grund, der mir viel wahrscheinlicher vorkommt. Vermutlich will er nur die Wette gewinnen, und er glaubt, daß er mich auf diese Weise dazu bringen kann, mich in ihn zu verlieben. Aber das wird ihm nie gelingen.«

Die alte Dame musterte sie mit einem durchdringenden Blick. »Hmff«, schnaubte sie, »ich hoffe, daß du dir da ganz sicher bist. Er kann verteufelt charmant sein, wenn er es darauf anlegt. Du wärst nicht die erste Frau, die sich gegen alle Vernunft verliebt.«

»Glauben Sie mir, Großmama, ich bin gegen seinen berühmten Charme völlig unempfindlich. In meinen Augen ist er ein Scheusal.«

»Nun, dann kann ich nur hoffen, daß du mit diesem anderen Nichtsnutz, dem jungen Torrington, nichts im Sinn hast. Das wäre ein großer Fehler, Carina. Und was den Marquis betrifft, so hat er sich vielleicht nur amüsieren wollen.«

Schon am Abend des gleichen Tages schien es, als ob Lady Talboys Worte prophetisch gewesen waren und der Marquis es bereute, daß er Carina für kurze Zeit seine Aufmerksamkeit geschenkt hatte. Die Reddingtons hatten Carina und ihre Großmutter eingeladen, sich David Garrick in ›Richard II.‹ anzusehen. Alle Leute, die Rang und Namen hatten, waren im Theater, da der junge Schauspieler es durch seinen ungewöhnlichen Stil bereits zu einer gewissen Berühmtheit gebracht hatte. Im Gegensatz zu den beiden anderen Hauptdarstellern, den Herren Quin und Macklin, fiel Garrick durch seine Ungezwungenheit auf. Seine Kollegen deklamierten den Text mit schwerfälligem Pathos, aber Garrick verstand es, seiner Rolle Leben einzuhauchen. Carina hatte schon oft von ihm gehört und sich immer gewünscht, ihn einmal auf der Bühne zu erleben.

Heute war die Gelegenheit besonders günstig, denn der Schauspieler trat nicht nur in Shakespeares Drama auf, sondern er war auch der Verfasser der Posse, die anschließend gegeben wurde. Lady Talboys hatte für die Tragödie nur wenig Interesse gezeigt und geäußert, daß Shakespeare »furchtbares Zeug« sei, auch wenn es jetzt wieder in Mode komme. Aber sie freute sich auf die Posse, die den Titel ›Der verlogene Kammerdiener‹ trug.

In der Loge, die derjenigen der Reddingtons direkt gegenüberlag, saß Charlotte Milgrave, kühl wie ein Eisberg. Sie trug eine elegante Kontusche aus feinstem weißen Satin und dazu Perlenschmuck. Lizzie und Carina verneigten sich höflich und winkten ihr zu. Die schöne Miss Milgrave neigte kaum merklich das Haupt und hob lässig eine Hand, gerade hoch genug, um anzudeuten, daß sie den Gruß erwiderte.

In diesem Augenblick entdeckte Carina im Hintergrund der Loge die vertraute Gestalt des Marquis, der von seinem Freund Ponsonby begleitet war. Die liebliche Charlotte lehnte sich in ihrem Stuhl zurück, wobei sie anmutig mit dem Fächer wedelte, und warf ihm eine Bemerkung zu, wobei sie beinahe lebhaft wirkte. Anscheinend antwortete der Marquis ihr, denn er beugte sich vor und schaffte es tatsächlich, ihr etwas Ähnliches wie ein Kichern zu entlocken. Mr. Ponsonby unterhielt sich währenddessen mit Mrs. Milgrave. Wahrscheinlich wollte er seinem Freund freie Bahn bei der Tochter verschaffen, indem er ihm die Mutter vom Leib hielt, dachte Carina erbittert.

James Reddington hatte beobachtet, wie die jungen Damen Grüße austauschten, und sagte taktlos zu Carina: »Ich freue mich, daß Sie Miss Milgraves Bekanntschaft gemacht haben. Sicherlich haben Sie festgestellt, daß ihre Vernunft genauso rühmenswert ist wie ihre Schönheit.«

»Das ist mir schon von vielen Seiten gesagt worden«, gab Carina schnippisch zurück. Sie hatte die Loblieder auf Miss Milgraves Tugenden gründlich satt. Sowohl Lady Talboys als auch Lady Helen redeten immer wieder darüber, und jetzt stimmte James Reddington in diesen Chor ein. Vielleicht hatte er wirklich einmal um die Schönheit geworben, wie Lizzie behauptet hatte.

»Ich hoffe, daß ich mich irre, wenn ich glaube, in Ihrer Stimme einen eifersüchtigen Klang gehört zu haben, Miss Quincey«, sagte James Reddington würdevoll. »Lassen Sie mich Ihnen sagen, daß es Ihnen meiner Meinung nach nicht an Vernunft mangelt. Außerdem ist mir bewußt, daß Ihre Erziehung zumindest in einem Punkt der von Miss Milgrave überlegen ist – daß Sie nämlich ernsthaft über einige wichtige Aspekte der Zeit, in der wir leben, nachdenken.«

»Ich bin von Ihrem Lob beinahe überwältigt«, erwiderte Carina mürrisch. Großer Gott, dachte sie, jetzt rede ich schon wie er. Sie bereute, daß sie sich ihm gegenüber zu einer Unhöflichkeit hatte hinreißen lassen, und fragte sich, ob er die bissige Ironie ihrer Worte überhaupt bemerkt hatte. Aber Mr. Reddington sah nur etwas verdutzt aus. Um ihn abzulenken, fragte sie: »Hat meine Großmutter Ihnen von dem überraschenden Edelmut des Marquis von Peterborough erzählt? Er war tatsächlich so gütig, mir bei einer barmherzigen Tat behilflich zu sein.«

James Reddington blieb ernst, obwohl sie das Ganze wie einen Scherz dargestellt hatte.

»Jawohl, Ihre Großmama hat es mir berichtet, und ich halte es für meine Pflicht, Miss Quincey, Sie davor zu warnen, daß Ihre Gefühle die Oberhand über ihre Klugheit gewinnen«, sagte er gewichtig. »Ich beklage wie Sie die Lage der Armen in London, aber meiner Meinung nach schickt es sich für eine junge Dame Ihres Alters nicht, die Konventionen beiseite zu schieben und sich damit zu beschäftigen, ein Kind aus der Gosse zu retten. Sie können nicht sicher sein, ob Sie damit zum Besten des Kindes gehandelt haben. Manchmal sind die Leiden der Armen die unvermeidliche Folge von Ausschweifungen und Charakterschwäche – und somit eine Lektion für alle, die diese Leiden sehen. Wenn Sie durch unbedachte Barmherzigkeit in das unaufhaltsame Räderwerk der Naturgesetze eingreifen, handeln Sie möglicherweise gegen die göttliche Vorsehung.«

»Um Himmels willen, wie meinen Sie das?« fragte Carina verstört. »Ich glaubte, daß Sie mein Verhalten gutheißen würden. Ich erinnere mich sehr genau, daß Sie bei unserer ersten Begegnung das Werk meines Vaters als das eines großen Menschenfreundes priesen. Gerade von Ihnen habe ich erwartet, daß Sie alles unterstützen, was helfen könnte, die Armen aus ihrem elenden Dasein herauszuführen.«

»So ist es auch«, erwiderte Mr. Reddington selbstzufrieden. »Natürlich hatte ich von der hervorragenden Arbeit Ihres Vaters gehört. Selbst meine ärgsten Feinde müßten zugeben, daß ich mich für alle barmherzigen und philanthropischen Maßnahmen interessiere, die jetzt in Gang gesetzt worden sind. Aber das ist etwas ganz anderes als die individuelle und unüberlegte Ausübung der Wohltätigkeit, Miss Quincey. Ich will damit nicht sagen, daß ich dagegen bin, wenn man – natürlich innerhalb vernünftiger Grenzen – an Menschen, die ein gottgefälliges und bescheidenes Leben führen, Almosen austeilt, aber ich bin nicht der Ansicht, daß sich diese Freigebigkeit auf Müßiggänger und Sünder erstrecken sollte. Wenn man einem Jungen hilft, der von Straßendiebstählen lebt, unterstützt man das Laster.«

Carina dachte schweigend über seine Worte nach. Sie hatte sich von Mr. Reddington doch wohl ein falsches Bild gemacht. Sir Basil hatte von wohltätigen Organisationen keine hohe Meinung gehabt; seiner Ansicht nach handelte es sich in vielen Fällen um schlecht beratene Vereinigungen von Angehörigen der höheren Kreise, die lieber ihre angeblich edelmütigen Gefühle zur Schau stellen als tatkräftig zupacken wollten. Er war der Auffassung gewesen, daß jeder Mensch, der in guten Verhältnissen lebte, Wohltätigkeit *praktizieren* sollte. »Nur so können wir es erreichen, daß sich die schreckliche Lage der Armen wirklich verbessert«, hatte er behauptet.

Aber vielleicht war sie James Reddington gegenüber unfair. Nun, das würde sie durch weitere Fragen herausfinden.

»Wollen Sie damit sagen, Mr. Reddington, daß ich mich Ihrer Meinung nach nicht mit derartigen Dingen befassen sollte? Wie ist es überhaupt möglich, daß Sie meinen Vater schätzen? Er hat die Ausgedingehäuser auf unserem Besitz selbst verwaltet, statt diese Arbeit auf jemand anderen zu übertragen.«

»Meine liebe Miss Quincey, Ihr Vater genießt in gewissen Kreisen wegen des Systems, das er für Ausgedingehäuser ausgearbeitet hat, hohes Ansehen; ich selbst halte es auch für sehr wirksam. Ich habe es bisher niemals gewagt, ihn zu kritisieren, da ich ihn nicht persönlich kannte, aber ich glaube, daß sein persönlicher Einsatz bei derartigen Projekten unklug war. Es wäre schicklicher gewesen, wenn er für die Verwaltung einen Mann von lauterem Charakter angestellt hätte.«

»Und wie denken Sie über Lady Peterborough?« fragte Carina mit wachsender Entrüstung. »Wie ich gehört habe, leitet sie einige Schulen und ein Waisenhaus.«

»Fern sei es von mir, eine Dame zu kritisieren, die das Unglück hatte, in die Familie der St. Johns einzuheiraten«, antwortete Mr. Reddington steif, »noch kann man Ihr Verhalten an dem von Lady Peterborough messen, Miss Quincey. Sie sind eine junge Dame, die soeben erst ihr Debüt in der Gesellschaft gegeben hat; sie ist eine verheiratete Frau in einem Alter, in dem sie vor den gehässigen Bemerkungen der Lästerzungen oder der Unwissenden sicher sein kann. In Ihrem Fall liegen die Dinge ganz anders.«

Man konnte es einen glücklichen Zufall nennen, daß der Vorhang in dem Moment aufging, als Mr. Reddington das letzte Wort gesprochen hatte. Carina war so erzürnt, daß sie ihm am liebsten ins Gesicht geschlagen hätte. Sein salbungsvolles, hochtrabendes Geschwafel hatte sie an den Rand eines Schreikrampfs getrieben. Jetzt erkannte sie, daß sie ihn total falsch beurteilt hatte. Was sie für Menschlichkeit und Barmherzigkeit gehalten hatte, war in Wirklichkeit nichts anderes als das Eigenlob eines Mannes, der sich besser dünkte als alle anderen Menschen. Sie hatte ihm zugestimmt, als er das Glücksspiel als eine üble Zeitvergeudung verdammte, ohne zu begreifen, daß er mehr dazu neigte, andere zu verurteilen, als selbst etwas gegen Mißstände zu unternehmen. Lord Peterborough hatte sie gewarnt, daß Mr. Reddington zwar schön daherredete, aber kein Mann der Tat sei. Offenbar hatte er recht gehabt.

Die Vorstellung erfüllte Carinas Erwartungen. Für das Londoner Theater war es etwas ganz Neues, die Stücke von Shakespeare mehr oder weniger werkgetreu aufzuführen. Bisher war es üblich gewesen, sie so lange umzuschreiben, bis sie kaum noch eine Ähnlichkeit mit der Originalfassung aufwiesen. Diese neue Richtung war zuerst von Macklin, einem von Garricks Rivalen, mit einer Neuinszenierung des ›Kaufmanns von Venedig‹ eingeschlagen worden, und Garrick war diesem Beispiel gefolgt. Außerdem hatte er noch eine Neuerung eingeführt, nämlich die Kunst der Charakterisierung, die den Stil der reinen Deklamation ablöste. Carina war von seiner Darstellung des unglücklichen König Richard II. hingerissen. Sir Basil und sie hatten sich oft damit begnügt, Shakespeares Dramen mit verteilten Rollen zu lesen, aber im Theater war sie bisher noch nie gewesen. So gab sie sich voll und ganz diesem Genuß hin, ohne auf das unruhige Gezappel von Lady Helen und Lady Talboys oder auf die geflüsterten Kommentare von Mr. Reddington zu achten, der sich bemüßigt fühlte, dafür zu sorgen, daß die Damen dem Inhalt des Stückes folgen konnten, indem er fast jede Szene mit einer kurzen Erklärung erläuterte.

In der Pause vor dem Beginn der Posse beglückte er seine Begleitung mit seinen Ansichten über die Leistung von Garrick, den moralischen Wert von Shakespeares Dramen und den Charakter der tragischen Gestalt Richards II., und dieser Vortrag ging unmerklich in seine übliche Kritik an der Spielleidenschaft über.

Er wiederholt sich wirklich in einem fort, dachte Carina, und er merkt gar nicht, wie sehr er uns langweilt.

»Denken Sie nur an den Marquis von Peterborough«, dozierte er, und dieser Name riß Carina sofort aus ihren Gedanken heraus. »Jedermann gibt zu, daß er aus gutem Haus stammt, allgemein beliebt ist und von seinen Freunden bewundert wird. Und doch weiß man, daß er ein hemmungsloser Spieler ist, der in dem Ruf steht, zahlreiche Ballettänzerinnen und Schauspielerinnen ausgehalten zu haben. Ich will Elizabeth und Carina nähere Einzelheiten ersparen und nur sagen, daß er mehr für seine Laster als für seine Tugenden bekannt ist.«

»Das ist wahr«, schaltete sich Lady Helen ein und lenkte die Unterhaltung sofort auf das Thema, das ihr am meisten am Herzen lag. »Man erzählt sich, daß er zweitausend Pfund für die Schauspielerin vergeudet hat, die im vergangenen Jahr seine Mätresse war. Und seine Verluste beim Spiel sind einfach ungeheuerlich! Es ist ein Wunder, daß er solche Unsummen verschmerzen kann, aber man weiß ja, daß die St. Johns empörend reich sind.«

»Ich habe gehört, daß der Marquis sich Ponsonby gegenüber als wahrer Freund erwiesen hat«, warf Lizzie schüchtern ein. Sie hatte bisher kaum etwas gesagt, denn ihre natürliche Lebhaftigkeit wurde durch die Nähe ihrer Mutter erstickt. Aber ihre ängstlichen Blicke hatten Carina verraten, daß sie sich wegen Robert Torrington und der geplanten heimlichen Trauung Sorgen machte. Leider konnte Carina ihr jetzt keinen Mut zusprechen.

»Ja, Ponsonby war bankrott – für ihn gab es nur noch den totalen Ruin oder das Fleet-Gefängnis«, sagte Lady Talboys. In ihrer Stimme klang eine gewisse Bosheit mit, und Carina hatte den Eindruck, daß sie gegen James Reddington gerichtet war. »Der Marquis hat ihm aus seinen Schwierigkeiten herausgeholfen, und das muß ihn einen ganz schönen Batzen gekostet haben.«

»Angeblich waren es fünftausend Pfund«, sagte Lady Helen ehrfürchtig.

»Diese Großzügigkeit entsprang zweifellos der Erkenntnis, daß in erster Linie er selbst es gewesen war, der Ponsonby zu einem so verschwenderischen Lebensstil ermutigt hatte«, erklärte James Reddington mit grimmiger Miene. »Ponsonby folgt stets dem Beispiel des Marquis. Das mindeste, was Peterborough tun konnte, war, ihn vor den Folgen seines eigenen schlechten Einflusses zu retten.«

»Ich finde, daß er sehr gütig gehandelt hat«, stellte Carina beherzt fest. Diese Bemerkung fiel auf unfruchtbaren Boden. Lady Helen blickte ungläubig drein, Lady Talboys gelangweilt und Lizzie ängstlich. Deshalb hielt sie es für ratsam, das Thema zu wechseln, schon allein deswegen, weil Mr. Reddington in einen längeren Anfall von schlechter Laune zu versinken drohte. »Wie gefällt Ihnen die Vorstellung, Lady Helen«, fragte sie die gebieterische Matrone.

»Garrick ist ein Schauspieler, der immer eine gute Leistung bietet«, erwiderte Lady Helen ohne sonderliche Begeisterung. »Man sagt, er sei beim Publikum so beliebt, daß Fleetwood, der Theaterdirektor, ihm doppelt soviel bezahlen muß wie Peg Woffington. Aber diese neue Vorliebe für Shakespeare ist natürlich enorm profitabel. Sie erspart die Kosten für ein neues Stück.«

Danach plätscherte die Unterhaltung ohne weitere Störungen dahin. Es entging Carina nicht, daß der Marquis immer noch in der Loge der Milgraves war; anscheinend wollte er sich ebenfalls die Posse ansehen.

Als ihr Blick durch den Zuschauerraum schweifte, entdeckte sie auf einem Sitz im Parkett Robert Torrington, der gerade zu ihrer Loge hinaufsah. Lizzies rosig angelaufenem Gesicht nach zu urteilen, hatte auch sie ihn gesehen. Er winkte grüßend, und Lizzie schlug alle Vorsicht in den Wind und winkte zurück. Sofort winkte auch Carina ihm zu, um die Aufmerksamkeit von Lizzie abzulenken. Ihre Geste wurde sowohl von Lady Helen als auch von Lady Talboys registriert. Lady Helen blickte lediglich vornehm geradeaus, die weniger taktvolle Lady Talboys schnaubte mißbilligend. Carina vermutete, daß nur die Anwesenheit von James Reddington sie davon abhielt, ihrer Enkelin die Meinung zu sagen.

Sie suchte gerade nach einer Möglichkeit, um mit Lizzie ungestört ein paar Worte wechseln zu können, als Lady Helen sich sichtlich gelangweilt erhob und ihren Sohn aufforderte, sie zur Loge der Milgraves zu begleiten. »Ich möchte mich ein wenig mit diesem wohlerzogenen Mädchen unterhalten«, verkündete sie, und etwas an der Art und Weise, wie sie diese Worte sagte, erweckte in Carina den Eindruck, daß sie als Verweis für sie gedacht waren. »Kommst du mit, Elizabeth?«

»Nein, Mama«, erwiderte Lizzie schnell, »ich möchte mich mit Carina über den neuen Besatz für mein gestreiftes Moirékleid beraten. Was meinst du, Carina, soll ich karminrote Bänder wählen? Ich möchte das Kleid etwas auffrischen, und vielleicht wären neue Bänder genau das richtige. Molly, meine Zofe, meint allerdings, daß Karminrot zu grell ist, aber ich glaube, daß es hübsch aussehen würde.«

Carina hatte sofort gemerkt, daß auch Lizzie nach einem Vorwand suchte, um mit ihr allein zu sein, und stürzte sich mit ungewohnter Inbrunst auf dieses Thema. »Karminrote Bänder! Niemals! Wie kommst du nur auf diese Idee, Lizzie? Wenn du das Kleid meinst, an das ich denke, würde das ziemlich ordinär aussehen. Außerdem sind silberfarbene Bänder der letzte Schrei. Rück deinen Stuhl etwas näher heran, dann kann ich dir zeigen, was ich meine. Siehst du die Dame dort unten? Die mit dem gepuderten Haar und der hocheleganten Seidenrobe?«

Und so zogen die beiden Mädchen alle Register ihrer Erfindungskunst und schwatzten über Seiden und Brokate, Baumwollstoffe, Samt und Besatzstoffe, bis Lady Helen die Loge verlassen hatte. Im letzten Moment schloß Lady Talboys sich ihr an. Sie hievte sich auf die Füße und sagte grob: »Wenn die Mädchen über Mode reden wollen, gehe ich lieber mit Ihnen, Lady Helen. Lieber lasse ich mich von Charlotte und Amelia Milgrave langweilen als von einem endlosen Geschwätz über Seidenbänder.«

»Großmama findet nichts eintöniger, als über Einkäufe und modische Fragen zu reden«, erklärte Carina befriedigt. »Eigentlich merkwürdig, denn sie sagt immer, daß Kleider außerordentlich wichtig sind. Aber wenn es ans Einkaufen geht, schickt sie meistens mich und Pinkerton los. Aber genug davon, jetzt sind wir endlich allein, und ich kann dir alles erzählen. Nein. Lizzie, du darfst Mr. Torrington nicht so ansehen! Der Ausdruck in deinen Augen könnte alles verraten. Vergiß nicht, daß deine Mutter uns von der Loge der Milgraves aus beobachten kann. Also schau woandershin.«

»Wie du meinst, Carina«, flüsterte Lizzie, »aber jetzt erzähle mir endlich, was für einen Plan mein teurer Robert sich ausgedacht hat. Soll die Trauung heimlich stattfinden?«

Carina verzichtete großmütig darauf, Lizzie daran zu erinnern, daß sie auf diese Idee gekommen war und daß der einzige Beitrag des teuren Robert darin bestanden hatte, ihren Vorschlägen zuzustimmen. Statt dessen erklärte sie Lizzie, wie das Ganze vonstatten gehen sollte.

»Mr. Torrington hält es für das beste, wenn du nach der Trauung deiner Familie gegenüber noch zwei oder drei Tage lang Schweigen bewahrst. Er möchte zuerst mit seinem älteren Bruder sprechen, der zur Zeit nicht in London ist, und ihn um Hilfe bitten. Allerdings setzt er nicht viel Hoffnung in die Großzügigkeit seines Bruders, aber er will es wenigstens versuchen.

Du brauchst unbedingt jemanden aus eurem Haushalt, der dir hilft. Ich habe mir alles sorgfältig überlegt und bin leider zu dem Schluß gekommen, daß deine Mutter und Großmama uns nicht ohne weibliche Begleitung aus dem Haus lassen werden. Selbst wenn wir nur Bänder aussuchen wollen, werden sie uns jemanden mitgeben. Wenn du niemanden von dir zu Hause mitbringen kannst, wird man uns Miss Pinkerton aufhalsen, und das würde alles verderben. Sie ist meiner Großmutter treu ergeben und kann weder durch Bitten noch durch Bestechung dazu gebracht werden, uns zu helfen. Im Gegenteil, sie wäre äußerst schockiert, weil sie sehr strikt darauf bedacht ist, daß die Anstandsregeln nicht verletzt werden.«

»Ach, da brauchst du dir keine Sorgen zu machen, Carina. Ich bringe meine Zofe mit. Molly war mal meine Kinderfrau, aber als ich in die Gesellschaft eingeführt wurde, sagte Mama, daß ich eine Zofe brauche und bestimmte Molly für diese Position. Ich kann mich voll und ganz auf sie verlassen. Als wir klein waren, hat sie James und mich niemals bei Mama verpetzt. Außerdem verschlingt sie Romane und schwärmt für Liebesgeschichten. Wenn ich ihr von meiner Liebe zu Robert erzähle, wird sie von der Idee einer heimlichen Trauung begeistert sein.«

»Du hältst sie wirklich für verschwiegen?«

»Ja. Außerdem, wem könnte ich sonst vertrauen? James bestimmt nicht, der würde Mama sofort alles erzählen und beteuern, daß es nur zu meinem Besten geschähe. Auch wenn er mein Bruder ist und er dir gefällt, Carina, ich finde ihn schrecklich fade. Er weiß nicht, was es bedeutet, verliebt zu sein, und ich bin überzeugt, daß er ziemlich gefühlsarm ist und daher kein Verständnis für andere Menschen hat.«

»Er ist in mancher Hinsicht ein achtbarer Mann«, erwiderte Carina nachdenklich, »aber ich muß gestehen, daß seine Unterhaltung mich manchmal langweilt. Er ist immer so moralisch! Ein bißchen erinnert er mich an diese widerwärtige Miss Humphries, die mich nach London begleitet hat.«

»Weißt du, Carina«, sagte Lizzie leicht verlegen, »ich glaube, daß diese Miss Humphries eine große Lügnerin ist. Sie behauptet, du hättest durch dein Benehmen den Marquis herausgefordert, zudringlich zu werden, und Mrs. Milgrave hat diese Geschichte in London verbreitet, weil sie den Marquis für ihre Tochter einfangen will. Es war doch ganz anders, nicht wahr? Vielleicht hat er dich geküßt, aber du hast ihn bestimmt nicht dazu ermutigt. Das würdest du niemals tun, selbst wenn du ihn gern hättest. Aber wie dem auch sei, das Ganze hat ein Gutes. Ich glaube nicht, daß der Marquis sich etwas aus Charlotte Milgrave macht, und vielleicht stößt ihn diese Geschichte sogar ab. Sicher, er flirtet mit ihr, soweit man mit einem Eisklumpen flirten kann. Aber seine Augen verraten keine innere Beteiligung. Ist dir aufgefallen, wie kühl und unpersönlich sein Blick ist, wenn er sie ansieht?«

»Es gehört nicht zu meinen Gewohnheiten, den Marquis von Peterborough auf Schritt und Tritt zu beobachten«, erklärte Carina abweisend. »Ich schere mich den Teufel darum, ob er sich aus Miss Milgrave etwas macht oder nicht. Ich verabscheue ihn von ganzem Herzen.«

»Oh«, sagte Lizzie. Einen Moment lang wollte sie das Thema weiterverfolgen, dann besann sie sich anders und kam auf ihre eigenen Angelegenheiten zurück. Welches Kleid sollte sie anziehen? Ob sie wohl eine Augenmaske tragen sollte, damit der Geistliche sie nicht erkannte? Würde sie unauffälliger aussehen, wenn sie einen Umhang trug?

Nur mit Mühe konnte Carina ihrer Cousine klarmachen, daß eine Maske genau die Neugier erregen würde, die sie vermeiden wollte. Und es sei auch nicht ratsam, sich besonders elegant anzuziehen. Gewiß, es handelte sich um ihre Hochzeit, aber sie dürfe zu Hause keinerlei Verdacht erregen. Wenn sie zu einem Einkaufsbummel ihr schönstes Kleid anzöge, würde man das sehr sonderbar finden. In diesem Fall müsse sich die Mode der Diskretion beugen. »Außerdem hast du selbst gesagt, Lizzie, daß es dir nichts ausmacht, auf Äußerlichkeiten zu verzichten.«

Daraufhin erklärte Lizzie sofort, daß ihr kein Opfer zu groß sei, um ihren teuren Robert heiraten zu können. Ihre Beteuerungen wurden durch die Rückkehr von Lady Talboys und den Beginn der Posse unterbrochen. Lady Helen und James erschienen etwas später, und zwar genau in dem Moment, als auf der Bühne die Zofe Kitty ihre Herrin Melissa davor warnte, den bis über die Ohren verschuldeten Mr. Gayless zu heiraten.

Auch jetzt blieb James Reddington seiner Gewohnheit treu, laufend Erklärungen abzugeben und kritische Bemerkungen zu machen, was Carina als äußerst störend empfand. James Reddington ging ihr wirklich auf die Nerven. Sie war daher ihrer Großmutter dankbar, als diese Mr. Reddington gebot, den Mund zu halten, da sie keine Hilfe brauche, um diese dümmste aller Possen zu verstehen.

Noch auf der Heimfahrt machte die alte Dame ihrem Unmut über James Reddington Luft. Zu Hause angekommen, sagte sie energisch zu Carina: »Ich kann nur hoffen, daß du nicht auf die Idee kommst, ihn zu heiraten. Er ist der ärgste Langweiler von der Welt mit seinem ewigen Geschwafel über alles und jedes. Wer ihn heiratet, muß innerhalb einer Woche wahnsinnig werden.«

»Ich hatte geglaubt, daß Sie von den Reddingtons eine gute Meinung haben«, sagte Carina überrascht, während sie zusah, wie Pinkerton ihrer Großmutter das Haar bürstete. Bei diesen spätabendlichen Gesprächen in ihrem Schlafzimmer pflegte Lady Talboys sich noch deutlicher auszudrücken als sonst. »Sie haben mich doch immer wieder ermutigt, mich in ihrer Gesellschaft sehen zu lassen«, fügte Carina hinzu.

»Gegen die Reddingtons ist nichts einzuwenden. Deine Mutter und der Admiral waren Cousin und Cousine ersten Grades. Der Vater des Admirals war mein verstorbener Bruder Frederick. Ich habe es niemals gutgeheißen, daß er seinem einzigen Sohn erlaubte, die Tochter eines Krämers zu heiraten. Das war wirklich sehr töricht. Ich sagte ihm damals, daß es für die Familie eine Schande sei, auch wenn sie eine ansehnliche Aussteuer mitbrächte.«

»Aber Großmama!« rief Carina verdutzt. »Was soll das heißen? Sogar ich weiß, daß Lady Helen von Adel ist. Sie ist doch die Tochter eines Grafen!«

Lady Talboys war offensichtlich in einer verdrießlichen Stimmen. »Sie mag zwar die Tochter eines Grafen sein, mein Kind, aber selbst dein Vater hatte edleres Blut in den Adern. So mancher Titel deckt alte Sünden zu. Lady Helens Großvater war nichts anderes als ein Krämer. Hat sein Vermögen in der Zeit von König Karl II. gemacht, und vermutlich auf recht anrüchige Art und Weise. Es wäre viel akzeptabler gewesen, wenn sie über eine der Mätressen des Königs an den Titel gekommen wären. Das wäre längst nicht so vulgär gewesen.«

Wieder einmal fehlte Carina jedes Verständnis für die Ansichten, die in den höheren Kreisen herrschten. Anscheinend war es vornehmer, durch eine illegitime Liebesaffäre in den Besitz eines Titels zu kommen, als ihn durch ehrliche Arbeit zu erwerben. »Sie haben mich sehr überrascht«, sagte sie bedächtig. »Ich hatte angenommen, es sei Ihr Wunsch, daß ich mich mit den Reddingtons anfreunde. Und Lizzie ist wirklich meine Freundin geworden. Übrigens wollen wir am Freitag zusammen einkaufen gehen. Ich möchte ihr helfen, ein paar Bänder für ein neues Kleid auszusuchen.«

»Ich habe nicht gesagt, daß die jungen Reddingtons kein passender Umgang sind. Sie werden überall empfangen, und das gilt auch für Lady Helen. Versteh mich richtig, Carina. Ich habe nichts gegen Lady Helen; ich bin ihr dankbar, weil sie dich freundlich behandelt. Trotzdem, sie hat die Denkart eines Krämers. Und sie denkt nicht nur an Pfunde, Schillinge und Pennies, sondern sie redet auch ständig darüber! Sie kann eben ihre Herkunft nicht verleugnen. Die Tochter ist anders. Lizzie ist eine Dame. Was den Sohn angeht, so ist er ein gräßlicher Langweiler. Das soll nicht heißen, daß er nicht einen besseren Ehemann abgeben würde als dieser andere junge Tagedieb, der um dich herumscharwenzelt. Wie heißt er doch gleich?«

»Meinen Sie Mr. Torrington?«

»Genau den! Er ist von guter Herkunft; die Torringtons sind eine alte Familie, so alt wie die unsere, aber er ist arm wie eine Kirchenmaus. Falls du etwa an Liebe in einer Hütte oder ähnlichen romantischen Unfug denkst, kann ich dir nur sagen, daß es kein Vergnügen ist, in Armut zu leben. Das mag auf der Bühne ganz nett aussehen, aber die Wirklichkeit ist anders.«

»Wie kommen Sie darauf, daß Mr. Torrington mir schöne Augen macht?« fragte Carina. Sie wollte herausfinden, ob ihr Täuschungsmanöver überzeugend wirkte.

»Das kann man so deutlich sehen wie die Nase in deinem Gesicht«, erwiderte ihre Großmutter barsch. »Stell dich nicht dümmer, als es unbedingt notwendig ist. Glaubst du vielleicht, ich hätte nicht gesehen, wie er dich im Theater angeschmachtet hat? Außerdem war er heute nachmittag hier, und du wolltest Pinkerton nicht dabeihaben. Wenn das nicht bedeutet, einen jungen Mann zu ermutigen, dann verstehe ich nichts davon. Gewiß, er ist ein hübscher Kerl, und die Uniform steht ihm gut, aber das Aussehen allein genügt nicht. Ich wette, daß er ein Auge auf dein Vermögen geworfen hat. Bevor du hierherkamst, war er hinter Lizzie her. Ich kann mir nur vorstellen, daß er sein Interesse verlagert hat, als er hörte, daß du ein ansehnliches Vermögen besitzt.«

»So wie Sie es ausdrücken, klingt es wirklich abscheulich. Warum halten Sie es nicht für möglich, daß sich zwei Menschen ineinander verlieben?« fragte Carina widerspenstig.

»O doch, das halte ich durchaus für möglich, und das erklärt ja auch die Existenz einiger jüngerer Söhne und Töchter. Aber ich war immer dafür, daß eine Frau tugendhaft sein soll oder zumindest keine Beziehung anknüpfen sollte, bis sie ihrem Gemahl einen Erben, oder noch besser zwei, geboren hat. Danach kann sie tun, was sie will, vorausgesetzt, daß sie diskret ist. Glaube ja nicht, daß Liebe und Ehe irgend etwas miteinander zu tun haben. Eine gute Partie zu machen, das allein ist wichtig. Davon hängt für uns Frauen ab, wie sich unser Leben gestaltet. Die Ehe ist für uns das einzige Abenteuer, das wir unternehmen dürfen, und wenn wir dabei Schiffbruch erleiden, dann ist alles aus.«

»Das klingt ja abscheulich!« sagte Carina rebellisch.

»Nun, ich bin überzeugt davon, daß auch du einen Funken gesunden Menschenverstand besitzt. Dein Vater wird dich nicht nur gelehrt haben, wie man Ausgedingehäuser verwaltet, er muß jedenfalls auch den Wert des Geldes geschätzt haben. Wie könntest du dir sonst all die hübschen Kleider leisten, die wir für dich gekauft haben! Und woher habe ich meine Kutsche und mein schönes Haus? All das habe ich meiner Ehe zu verdanken. Hätte ich nur einen jüngeren Sohn geheiratet, würde ich in Chelsea oder Kensington ein Leben am Rande der vornehmen Welt führen und müßte mich damit begnügen, nur zu den zweitklassigen Gesellschaften der Krämer aus der City eingeladen zu werden. Oder ich würde in einem schäbigen, feuchten kleinen Gutshaus im Themsetal hocken, mit der Pfarrersfrau als einziger Gesellschaft, und dürfte alle fünf Jahre einmal nach London fahren, wenn die Ernte besonders gut war.«

So schockiert Carina auch über den Gedanken war, daß eine verheiratete Frau sich einen Liebhaber zulegen könnte, sie mußte zugeben, daß ihre Großmutter in mancher Hinsicht recht hatte, wenn sie die Bedeutung einer finanziell vorteilhaften Heirat betonte. Man konnte auch nicht leugnen, daß die Ehe für die Frau wichtiger war als für den Mann, weil für sie viel mehr davon abhing. Aber im Augenblick wollte sie ihre Großmutter in dem Glauben lassen, daß sie an Robert Torrington interessiert sei.

»Ich bin der Ansicht, daß die Liebe in der Ehe wichtiger ist als alle Reichtümer«, murmelte sie, und das entsprach sogar der Wahrheit.

»Das sind alberne Gefühlsduseleien, Mädchen. Gib mir lieber einen Kuß und geh schlafen. Du würdest nicht soviel an diesen kraft- und saftlosen jungen Torrington denken, wenn du wüßtest, was es heißt, einen wirklichen Mann zu lieben. Ich jedenfalls war immer für kräftigeren Tobak, auch wenn es dich schockiert, so etwas zu hören«, sagte die alte Dame. Nach dieser freimütigen Bemerkung setzte sie sich ein elegantes Spitzenhäubchen auf und kletterte mit Pinkertons Hilfe ins Bett. Carina gab ihr pflichtschuldig einen Gutenachtkuß und ging in ihr Schlafzimmer.

In der Dunkelheit und Stille der Nacht gingen ihr viele Gedanken durch den Kopf. War es wirklich richtig, was sie für Lizzie tat? Vielleicht war die Ehe tatsächlich ein Wagnis. Hatte Lady Talboys recht, wenn sie behauptete, in der Ehe zähle das Geld mehr als die Liebe? Trug sie vielleicht dazu bei, daß Lizzie ihr Leben ruinierte?

8

Das Fleet-Gefängnis mit seinen drei düsteren Portalen war ein trister Ort. Es war das Zentralgefängnis für die säumigen Schuldner von London. Wer hier eingesperrt wurde, hatte keine Chance, die Außenwelt jemals wiederzusehen, es sei denn, daß es ihm durch einen glücklichen Zufall oder mit der Hilfe von Freunden gelang, mit seinen Gläubigern ein Abkommen zu treffen oder alle Schulden zu bezahlen. Ganze Familien – Männer mit ihren Ehefrauen und Kindern – lebten dort, und in vielerlei Hinsicht war das Gefängnis eine kleine Welt für sich. Innerhalb seiner Mauern barg es eine Kapelle, eine Kaffeestube, einen Bierausschank, Billardtische und andere Vergnügungsstätten für diejenigen Insassen, die sich immer noch etwas Geld borgen oder erbetteln konnten; diese Leute durften sich sogar in den oberen Stockwerken eigene Wohnungen mieten. Die Unseligen, die keine Möglichkeit hatten, an

Geld heranzukommen, drängten sich vor den Gitterstäben des sogenannten Bettlertors und bettelten die Passanten um Almosen an.

Ganz in der Nähe des Gefängnisses lag die Fleet Lane, jene Straße, die als Heiratsparadies so berühmt geworden war. Carina hatte mit Robert Torrington abgesprochen, daß er sich mit ihr und Lizzie vor der Kneipe ›Hand and Pen‹, gleich neben dem Porzellanladen kurz vor der Fleet Bridge, treffen sollte. Dieses Etablissement gehörte einem Reverend J. Lilly, über den die Handzettel, die er als Werbung für seine Dienste auf der Straße verteilen ließ, aussagten, er habe an ›einer unserer Universitäten studiert und gemäß den Statuten der Kirche von England rechtmäßig die Weihen empfangen‹.

Es war den beiden Mädchen nicht schwergefallen, sich der Aufsicht ihrer Angehörigen zu entziehen. Lady Talboys hatte Carinas Ausrede ohne weiteres akzeptiert und nicht darauf bestanden, daß Pinkerton mitgehen solle, als sie vernahm, daß Lizzies Zofe die beiden Mädchen begleiten würde. Lady Helen, die immer noch darauf aus war, Carinas Vermögen für ihre Familie zu sichern, äußerte sich nach wie vor entzückt über die Freundschaft, die sich zwischen ihrer Tochter und Carina entwickelt hatte. Als die beiden ihr erklärten, daß Molly sie auf ihrem Einkaufsbummel begleiten werde, erhob sie keinen Einwand und sagte nur, daß Lizzie nicht zuviel Geld ausgeben solle. Zur vereinbarten Zeit fuhr die Kutsche der Reddingtons in der Curzon Stret vor, und Carina stieg zu Lizzie und Molly ein. Die drei ließen sich zu Mr. Talbots Textilhandlung in der Bond Street fahren und befahlen dem Kutscher, sie in zwei Stunden wieder abzuholen.

Als nächstes mußten sie eine Mietkutsche für die Fahrt zur Fleet Lane finden. Zu Carinas Erleichterung bewältigte Molly dieses Problem im Handumdrehen. Carina hatte zu ihrer Überraschung festgestellt, daß Molly eine Frau in den mittleren Jahren war. Eigentlich hatte sie keine ehrbar aussehende Matrone, sondern ein abenteuerlustiges junges Ding erwartet. Aber sie entdeckte sehr schnell, daß Molly im Herzen jung geblieben war und wie ein junges Mädchen in törichten romantischen Vorstellungen schwelgte. Sie benahm sich wie eine Gluckhenne, zupfte an Lizzie herum und ordnete ihre Löckchen und zeigte eine beängstigende Neigung, beim geringsten Anlaß in sentimentale Tränen auszubrechen. Carina dankte im stillen den Göttern, daß ihre eigene Zofe nicht so gefühlvoll war, und zum ersten Mal entdeckte sie an der gestrengen Miss Pinkerton Vorzüge, die ihr bisher entgangen waren.

Lizzie saß während der Fahrt zur Fleet Lane bleich und verzagt in ihrer Ecke, und als die Kutsche vor dem ›Hand and Pen‹ hielt und alle ausstiegen, schien sie einer Ohnmacht nahe zu sein. Molly gab immer noch glucksende Laute von sich, und auch Carina war nervös, als sie die düstere Treppe hinaufstiegen, die zu dem Raum führte, in dem die Trauungen stattfanden. Sie war froh, daß Robert Torrington, der etwas früher gekommen war, bereits auf sie wartete. Auch er war blaß und nervös, aber seine verkrampfte Miene glättete sich, als er Lizzie sah. Die beiden liefen aufeinander zu und umarmten sich unter dem wohlwollenden Blick von Hochwürden Lilly. Carina, die ihn verstohlen musterte, stellte fest, daß er trotz seines akademischen Hintergrunds ziemlich heruntergekommen aussah und vermutlich auch etwas angetrunken war.

»O Liebste«, sagte Robert eindringlich, während er Lizzie freigab, »bist du ganz sicher, daß du mir dieses Opfer bringen willst?«

Carina hoffte, daß es keine lange Diskussion geben würde; die Zeit wurde knapp, wenn sie einigermaßen pünktlich wieder in der Bond Street sein wollten. Sie war daher angenehm überrascht, als Lizzie keine Anstalten machte, auf diese in so romantischer Form vorgebrachte Frage einzugehen, sondern lediglich flüsterte: »Mein geliebter Robert! Ich vertraue dir grenzenlos!«

Zum Glück erwies sich, daß dieses Vertrauen berechtigt war. Robert Torrington war nicht müßig gewesen; er hatte aus der Kneipe einen Anzapfer als Trauzeugen angeheuert. Die Aussicht, für seine Dienste mit einer Guinee belohnt zu werden, bewirkte allerdings, daß der Mann seine Rolle gewissenhaft, wenn auch nicht gerade elegant spielte.

Hochwürden Lilly ist auch schon bezahlt worden, dachte Carina. Geld war ja der Köder, der diese Geistlichen dazu bewog, solche Trauungen vorzunehmen, die zwar in der äußeren Form ungewöhnlich, vor dem Gesetz jedoch gültig waren. Sie fand die ungepflegte Erscheinung des Geistlichen und sein rotes Trinkergesicht abstoßend. Glücklicherweise schien es den beiden Liebenden nicht aufzufallen, daß sein Atem nach Schnaps roch. Sie hatten nur füreinander Augen und störten sich nicht an den Unvollkommenheiten und Mängeln, die sowohl die Trauungszeremonie als auch der Reverend Lilly aufwiesen.

Die Zeremonie ging in rasendem Tempo vonstatten. Carina hatte Mühe, die vertrauten Worte aus dem Gebetbuch wiederzuerkennen; denn Hochwürden Lilly haspelte sie herunter, als wolle er möglichst schnell zu seiner Flasche zurück. Sie selbst konnte nicht als Trauzeugin fungieren, weil sie vermeiden wollte, daß die Rechtmäßigkeit der Eheschließung auf Grund ihrer Minderjährigkeit angefochten werden könnte. Das junge Paar gab seine Antworten mit so fester Stimme und mit so viel Inbrunst, daß sich zwei Tränen aus ihren Augen stahlen. Molly, die sich als zweite Trauzeugin zur Verfügung gestellt hatte, zerfloß förmlich vor Tränen, und Carina befürchtete ernstlich, daß sie am Rande eines Nervenzusammenbruchs stand. Selbst der Anzapfer schien von dem jungen Paar gerührt zu sein, denn als die Zeremonie vorbei war, mußte er sich kräftig schneuzen.

Carina, die bisher nur die ländlichen Hochzeitsfeiern in der Pfarrkirche miterlebt hatte, war über diese Form der Eheschließung ziemlich entsetzt. Keine gerührt schluchzenden Verwandten, keine Nachbarn, die Scherze machten und sich auf das anschließende Fest freuten, keine Hochzeitsgäste, die sich mit Glück- und Segenswünschen um das junge Paar drängten, nachdem es seine Namen in das Heiratsregister eingetragen hatte. Gewiß, Robert küßte seine Lizzie mit ebensoviel Gefühl und Inbrunst, wie es jeder andere Bräutigam tat, und Lizzie – mit rosig überhauchten Wangen und etwas nervös – war die schönste Braut, die Carina je gesehen hatte, aber Hochwürden Lilly drängte sie zur Eile; zweifellos wollte er das Zimmer für die nächste profitable Hochzeit freihaben. In den Heiratsmühlen der Fleet Lane gab es keine Zeit für die bei einer Hochzeit üblichen Zeremonien und Gepflogenheiten, und sobald eine Trauung bezahlt und vollzogen worden war, vergeudete der Geistliche keine weitere Minute auf die beiden jungen Menschen, die er desinteressiert und unbekümmert in das neue Leben entließ.

Als sie am Fuß der Treppe angekommen waren, hakte sich Robert Torrington bei den beiden jungen Damen unter. »Meine geliebte Lizzie«, sagte er, und seine Stimme verriet, wie bewegt er war, »ich muß dich jetzt verlassen, und wir müssen ein paar Tage lang so tun, als ob all dies nie geschehen sei, bis ich mit meinem Bruder gesprochen habe. Carina, ich vertraue Ihnen mein Liebstes an.«

Dann traten sie auf die Straße, gefolgt von Molly. »In zwei oder drei Tagen bin ich wieder hier, und dann werde ich mit deinen Eltern sprechen, Lizzie. Hoffentlich kann ich ihnen sagen, daß mein Bruder bereit ist, mir einen Zuschuß zu geben. Wenn sie erst einmal wissen, daß wir diesen unwiderruflichen Schritt getan haben, werden wir bestimmt zu einer Einigung kommen. Aber ich will nicht, daß sie es erfahren, solange ich nicht in deiner Nähe bin, um dich zu verteidigen und zu beschützen. Ich gestatte niemandem, dich zu drangsalieren und unglücklich zu machen – auch nicht deinen Eltern.«

»Lieber Robert«, stieß Lizzie mit tränenerstickter Stimme hervor; mehr konnte sie nicht sagen. Sie wandte das Gesicht ab, als ob sie es nicht ertragen könnte, ihn anzusehen. Dann zog sie sanft ihren Arm unter dem seinen hervor und blieb ein paar Schritte zurück, um sich von Molly ein Taschentuch zu leihen.

Inzwischen mußte Carina – immer noch Arm in Arm mit dem Bräutigam – sich der Aufgabe unterziehen, ihn zu beruhigen und zu versprechen, für Lizzie alles zu tun, was in ihren Kräften stand.

Kurz bevor sie die wartende Mietkutsche erreichten, brach ein Höllenlärm aus. Eine Kutsche raste die abschüssige Fleet Lane herunter. Auf ihrem Dach hockten ein paar betrunkene junge Dandys, die nach Herzenslust grölten und krakeelten. Erschrokken hob Carina den Kopf, und ihr Blick kreuzte sich eine Sekunde lang mit dem des Fahrers, der offensichtlich dem Kutscher die Zügel aus der Hand gerissen hatte und lautstark die Pferde antrieb. Zu ihrem unaussprechlichen Entsetzen erkannte sie in ihm den Marquis von Peterborough. Gleichzeitig entdeckte sie auf dem Dach noch zwei Bekannte – den getreuen Gefolgsmann des Marquis, Mr. Ponsonby, und Sir William Goring Pelham, wie immer mit einsatzbereit gezücktem Lorgnon. Carina glaubte zu sehen, daß er ihr eine spöttische Verbeugung machte, während die Kutsche an ihr vorbei in Richtung St. Pauls-Kathedrale weiterraste.

Einen Augenblick lang war sie wie gelähmt. O Gott, welch eine Katastrophe! Was würde jetzt geschehen? Die Nachricht von der Hochzeit würde sich mit Windeseile verbreiten. »Haben Sie das gesehen?« fragte sie ihre Begleitung. »Ich könnte schwören, daß mindestens zwei von diesen Leuten uns erkannt haben. Es könnte gar nicht schlimmer sein – der eine war dieser gräßliche Sir William, der andere der Marquis von Peterborough. Ich fürchte, daß jetzt alles herauskommt und Sie und Lizzie ruiniert sind.«

Instinktiv drängte Lizzie sich an Roberts Seite. Beide sahen sehr verstört aus. Mit ihren eigenen Problemen beschäftigt, hatten sie der Kutsche keine sonderliche Aufmerksamkeit geschenkt. »Selbst wenn sie uns erkannt haben, können sie nicht wissen, was wir hier gemacht haben«, sagte Robert Torrington langsam. »Vielleicht denken sie nur, daß wir uns die eingesperrten Schuldner ansehen wollten. Für viele Leute ist ein Besuch in einem Gefängnis ein amüsanter Zeitvertreib. Schließlich gilt ein Besuch in der Irrenanstalt Bridewell sogar als eine der Attraktionen von London. Warum sollten wir nicht aus dem gleichen Grund hergekommen sein? Außerdem war ja Molly als Anstandsdame dabei. Das gibt der Situation einen unverfänglichen Anstrich.«

»Trotzdem muß ihnen unser Aufenthalt in dieser Gegend seltsam vorgekommen sein. Wie kann man nur Vergnügen daran finden, sich am Unglück anderer zu ergötzen? Nein, Lord Peterborough wird nicht glauben, daß dies der Grund unseres Hierseins ist«, sagte Carina. »Er ist immer bereit, das Schlimmste von mir zu denken, und außerdem hat er mich verdächtigt, in Sie verliebt zu sein, Mr. Torrington.«

»Vielleicht wird es uns gerade deshalb nicht schaden, wenn er uns gesehen hat«, meinte Lizzie. »Du kannst doch nichts dagegen haben, wenn die Leute annehmen, daß du mit Robert flirtest, Carina. Schließlich war es dein eigener Plan. Ich glaube nicht, daß irgendein Verdacht auf Robert und mich fällt. Außerdem kann ich mir wirklich nicht vorstellen, daß man es für unschicklich hält, wenn wir beide in Roberts Begleitung ein Gefängnis besuchen. Die Hauptsache ist, daß niemand, der in der Kutsche war, auf den Gedanken kommt, daß Robert und ich geheiratet haben, und das halte ich für ausgeschlossen.«

»Wahrscheinlich hast du recht«, sagte Carina zögernd. Natürlich hatte sie nichts dagegen, wenn man glaubte, daß sie eine Schwäche für Robert Torrington habe. Es war zwar nicht angenehm, sich von Lady Talboys dafür auszanken zu lassen, aber es war zu ertragen. Lizzies Glück war wichtiger. Irgendwie war der Gedanke, daß der Marquis von Peterborough sie für kokett halten und annehmen könnte, sie träfe sich heimlich mit Robert Torrington, viel bedrückender. Sie erinnerte sich an die peinliche Szene im Haus ihrer Großmutter, als der Marquis sie in seiner überheblichen Art vor den Gefahren eines neuerlichen Skandals gewarnt hatte. Er hatte ihr Ehrenwort verlangt, daß zwischen ihr und Mr.

Torrington nichts sei, und sie hatte es ihm gegeben. Aber jetzt würden ihm Zweifel kommen. Vielleicht dachte er, daß sie ihr Wort gebrochen oder daß sie ihn zum besten gehalten hatte.

Dieser Gedanke war ihr unerträglich. Ja, sie verabscheute den Marquis, aber sie wollte nicht, daß er sie für wortbrüchig hielt. Und Lord Peterborough war bestimmt nicht so einfältig, auf die Erklärung hereinzufallen, daß sie und Mr. Torrington nur zum Vergnügen Gefängnisse besichtigten. Er würde aus der Kombination von Fleet Lane und heimlichen Trauungen sofort seine Schlüsse ziehen und sie verdächtigen, sich an Robert Torrington gebunden zu haben. Und was dann? Würde er zu Lady Talboys gehen? Oder würde er sich nur angewidert von ihr abwenden und Schweigen bewahren, sie aber im stillen verdammen? Vor lauter Angst und Kummer konnte sie nicht mehr klar denken. Immer wieder fragte sie sich: Was wird er jetzt von mir denken?

»Kopf hoch, Carina«, sagte Lizzie, als sie die bedrückte Miene ihrer Cousine sah. »Es dauert ja nur ein paar Tage, bis wir die Wahrheit enthüllen können. Dann wird alles wieder in Ordnung sein. Man wird dich nur für eine ganz kurze Zeit in falschem Verdacht haben.«

»Du hast recht, Lizzie. Keine Angst, ich werde euch nicht im Stich lassen. Wie du gesagt hast, sind es ja nur ein paar Tage, in denen es möglicherweise ein bißchen Ärger gibt.« Beschämt dachte sie, daß wirklich nicht viel von ihr verlangt wurde. Sie brauchte nur bereit zu sein – aber vielleicht trat dieser Fall gar nicht ein –, die Vorwürfe über sich ergehen zu lassen, die man gegen sie erheben würde.

Irgendeine Ausrede würde ihr schon einfallen. Vielleicht eine Geschichte über ihr Interesse an den Zuständen in den Gefängnissen, von denen sie sich durch Augenschein überzeugen wollte? Ja, das klang viel plausibler als die Erklärung, sie sei nur aus Neugierde dort gewesen. Nach den Vorfällen mit Frank und der streunenden Katze würde ihre Großmutter geneigt sein, ihr zu glauben. Sie würde jedem, der sie fragte oder gesehen hatte, sagen, daß sie den Wunsch gehabt habe, sich über das Elend der Gefangenen zu informieren, und daß Mr. Torrington sich bereit erklärt hatte, sie zu begleiten.

Trotzdem war sie erleichtert, als sie wieder in der Mietkutsche saß, wo sie vor den neugierigen Blicken der Passanten geschützt war. Das junge Paar verabschiedete sich zärtlich voneinander,

Molly schniefte ein letztes Mal, dann fuhren sie zurück in die Bond Street. Zum Glück war die Kutsche der Reddingtons noch nicht da, so daß sie rasch ein paar Seidenbänder kaufen konnten, um die Geschichte von einem Einkaufsbummel glaubwürdiger erscheinen zu lassen.

Am Anfang dieses Tages hatte Carina mehr Zuversicht gezeigt als Lizzie, aber jetzt wurde sie zusehends nervöser. Bei Lizzie war es genau umgekehrt: Vor der Trauung war sie nervös und bedrückt gewesen; jetzt war sie guten Mutes und selig vor Glück. In Carina stieg ein Gefühl des Neids auf, als sie Lizzies strahlende Augen und gerötete Wangen sah. Für Lizzie gab es nur noch ihre Liebe, alles andere war unbedeutend. Sie empfand keinerlei Reue über den Schritt, der sie nicht nur mit ihren Eltern, sondern auch mit der Gesellschaft in Konflikt bringen konnte. Lächelnd drückte sie Carinas Hand, als ob sie deren Gedanken gelesen hätte.

»Ich bin so glücklich«, gestand sie, »und alles, was jetzt geschieht, berührt mich nicht mehr. Ich bin mit meinem geliebten Robert verheiratet, und ich weiß, daß alles für uns gut wird. Mama wird vielleicht toben, und Papa wird mir Vorwürfe machen, aber das ist nicht mehr wichtig. Für mich zählt nur noch meine Zukunft mit Robert.«

In diesem Augenblick erschien die Kutsche der Reddingtons, und die Damen stiegen ein. In der Curzon Street angekommen, fragte Carina ihre Cousine, ob sie eine kleine Erfrischung zu sich nehmen wolle, aber Lizzie zog es vor, sofort nach Hause zu fahren. »Je eher ich Mama gegenüberstehe, desto besser«, flüsterte sie, als sie Carina zum Abschied umarmte. »Es ist mir schrecklich, sie täuschen zu müssen, aber Robert sagt, daß es nicht anders geht. Ich hoffe nur, daß man mir mein Glück nicht vom Gesicht ablesen kann.«

Gut, daß Lizzie nicht mitgekommen ist, dachte Carina, als sie mit der Nachricht empfangen wurde, daß ein Besucher auf sie warte. Diesmal war offensichtlich keine Anstandsdame erforderlich. Lady Talboys, die zweifellos zu Hause war, konnte angeblich nicht gefunden werden, und von Miss Pinkertons Diensten war keine Rede. Hitchens schien mit im Komplott zu sein, denn durch seine gute Laune deutete er diskret an, daß der Besucher von ihm gebilligt wurde.

Es sei Mr. Reddington, der auf sie warte, berichtete der Butler. Er habe zuvor mit Lady Talboys gesprochen und bäte nun Miss

Quincey um eine Unterredung. Lady Talboys habe angeordnet, daß die junge Miss mit Mr. Reddington allein sprechen dürfe.

Unerklärlicherweise verspürte Carina nicht den leisesten Wunsch, mit Mr. Reddington allein zu sein. »Meinen Sie nicht, daß Miss Pinkerton dabeisein sollte?« fragte sie Hitchens.

»Nein, Miss«, erwiderte der Butler. »Mir wurde gesagt, daß Mr. Reddington um die Ehre gebeten hat, mit Ihnen unter vier Augen sprechen zu dürfen.«

Die Erklärung wurde ihr von Mr. Reddington geliefert. Mit einem schelmischen Lächeln trat er auf sie zu und küßte ihr die Hand, dann sagte er: »Sie werden zweifellos über meine Kühnheit erstaunt sein, Miss Quincey. Selbstverständlich habe ich Lady Talboys um ihre Einwilligung gebeten, Sie ohne Anstandsdame sprechen zu dürfen. Darf ich hoffen, daß Sie ahnen, was ich Sie fragen will?«

Carina starrte ihn verständnislos an. Sie konnte sich absolut nicht vorstellen, was es Geheimnisvolles zwischen ihr und James Reddington zu besprechen gab. Plötzlich stieg ein schrecklicher Verdacht in ihr auf. Hatte er etwas von der heimlichen Trauung erfahren? Wollte er sie deshalb befragen? Ein zweiter Blick auf sein strahlendes Gesicht sagte ihr, daß sie sich irren mußte. Er sah weder zornig noch schockiert aus. Nein, es handelte sich bestimmt nicht um Lizzie, dachte sie erleichtert. »Ich habe nicht die leiseste Ahnung, warum Sie mich allein sprechen wollen, Cousin James«, sagte sie munter. »Aber ich freue mich, Sie zu sehen, und bin jederzeit gern zu einer Unterhaltung mit Ihnen bereit.«

James Reddingtons Lächeln wurde noch breiter. »Miss Quincey«, begann er feierlich, räusperte sich und fuhr fort: »Miss Quincey, es dürfte Ihnen kaum entgangen sein, daß ich gern in Ihrer Gesellschaft bin. Sie haben meine Ansichten über die Gesellschaft so weitgehend geteilt, daß ich sicher sein darf, in Ihnen eine Dame mit festen Grundsätzen zu sehen, an deren Charakter ich nichts zu bemängeln habe. Es besteht vielleicht ein gewisser Hang zur Gedankenlosigkeit und ein Mangel an Diskretion, aber diese Fehler sind bei einer so jungen Dame verzeihlich.«

»Besten Dank, Mr. Reddington«, sagte Carina, die Mühe hatte, ernst zu bleiben.

»Meine Mutter hat mir natürlich ihren Segen für mein Vorhaben gegeben«, fuhr Mr. Reddington fort. »Ich hielt es für meine Pflicht, sie zu konsultieren, und sie war der Meinung, daß Ihre

Mängel Ihrer Unerfahrenheit zuzuschreiben sind. Sie ist überzeugt, daß diese Fehler durch die Zeit und unter der Führung eines Menschen, der älter und weiser ist als Sie, behoben werden können. Es wird Sie gewiß mit Genugtuung erfüllen, wenn ich Ihnen sage, daß meine Mutter Sie für eine junge Dame mit sehr guten Manieren hält. Sie meint, daß die bedauernswerten Abweichungen vom schicklichen Benehmen auf die Umstände zurückzuführen sind, unter denen Sie aufwuchsen. Ich bin der festen Meinung, daß Sie Ihren Geschlechtsgenossinnen ein mustergültiges Beispiel geben werden, sobald Sie Ihre Neigung zu hitzköpfigen und impulsiven Aktionen besiegt haben. Die Verbindung mit einem Menschen, der sich durch Vernunft und Charakterstärke auszeichnet, wird, wie ich glaube, jede Unbeständigkeit der Willenskraft kurieren. Können Sie sich vielleicht jetzt denken, worauf ich hinauswill?«

»Erweisen Sie mir etwa die Ehre eines Heiratsantrags, Mr. Reddington?« fragte Carina geradeheraus. Sein feierliches Gehabe und die gestelzten Redewendungen, die er sorgfältig auswendig gelernt zu haben schien, gingen ihr auf die Nerven. Sie wollte das Ganze so schnell wie möglich hinter sich bringen.

James Reddington drohte ihr schelmisch mit dem Finger. »Aber, aber, Miss Quincey, schon wieder dieses Ungestüm! Nun, vielleicht ist es verzeihlich, wenn es um eine Sache geht, die von so entscheidender Bedeutung für Ihre Zukunft ist. Jawohl, teure Miss Quincey, ich bitte Sie, mit mir in den heiligen Stand der Ehe zu treten.«

»Ich bin Ihnen und Lady Helen für die gute Meinung, die Sie beide von mir haben, sehr verbunden«, erwiderte Carina bedächtig, »aber leider muß ich Ihren ehrenvollen Antrag ablehnen.«

»Ich hatte vorausgesehen, daß Sie das Bedürfnis verspüren würden, meinen Antrag abschlägig zu bescheiden, Miss Quincey«, entgegnete Mr. Reddington unbeeindruckt. »Ich weiß, daß junge Damen ein natürliches Widerstreben dagegen haben, ihren jungfräulichen Status aufzugeben. Eine gewisse Abgeneigtheit, eine gespielte Gleichgültigkeit, eine natürliche Scheu – nun, all das ist von Ihrem Geschlecht zu erwarten, und es gereicht Ihnen zur Ehre, Miss Quincey, daß Sie diese Gefühle zeigen. Ihr Zögern steht Ihnen wohl an. Es ist das Vorrecht, ja sogar die Zierde einer jungen Dame, beim Gedanken an die Ehe Zweifel und Bedenken zu haben. Ich bin gewillt zu warten, bis Sie diese natürlichen

Gefühle überwunden haben, und vertraue darauf, daß Ihre Vernunft und Ihre angeborene Liebenswürdigkeit Sie zu meinen Gunsten beeinflussen werden.«

»Nein, Mr. Reddington, Sie mißverstehen mich«, erklärte Carina energisch. »Ich habe weder Zweifel noch Bedenken. Ich muß Ihren Antrag ein für allemal ablehnen, weil ich Ihnen mein Herz nicht schenken kann.«

Mr. Reddington war über diese Bemerkung sichtlich pikiert. »Soll ich diese höchst ungewöhnliche Begründung dahingehend verstehen, daß Sie sich bereits mit einem anderen Bewerber um Ihre Hand verlobt haben? Oder fühlen Sie sich an irgend jemanden gebunden, Miss Quincey? Ihre Großmutter war überzeugt, daß es für Sie kein Hindernis gibt, meinen Antrag in Erwägung zu ziehen, sonst hätte ich nicht einen Augenblick lang daran gedacht, Sie um Ihre Hand zu bitten.«

»Nein, nein, Mr. Reddington!« rief Carina ungeduldig. »Von einer Verlobung oder einer anderweitigen Bindung kann keine Rede sein. Der Grund ist einfach der, daß ich Sie zwar außerordentlich schätze, aber nicht liebe.«

Mr. Reddington lächelte nachsichtig. »Dann bin ich beruhigt, Miss Quincey. Einen Augenblick lang habe ich befürchtet, daß eine Unbedachtsamkeit, eine Verblendung ... Aber ich will nichts weiter sagen. Es braucht Sie nicht in Verlegenheit zu stürzen, wenn Sie gestehen, daß Sie mich nicht lieben, wie Sie es ausgedrückt haben. Ich würde niemals so geschmacklos sein, eine solche Art von Liebe bei einer Verlobung zwischen zwei Personen unseres Standes für nötig zu erachten. Ein so unziemliches Gefühl kann keinen Platz im Herzen einer wohlerzogenen jungen Dame haben. Ich erwarte nur, daß Sie mich achten und schätzen.«

»Wollen Sie etwa sagen, Sie seien nicht der Ansicht, daß Verlobte einander liebhaben sollten?« fragte Carina erstaunt. »Seien Sie ehrlich, Mr. Reddington: Lieben Sie mich?«

Diese Frage war ihm sichtlich peinlich. Er räusperte sich, dann erwiderte er: »Ich empfinde für Sie Zuneigung, Miss Quincey, und ich habe, wie ich vorhin bereits zum Ausdruck brachte, eine sehr hohe Meinung von Ihren inneren Werten, sonst hätte ich nicht den Wunsch gehabt, Ihr Leben mit dem meinen durch die Ehe zu verbinden. Ich glaube nicht, daß ein Mann einer Frau edlere Gefühle entgegenbringen kann. Vulgäre Emotionen, die man, wie ich gehört habe, in den unteren Schichten Liebe nennt, sind nicht nach meinem Geschmack.«

»Ich bin über Ihre Ansichten sehr überrascht, Mr. Reddington. Wie dem auch sei, ich kann nicht Ihre Frau werden, und mehr habe ich dazu nicht zu sagen.« Carina unterdrückte den Wunsch, mit ihm weiter über dieses Thema zu diskutieren. Die Kluft zwischen ihnen war zu tief. Außerdem wollte sie diese Unterredung zu Ende bringen. Sie erhob sich von ihrem Stuhl.

Mr. Reddington folgte ihrem Beispiel und sah sich suchend nach seinem Spazierstock um. »Ich werde natürlich meinen Antrag erneuern und hoffe, daß Sie nach sorgfältiger Überlegung und nachdem Sie sich mit Ihrer Großmutter beraten haben, einsehen werden, daß es zu Ihrem Vorteil wäre, ihn anzunehmen, Miss Quincey«, sagte er förmlich und ziemlich verstimmt. »Ich bin überzeugt, daß weiteres Nachdenken sowohl Ihre mädchenhafte Scheu als auch Ihre deplacierten Ideen über die Liebe vertreiben wird. Ich bin sicher, daß Sie in der Ehe mit mir Glück und Zufriedenheit finden werden.«

Carina dachte, daß weitere Überlegungen wohl kaum dieses Ergebnis zustande bringen würden, im Gegenteil, sie würden nur den Eindruck verstärken, daß Mr. Reddington ein aufgeblasener Esel war. Sie fragte sich, was sie jemals bewogen haben könnte, diesen Mann sympathisch zu finden. Nicht ein einziges Mal hatte er gesagt, daß es ihn glücklich machen würde, sie zur Frau zu haben; er hatte nur davon gesprochen, welches Glück es für *sie* sein würde. Er hatte getan, als sei eine Verbindung mit ihm hauptsächlich *ihr* Vorteil. Sie stieß einen Seufzer der Erleichterung aus, als die Tür hinter ihm ins Schloß fiel.

Auch Lady Talboys hatte anscheinend auf dieses Geräusch gewartet, denn unmittelbar danach erschien sie im Empfangssalon und brannte darauf zu erfahren, wie Carina sich entschieden hatte. »Nun, was ist, darf ich dir gratulieren? Nimmst du ihn?«

Carina fühlte sich durch diese offene Sprache verletzt. »Nein, Großmama«, erwiderte sie mürrisch, »es besteht kein Anlaß für Sie, mir zu gratulieren. Ich habe Mr. Reddingtons Antrag abgelehnt, aber es ist mir nicht gelungen, ihm den Grund verständlich zu machen. Er glaubt, daß es nur mädchenhafte Scheu ist, die mich zurückhält, und daß ich meine Meinung ändern werde, wenn er hartnäckig bleibt.«

Lady Talboys kicherte boshaft. »Das sieht ihm ähnlich! Er kann es einfach nicht verstehen, daß du nicht mit beiden Händen zugegriffen hast. Nun, man kann nie wissen, ob sein Antrag sich nicht als recht nützlich erweisen wird, Carina. Ein hartnäckiger Freier ist immer von Vorteil. So etwas hebt dein Ansehen. Aber warum hast du ihn abgelehnt? Ich dachte, daß dein Wohlgefallen an seinen moralischen Anschauungen durch nichts zu erschüttern sei. Wirklich, ich dachte, du magst ihn und nur gräßliche alte Damen wie ich hielten ihn für einen Nerventöter.«

»Sie sind eine wunderbare alte Dame, Großmama, und Sie hatten von Anfang an recht. Er *ist* ein Nerventöter!« sagte Carina. »Ich kann es mir selbst nicht erklären, aber ich finde an seiner Unterhaltung keinen Geschmack mehr. Mr. Reddington ist gewiß ein seriöser Mann, aber er scheint überhaupt keine Lebensfreude zu haben. Als seine Frau würde ich mich spätestens nach einem Monat zu Tode gelangweilt haben. Ich glaube, ich habe mich sehr verändert, seit ich in London bin.«

»Die Wahrheit ist, daß du mir viel ähnlicher bist, als du glaubst, mein Kind. Ich habe beobachtet, daß dir die Amüsements, die heute in Mode sind, Spaß machen – und daß du außerdem warmherzig und hilfsbereit bist. Es trifft sich gut, daß du deine Ansichten revidiert hast, denn ich will dich heute nachmittag zu einem Kartenspiel bei Lady Sefton mitnehmen. Es wird nicht getanzt, sondern nur gespielt. Herren sind nicht zugelassen, und deshalb können wir so hoch spielen, wie wir wollen, ohne von ihnen getadelt zu werden.«

Es war das erste Mal, daß Carina zu einer der privaten Kartengesellschaften eingeladen wurde, die in London immer beliebter wurden. Natürlich spielte sich das eigentliche gesellschaftliche Leben auf Abendempfängen, Redouten und Maskenbällen ab, aber die Reichen fanden immer mehr Gefallen an einer nachmittäglichen Partie Karten. Lady Seftons Gesellschaft sei sehr exklusiv, erklärte Lady Talboys; eine Debütantin dürfe nur sorgfältig ausgewählte Veranstaltungen besuchen. Viele vornehme Damen, insbesondere junge Ehefrauen, spielten sehr hoch, und einige hätten sogar daran gedacht, ihre Häuser in öffentliche Spielsalons umzuwandeln, aber diese Idee sei doch zu anrüchig und würde in den höheren Kreisen auf Ablehnung treffen. Selbst die wagemutigsten Damen, bei denen um sehr hohe Einsätze gespielt wurde, wählten ihre Gäste mit Vorsicht aus.

Eine Debütantin wie Carina, der die Freiheiten versagt waren, die man verheirateten Damen zugestand, durfte an Kartengesellschaften nur dann teilnehmen, wenn sie in einwandfreier Gesellschaft stattfanden. »Ich kann überall hingehen und spielen, sogar bei Lady Archer«, sagte Lady Talboys, »aber für dich würde sich das nicht schicken. Heute nachmittag sind keine Herren dabei, und es werden keine stärkeren Getränke als Tee oder Schokolade serviert. Du wirst unter den Gästen das einzige junge Mädchen sein, und ich verlasse mich darauf, daß du dich gut benimmst. Ich habe Lady Sefton gefragt, ob ich dich mitbringen dürfe, und sie war so liebenswürdig, dich einzuladen, an ihrem Tisch die Vierte zu sein. Ihr Patronat schützt dich vor jeder Kritik.«

So kam es, daß Carina zum ersten Mal ernsthaft um Geld spielte. Eine Sekunde lang hatte sie überlegt, ob sie die Einladung ablehnen sollte, da ihr die Worte ihres Vaters noch deutlich im Ohr klangen. Aber dann besann sie sich anders, weil sie wußte, daß Lady Talboys niemals etwas tun würde, das ihr schaden könnte. Es war besser, unter dem Schutz ihrer Großmutter und Lady Seftons zu lernen, wie man spielte und hohe Einsätze machte, als später einmal in eine Lage zu geraten, in der keine freundliche ältere Dame ihr sagte, was sie tun sollte.

Natürlich war sie ein bißchen nervös, als sie zu der ersten Whist-Partie, die sie in Gesellschaft spielen würde, neben Lady Sefton Platz nahm. Da sie mit ihrer Großmutter öfters um Pennies gespielt hatte, wußte sie einigermaßen Bescheid. Trotzdem stieg ein leichtes Unbehagen in ihr auf, als Lady Sefton lässig fragte: »Fünf Guineen pro Spiel? Sind Sie einverstanden, meine Damen?« Ein Glück, dachte Carina, daß die Damen an diesem Tisch so nett sind. Auf ihrer anderen Seite saß die Marchioness von Peterborough, die sie herzlich begrüßt hatte, und die vierte Dame war Mrs. Molton, eine freundliche Witwe in den Fünfzigern.

Lady Talboys saß an einem anderen Tisch und gab sich dem Vergnügen des Basset-Spiels hin. Das war mit viel mehr Risiko verbunden, wie sie ohne weiteres zugegeben hatte: »Das ist nichts für dich, Carina. Die Einsätze sind zu hoch, und du verstehst nicht genug davon. Es macht dir doch nichts aus? Du bist ja hier gut aufgehoben, und Lady Sefton wird dir bestimmt helfen, wenn du irgendwelche Schwierigkeiten hast.« Die liebenswürdige Lady Sefton hatte zustimmend genickt. Sie war eine dicke, gutmütige Frau, und eine leidenschaftliche Kartenspielerin, der es gleichgültig war, ob sie gewann oder verlor. Sie war ungemein beliebt und zu jedermann freundlich, solange man von ihr nichts verlangte, das ihr Mühe bereitet hätte.

Als Carina zu ihrem heimlichen Entzücken nach einer halben Stunde eine beträchtliche Summe gewonnen hatte, sagte Lady Sefton zu ihr: »Wie ich sehe, brauchen Sie meine Hilfe nicht, Miss Quincey. Darf ich Ihnen sagen, daß Sie sehr gut spielen? Wirklich, so etwas habe ich schon lange nicht mehr erlebt. Ich wünschte nur, daß das Glück auch mir einmal lächelt und ich halbwegs gute Karten bekomme.«

Auch die Marchioness ermutigte sie: »Ich freue mich, daß Sie gewinnen, Miss Quincey. Das ist vielleicht ganz gut so, denn es ist fraglich, ob Ihre Großmama soviel Glück hat. Nichts gegen Basset – aber um so hohe Einsätze möchte ich nicht spielen. Hoffen wir, daß sie nicht gerupft wird.«

»Ist Ihnen auch das sprichwörtliche Glück der Peterboroughs hold?« fragte Lady Sefton die Marchioness, während neu gegeben wurde. »Mein Sohn hat mir erzählt, daß er neulich bei White's vom Marquis total ausgeplündert worden ist. Er sagt, daß der Teufel Auberon beigestanden haben müsse, und will versuchen, sich bald an ihm zu rächen.«

Man plauderte in leichtem Ton, während das Spiel an Intensität gewann. Carina mußte feststellen, daß der Haufen Guineen, der vor ihr lag, allmählich wieder schmolz. Sie bekam einfach keine guten Karten mehr. Jetzt wurde Lady Sefton vom Glück begünstigt. Als Carina ihre letzten fünf Guineen in die Mitte des Tisches schob, überlegte sie, ob sie um die Erlaubnis bitten sollte, sich zurückziehen zu dürfen. Da Lady Sefton gerade ein Solo ansagte, wollte sie ihre Nachbarin auf der anderen Seite fragen, aber dann wagte sie es doch nicht, weil sie sich vor der Mutter des Marquis nicht blamieren wollte. Außerdem müßte es einen schlechten Eindruck machen, wenn sie jetzt aufhörte, nur weil sie verlor. Nun, vielleicht gewinne ich diese Runde, dachte sie.

Aber als Lady Sefton einen Stich nach dem anderen gewann, wurde ihr klar, daß sie wieder verlieren würde. Kurz darauf kassierte Lady Sefton alle Guineen, die in der Pinke waren. Jetzt war sie an der Reihe zu geben, während Carina die Ansage machen sollte. Carina mußte sich also schnell entscheiden. Gegenüber kritzelte Mrs. Molton vergnügt einen Schuldschein nach dem anderen. Die Marchioness hatte noch mehrere Rollen Guineen vor sich liegen.

Carina warf Lady Sefton einen ratlosen Blick zu, und diese

deutete auf ein Notizbuch, das seitlich vor Carina lag und von ihr bisher nicht bemerkt worden war. Das war also das Papier, auf das sie ihre Schuldscheine schreiben sollte. Plötzlich mußte sie an ihren Vater denken; er hatte ihr erklärt, daß die üblen Auswirkungen des Glücksspiels zu einem großen Teil auf diese Sitte zurückzuführen seien, weil die Spieler dadurch ermutigt würden, weit über ihre Mittel hinaus zu setzen. Carina überlegte verzweifelt, was sie tun sollte. Einen Schuldschein ausschreiben? Die anderen Damen schienen es von ihr zu erwarten, aber sie brachte es nicht fertig. Aus dem Spiel konnte sie nicht aussteigen, da Lady Sefton bereits die Karten ausgab. Was tun?

Unvermittelt kam ihr eine Idee, und ohne nachzudenken streifte sie das mit Saphiren besetzte Armband ab und warf es auf den Tisch. »Das ist mein Einsatz, meine Damen«, sagte sie mit gekünstelter Munterkeit.

»Eine ziemlich extravagante Geste, meinen Sie nicht?« Lady Seftons Lächeln wirkte etwas gezwungen, doch fuhr sie fort, die Karten zu verteilen. »Darf ich Sie daran erinnern, meine Damen, daß jetzt Herz Trumpf ist.«

Carina hatte die Ansage. Sie betrachtete ihre Karten. Es war ein gutes Blatt, man konnte es fast ausgezeichnet nennen. Sie hatte das Karo- und das Kreus-As, den Karo-, Kreuz- und Pik-König und nicht weniger als drei Damen der gleichen Farbe. Mit diesem Blatt sollte ich gewinnen können, dachte sie. »Ich spiele ein Solo«, sagte sie an. Einmal mußte sich das Glück doch wieder auf ihre Seite schlagen.

Aber es sollte anders kommen. Mrs. Molton hatte bei Carinas Ansage entzückt gekichert und warf jetzt triumphierend ihr Blatt offen auf den Tisch, wobei sie sagte: »Es hat keinen Sinn, weiterzuspielen. Mit diesem Blatt schlage ich Sie alle.« Unter den Karten befanden sich die fünf höchsten Herzen. »Ich kann Sie unter den Tisch trumpfen, meine Liebe«, sagte sie voller Wonne.

Carina bemühte sich, eine gelassene Miene zu zeigen. Sie wollte gerade ihr Armband zu dem Häufchen Guineen hinschieben, als die Marchioness sie mit einem sanften Druck ihrer Hand daran hinderte. »Sie können das Armband nicht einsetzen, meine Liebe«, sagte sie leise, »sonst kommt unser ganzes System durcheinander. Ich werde Ihnen heute nachmittag leihen, was Sie brauchen, und Sie können die Sache morgen mit mir regeln. Sie sehen ja, daß ich noch genug Guineen habe. So können Sie Ihre Situation leichter überschauen, als wenn Sie anfangen, Schuldscheine zu schreiben.«

Carina stammelte ein paar Dankesworte. Ihr war schrecklich zumute. Sie errötete heftig und wagte nicht, von den Karten, die sie in der Hand hielt, aufzublicken. Ihre Verlegenheit wuchs noch, als Lady Sefton freundlich, aber doch mit einem leichten Tadel in der Stimme sagte: »Ja, das ist viel besser! Wie lieb von Ihnen, Anne. Ich hätte dasselbe getan. Hören Sie, mein Kind, gewöhnen Sie es sich nicht an, Ihren Schmuck auf dem Spieltisch herumzuwerfen. Wenn Herren anwesend wären, würden sie sofort ein neues Spiel daraus machen, und das wäre Ihrem Ruf kaum förderlich. Eine solche Impulsivität macht keinen guten Eindruck. Aber da wir unter uns sind, ist es nicht so wichtig, und wir wissen ja, daß Sie am Spieltisch ein Neuling sind. Also vergessen Sie das Ganze und spielen Sie aus.«

Nach diesem Verweis, so freundlich und nachsichtig er in der Form auch gewesen war, brachte Carina es nicht mehr fertig, sich an der Unterhaltung zu beteiligen. Sie spielte stumm weiter und borgte sich von der Marchioness das Geld, das sie brauchte. Zum Glück bekam sie jetzt bessere Karten und gewann ein paar Runden, so daß sie am Ende des Spiels nur mit zehn Guineen im Soll stand.

Dic Marchioness tätschelte ihre Hand und sagte leicht belustigt: »Mein liebes Kind, machen Sie sich wegen der paar Guineen, die Sie mir schulden, keine Gedanken. Ich habe vor, morgen bei Ihrer Großmama einen Besuch zu machen, und bei dieser Gelegenheit können Sie Ihre Schulden begleichen. Seien Sie ganz beruhigt, wir drei hier haben uns sehr darüber amüsiert, daß Sie Ihr Armband einsetzen wollten, aber wir werden es bestimmt nicht weitererzählen, nicht wahr, Mrs. Molton und Lady Sefton?« Die beiden Damen nickten zustimmend. »Es wäre besser gewesen, wenn Sie ohne Aufhebens einen Schuldschein ausgefertigt hätten, statt Ihren Schmuck auf den Tisch zu werfen. In Ihnen steckt mehr von einer Spielernatur, als Sie es selbst wissen.«

Zu Carinas Erleichterung war damit der Vorfall erledigt. Dann sah sie, daß ihre Großmutter auf ihren Tisch zukam. »Wir müssen uns jetzt verabschieden, Carina«, sagte sie verdrießlich. »Es war ein sehr angenehmer Nachmittag, Lady Sefton, obwohl ich so vom Pech verfolgt war, daß es eine Heilige zur Verzweiflung getrieben hätte. Es war sehr freundlich von Ihnen, daß Sie sich um meine

Enkelin gekümmert haben, und ich bin sicher, daß Carina Ihnen dankbar ist. Sie wird nicht oft das Glück haben, in so guter Gesellschaft zu spielen.«

9

Carina sollte sehr bald erfahren, daß die schlechte Laune der alten Dame nicht nur eine Folge ihrer Verluste beim Basset war. Während der Heimfahrt war Lady Talboys in sehr gereizter Stimmung, sprach kaum ein Wort und war ungewöhnlich grob zu ihrem Kutscher.

Carina hatte ihre Großmutter mitfühlend gefragt, wieviel sie verloren habe. Lady Talboys hatte sie wütend angefaucht: »Fünfhundert Guineen, mein Fräulein, und halte mir ja keine Moralpredigt über die Übel des Glückspiels!«

Aber dazu fühlte Carina sich nicht mehr berechtigt. Ihr war bewußt, daß sie die Grenze des Schicklichen überschritten hatte, als sie ihr Armband als Einsatz auf den Tisch geworfen hatte. Da die alte Dame nicht zu einer Unterhaltung aufgelegt war, schwieg auch sie und dachte über die letzten Stunden nach. Wie hatte es geschehen können, daß sie über dem Spiel ihre guten Manieren vergessen hatte? Die Marchioness hatte recht gehabt, es wäre besser gewesen, wenn sie einfach einen Schuldschein ausgestellt hätte. Aber vielleicht hätte sie überhaupt nicht weiterspielen sollen? Dadurch hätte sie allerdings den anderen drei Damen das Vergnügen verdorben.

Hier ging es nicht nur um die simple Frage, was Recht und was Unrecht war. Sie erinnerte sich, wie leicht alles ausgesehen hatte, als sie in London ankam. Damals war sie der festen Überzeugung gewesen, daß es Unrecht sei, um Geld zu spielen. Jetzt war sie sich dessen nicht mehr so sicher. Vielleicht hing es davon ab, um wieviel Geld gespielt wurde? Sie wußte nur eines genau: Sie hatte entdeckt, daß Glücksspiele Spaß machten. Früher hatte sie gedacht, Freude am Glücksspiel sei das Merkmal eines schlechten Charakters. Heute wußte sie, daß das Glücksspiel auf viele Menschen, sie selbst eingeschlossen, eine starke Anziehungskraft ausübte. Nein, sie war nicht mehr fähig, jemanden deswegen zu verurteilen. Sie begann zu begreifen, warum manche Leute zu leidenschaftlichen Spielern wurden, und mit dem Verständnis wuchs die Bereitschaft zu verzeihen.

Ursprünglich hatten ihre Großmutter und sie in der Curzon Street nur einen kurzen Halt machen wollen, um dann zum Vergnügungspark Ranelagh zu fahren und dort zum Supper den berühmten hauchdünn geschnittenen Schinken zu essen, der die Spezialität des Hauses war. Carina hatte sich darauf gefreut, denn bei Ranelagh verkehrte nur das beste Publikum, und es hatte den Ruf, sehr amüsante Unterhaltung zu bieten. Aber jetzt hatte sie keine Lust mehr. Da Lady Talboys' Stimmung immer düsterer wurde, sah es nicht so aus, als ob es ein vergnüglicher Abend werden würde.

Zu Hause angekommen, fragte sie zögernd: »Großmama, müssen wir zum Ranelagh fahren? Ich habe Kopfschmerzen und möchte lieber früh zu Bett gehen.«

Die alte Dame warf ihr einen mißtrauischen Blick zu. »Du hast doch sonst nie Migräne. Was soll das jetzt wieder für ein Trick sein? Ich habe heute Dinge über dich gehört, die mich zweifeln lassen, ob du wirklich so naiv bist, wie du tust. Ja, du hast allen Grund, rot zu werden. Wenn nur die Hälfte davon stimmt, solltest du dich wirklich schämen.«

»Was hat man Ihnen denn erzählt?« Mehr wagte Carina nicht zu fragen.

»Lady Betty Coke sagte mir etwas ganz Unglaubliches. Ich wußte kaum, wo ich hinsehen und was ich antworten sollte. Also sagte ich nur, ich sei ganz sicher, daß alles vollkommen harmlos sei. Aber jetzt will ich die Wahrheit wissen. Bist du verheiratet?«

Offensichtlich hatte Lady Talboys von der Fahrt zur Fleet Lane erfahren. Jetzt war der Teufel los! Damit hatte Carina nicht gerechnet. Ihre ganze Sorge galt Lizzies Ruf, an ihren eigenen dachte sie nicht. »Woher wissen Sie das?« fragte sie, einer direkten Antwort ausweichend.

Diese Taktik erboste Lady Talboys so sehr, daß sie heftig mit dem Stock auf den Fußboden stieß. »Heraus mit der Sprache! Ich will die Wahrheit wissen! Ich muß sie wissen! Hast du diesen grünen Jungen geheiratet?«

Wie gern hätte Carina ihrer Großmutter alles gebeichtet! Aber sie mußte auf Lizzie Rücksicht nehmen. Vor allem mußte sie Lizzie und Robert Zeit verschaffen, sich über ihre Zukunft klarzuwerden, bevor der Sturm losbrach. So versuchte sie, einen Mittelweg zu finden, indem sie sagte: »Ich kann diese Frage nicht beantworten, Großmama. Ich kann Ihnen nur versichern, daß ich nichts Unrechtes getan habe.«

Die alte Dame war über diese gewundene Antwort zunächst sprachlos. Dann gab sie ein schnaubendes Geräusch von sich und sagte etwas freundlicher: »Aber, Carina, Kind, sei nicht törichter, als du es ohnehin schon bist. Wenn du geheiratet hast, muß es ja eines Tages herauskommen, und es ist besser, du erzählst es mir jetzt, damit ich dir helfen kann.«

»Großmama, ich kann nicht mit Ihnen darüber sprechen.«

Lady Talboys redete weiterhin auf ihre Enkelin ein, wobei sie sich Mühe gab, sich zu beherrschen und ihre Entrüstung nicht zu zeigen. »Lady Betty hat mir erzählt, daß du mit Robert Torrington gesehen worden bist und daß man behauptet, du hättest dich mit ihm trauen lasen. Anscheinend hattest du Lizzie Reddington mitgenommen, damit das Ganze respektabler aussah. Also sei vernünftig, Carina! Es genügt nicht, daß du mir versicherst, nichts Unrechtes getan zu haben.

Natürlich sagte ich zu Lady Betty, daß das alles nur Gerede sei und daß ich über diesen Ausflug Bescheid gewußt hätte. Ich erklärte ihr, du seist an den Bedingungen interessiert, unter denen die Schuldner leben müssen, und hättest deine Cousine und Mr. Torrington gebeten, dich zum Fleet-Gefängnis zu begleiten. Na, eine dümmere Ausrede kann es gar nicht geben! Aber ich wußte wirklich nicht, was ich sagen sollte. Lady Betty hat mir bestimmt nicht geglaubt, aber sie lächelte und sagte sehr liebenswürdig, daß sie diesen Klatsch nicht weiterverbreiten würde. Nun, ich weiß, was dieses Versprechen wert ist! Lady Betty ist eine charmante Frau, aber auch eine notorische Schwätzerin. Selbst wenn sie versuchen sollte, den Mund zu halten – spätestens in zwei oder drei Tagen pfeifen es die Spatzen von den Dächern. Diesmal bist du entschieden zu weit gegangen, Carina. Du weißt, daß ich nie um den heißen Brei herumrede, und deshalb sage ich dir offen, daß dies der übelste Skandal der ganzen Saison werden könnte. Ich muß also unbedingt die Wahrheit wissen!«

Carina hätte so gern ihre Unschuld bewiesen, aber sie konnte ihrer Großmutter nicht die Wahrheit sagen, ohne Lizzie in Schwierigkeiten zu bringen und ihr Versprechen zu brechen. Bekümmert senkte sie den Blick. Sie litt sehr darunter, daß sie ihre Großmutter täuschte, und dieses Schuldbewußtsein trieb ihr das

Blut in die Wangen. Sie war sich bewußt, daß sie alles andere als unschuldig aussah.

»Nun, mein Fräulein?« Lady Talboys Unmut wuchs von Sekunde zu Sekunde. »Bist du verheiratet oder nicht? Wenn ja, muß ich es wissen, damit ich den Schaden so gut wie möglich reparieren kann. Wenn nicht, müssen wir dieses Gerücht erstikken. Also rede. Ich erwarte eine ehrliche Antwort und kein weiteres Drumherumgerede!«

Carina blieb stumm. Was sollte sie tun? Ihr Zögern regte Lady Talboys noch mehr auf. Sie lief rot an und hieb mit dem Stock in einer Art und Weise auf das Sofa, die verriet, daß sie viel lieber Carina geschlagen hätte als dieses leblose Möbelstück.

»Rede endlich!« befahl die alte Dame. »Sonst bekommst du Hausarrest, und es ist aus mit deiner Herumtreiberei. Ich werde dich nicht länger in meinem Haus dulden, wenn du mir nicht sofort die Wahrheit sagst. Also, mach den Mund auf und beweise, daß du Courage hast.«

Aber Carina hüllte sich nach wie vor in Schweigen. Sie wagte es nicht, ihre Großmutter anzusehen, und es betrübte sie zutiefst, daß sie sich so schlecht benahm. Natürlich war ihr bewußt, daß sie Lady Talboys eine Erklärung schuldete. Es war für die alte Dame sicherlich peinlich gewesen, sich am Spieltisch bösartigen Klatsch über ihre Enkelin anhören zu müssen.

Nach einer ganzen Weile blickte sie auf und sagte mit flehender Stimme: »Großmama, es ist nicht so, wie Sie denken. Ich kann jetzt nicht mehr sagen, auch wenn Sie mir deshalb böse sind. Ich weiß, daß es sehr ungezogen von mir ist, und ich weiß auch, daß es ein schlechter Dank für all die Güte ist, die Sie mir erwiesen haben. Ich hoffe, daß ich Ihnen in zwei Tagen alles erklären kann. Aber bis dahin kann ich nur sagen, daß alles ganz anders ist.«

»Rede keinen Unsinn. Woher willst du wissen, was ich denke? Ich denke, daß du eine Törin bist, mein Kind, aber andere werden dich für etwas weit Schlimmeres halten. Lady Betty sagte, daß sowohl Sir William als auch der Marquis von Peterborough dich erkannt haben und daß Sir William jetzt überall erzählt, die schöne Furie habe sich an einen unbedeutenden jüngeren Sohn weggeworfen. Er kann dich nicht leiden, Carina, und es gibt viele Leute, die auf seine boshafte Zunge hören. Du stehst auf dünnem Eis und wirst einbrechen, wenn du dich mir nicht anvertraust.

Ich verspreche dir, daß ich alles für dich tun werde, was in meinen Kräften steht, selbst wenn das bedeuten sollte, daß ich deine beklagenswerte Verbindung mit einem jüngeren Sohn nachträglich gutheiße. Aber ich muß die Wahrheit wissen, damit ich mir überlegen kann, wie ich vorgehen soll. Es ist eine verdammt scheußliche Situation, und fast würde ich wünschen, daß du diesen faden James Reddington akzeptiert hättest. Er mag ein Schwadroneur sein, aber wenigstens hätte dann so etwas nicht geschehen können. Jetzt bist du viel schlechter dran, fürchte ich.«

Carina wäre am liebsten in Tränen ausgebrochen, aber sie beherrschte sich. Lady Talboys war so gütig, sie wollte ihr wirklich helfen; doch noch waren ihr die Hände gebunden, sie durfte nichts verraten. Bei dem Gedanken an den widerlichen Sir William Goring Pelham verdüsterte sich ihre Miene. Zweifellos würde der Marquis von Peterborough seinen Teil zu dem Klatsch beitragen. Und Mr. Ponsonby ebenfalls.

Sie konnte sich auch vorstellen, wie sehr sich Mrs. Milgrave über die Gerüchte freuen und mit welchem Genuß sie mit ihrer Tochter und wahrscheinlich auch mit dieser gräßlichen Gouvernante, Miss Humphries, über ihr schlechtes und zügelloses Benehmen diskutieren würde. Sie hatte das Gefühl, daß die ganze Welt gegen sie war.

»Nun gut, du läßt mir keine Wahl. Wenn du jünger wärst, würde ich dir eine Tracht Prügel verabreichen. Geh jetzt auf dein Zimmer. Wir fahren nicht zu Ranelagh, weil ich keine Lust habe, ein so widerspenstiges Ding wie dich auszuführen. Ich bin im höchsten Grade unzufrieden mit dir. Ich hoffe, daß du dein Verhalten überdenkst und einsiehst, daß du pflichtvergessen handelst. Vielleicht ist es ganz nützlich, wenn du einmal einen Abend allein verbringst und über dich nachdenkst. Nein«, wehrte sie ab, als Carina aufstand und zu ihr kam, »ich will heute keinen Gutenachtkuß von dir. Ich will nur, daß du Gehorsam zeigst. Und jetzt geh.«

Carina blieb nichts anderes übrig, als sich in ihr Schlafzimmer zurückzuziehen. Dort wartete schon ein Hausmädchen auf sie, um ihr beim Umkleiden für den Abend im Ranelagh-Park behilflich zu sein. Carina sagte ihr, daß sie nicht mehr ausgehen würde. Sie wußte, daß sich diese Neuigkeit sofort beim Personal herumsprechen würde, und alle würden wissen, daß sie mit ihrer Großmutter eine Auseinandersetzung gehabt hatte. Nur gut, daß Pinkerton sie heute abend nicht bediente; sie hätte sicherlich ihre

Mißbilligung offen zur Schau getragen, und das wäre einfach zuviel gewesen.

Ja, sie hatte sich ihrer Großmutter gegenüber unfair, ungehorsam und pflichtvergessen benommen. Die alte Dame hatte vollkommen recht gehabt, als sie sagte, es sei Carinas Pflicht, ihr die Wahrheit zu sagen. Dachte Lady Talboys wirklich, daß sie heimlich geheiratet hatte? Carina hatte großen Respekt vor der Menschenkenntnis ihrer Großmutter, die höchstwahrscheinlich nichts dergleichen glaubte. Aber offensichtlich war sie über das Ausmaß des Skandals, der über ihre Enkelin hereinzubrechen drohte, zutiefst beunruhigt. Andererseits hatte Carina das Gefühl, daß die vornehme Welt ihr aus irgendeinem Grund von Anfang an nicht freundlich gesinnt gewesen war. Sie dachte nicht mehr daran, daß sie selbst über der Faszination des Spiels alles vergessen hatte, und verdammte die Gesellschaft, die rücksichtslos und gefühllos nur ihrem eigenen Vergnügen lebte. Wenn diese Leute nicht gerade damit beschäftigt waren, Unsummen am Spieltisch zu verlieren, hatten sie anscheinend nichts anderes zu tun, als boshaften Klatsch zu verbreiten.

Und gerade diese Clique von jungen Spielern war am schlimmsten. Der Marquis von Peterborough war skrupellos, und Sir William war ein heimtückisches Lästermaul, dem sie mit Wonne einen Degen ins Herz gestoßen hätte. Ach, wenn sie doch ein Mann wäre und Sir William fordern könnte, um seine giftige Zunge für immer zum Schweigen zu bringen!

Am schmerzlichsten war die Vorstellung, daß die Gerüchte vielleicht nicht nur von Sir William ausgingen, daß möglicherweise der Marquis dazu beigetragen hatte. Verärgert über die Ablehnung seines Heiratsantrags und von Mißtrauen gegen Robert Torrington erfüllt, hatte er vielleicht sofort die Schlußfolgerung gezogen, daß sie Robert geheiratet hatte. Sie hatte zwar dem Marquis ihr Wort gegeben, daß zwischen ihr und Robert Torrington nichts sei, aber sicherlich maß er ihrem Ehrenwort kein Gewicht bei; in seinen Augen war sie eben nur ein verlogenes Frauenzimmer. Vielleicht hatte er seinen Kumpanen erzählt, daß er sie und Mr. Torrington bei einem Tête-à-tête erwischt hatte, und Sir William verbreitete diese Geschichte nun in den Ballsälen und Spielsalons. In dieser aus Verzweiflung und Groll gemischten Stimmung fiel sie in einen unruhigen Schlaf.

Sir William Goring Pelham war in der Tat emsig damit beschäftigt, die Geschichte zu verbreiten. Ein so saftiges Stück Klatsch war für ihn ein Leckerbissen. Die erste, der er es erzählt hatte, war Lady Betty Coke gewesen, die er nur eine Stunde nach der Begegnung in der Fleet Lane in der Bond Street traf. Am Nachmittag unterhielt er damit ein paar Freunde, und am Abend ließ er im Ranelagh-Park ein paar älteren Damen gegenüber dunkle und hochinteressante Andeutungen fallen, und jetzt saß er in einer Spielhölle in der Nähe von Piccadilly und tratschte mit den anderen Spielern.

Es war ein elegantes, aber kleines Etablissement, wo jede Nacht riesige Summen über die mit Filz überzogenen Spieltische geschoben wurden. Einige Spieler behaupteten, daß die Karten gezinkt und die Würfel manipuliert waren, trotzdem erfreute sich der Salon zur Zeit großer Beliebtheit. Die Spielerclique, angeführt von Charles James Fox und George Selwyn, hatte ihn mit ihrer Anwesenheit beehrt, und der Marquis von Peterborough hatte öffentlich gesagt, daß es ein amüsantes Etablissement sei. Diese Empfehlungen hatten bewirkt, daß der Salon mit einem Schlag in Mode gekommen war, und Sir William gehörte zu den Leuten, die der Mode sklavisch folgten. Er legte allergrößten Wert darauf, an den richtigen Orten gesehen zu werden.

Er berichtete den um ihn Versammelten mit Genuß den neuesten Skandal. »Stellen Sie sich ihre Verlegenheit vor! Die schöne Furie erblaßte vor Angst, als sie mich sah und erkennen mußte, daß ausgerechnet ich ihr Geheimnis entdeckt hatte!« näselte der Dandy, während er die Karten ausgab. »Es handelte sich zweifellos um eine heimliche Trauung, und das habe ich auch zu Lady Betty Coke gesagt. Du lieber Gott, dieses Mädchen hat innerhalb einer Woche nach seiner Ankunft in London gegen jede Anstandsregel verstoßen. Mein Mitgefühl gilt der armen Lady Talboys. Das Mädchen ist nichts anderes als eine unkultivierte Landpomeranze.«

Da Sir William mit dem Rücken zur Tür saß, konnte er nicht sehen, wer soeben das Spielzimmer betrat. Es war der Marquis von Peterborough in Begleitung des getreuen Ponsonby.

Ohne die Ankunft der beiden bemerkt zu haben, redete Sir William weiter. Seine hohe Stimme klang in der plötzlich eingetretenen Stille doppelt laut. »Das ist der schockierendste Skandal, seit Lady Betty von einem Straßenräuber überfallen wurde.«

»Worum geht es denn, Sir William? Was ist das für ein Skandal, den Sie so offensichtlich genießen?« fragte eine sehr sanfte, sehr ruhige Stimme in seinem Rücken.

Sir William drehte sich auf seinem Stuhl um. Es durchzuckte ihn wie ein Schlag, als er sah, wer vor ihm stand. Die Stimme versagte ihm, und er konnte nur nervös kichern. Die Gesichter seiner Kumpane spiegelten eine gespannte Neugier wider. Alle hatten in der sanften Stimme einen gefährlichen Unterton gehört.

Auch Ponsonby war alarmiert. Er hatte an diesem Abend mehrere Flaschen mit dem Marquis geleert und war etwas benebelt, aber nicht so sehr, daß er nicht bemerkt hätte, wie es in seinem Freund brodelte. Ponsonby kannte ihn seit vielen Jahren, aber noch nie hatte er ihn so – so grimmig entschlossen erlebt. Was geht hier vor? fragte er sich.

»Aber, aber, Sir William, lassen Sie mich doch Ihre neueste Klatschgeschichte mitgenießen«, wiederholte der Marquis seine Bitte. Seine Stimme klang immer noch täuschend freundlich, aber unter dieser Sanftmut lauerte eine verborgene Drohung.

»Ihnen brauche ich es gewiß nicht zu erzählen«, erwiderte Sir William, der jetzt ziemlich verstört aussah. »Ich habe bloß von unserer seltsamen Begegnung mit Miss Quincey und Mr. Torrington gesprochen, die wir heute vormittag hatten. Und noch dazu in der Fleet Lane! Was das bedeutet, weiß jeder.«

»Und was bedeutet es? Ich scheine mit zunehmendem Alter hoffnungslos zu verblöden – zumindest bin ich nicht fähig, so blitzschnelle Schlußfolgerungen zu ziehen wie Sie, Sir William«, sagte der Marquis mit erlesener Höflichkeit. Fast alle Herren, die in dem Zimmer waren, hatten aufgehört zu spielen und beobachteten die Szene.

Sir William raffte seinen ganzen Mut zusammen und ging in Abwehrstellung. »Es kann nur bedeuten, daß die schöne Furie sich entschieden hat, dem jungen Torrington ihre Hand und ihr Vermögen zu geben, und daß die beiden geheiratet haben. Da gibt es keinen Zweifel. Das muß doch auch Ihnen klar sein, Auberon.«

»Ich kann mich nicht erinnern, Ihnen das Recht gegeben zu haben, mich beim Vornamen zu nennen«, sagte der Marquis mit schneidender Stimme. Sir William lief rot an. Der Marquis nahm lässig eine Prise Schnupftabak, dann wandte er sich an Ponsonby und sagte in einem leichten Ton: »Es ist geradezu auffallend, wie vulgär die Atmosphäre hier geworden ist. Ich werde wohl meine Besuche in diesem Salon einstellen müssen. Für meinen

Geschmack sind zu viele Fatzken hier.«

Ponsonby grinste. Der Wein machte ihn verwegen. In Auberon schien wirklich der Teufel gefahren zu sein. Es sah ganz so aus, als ob sich etwas anbahnte. Er war bereit, das Feuer zu schüren. »Du hast wie immer recht, mein lieber Auberon«, sagte er, den Vornamen leicht betonend. »Es ist vulgär hier, unerträglich vulgär!«

Bei dieser unverhüllten Beleidigung wurde Sir William blaß. Er blickte hektisch umher, als ob er nach einem Fluchtweg suche, aber er sah nur die mitleidlosen Augen der Zuschauer, von denen die meisten sich an diesem Auftritt ergötzten. »Pfui über Sie beide«, sagte er schließlich gewollt munter, um die Atmosphäre zu entspannen. »Sie müssen betrunken sein. Ein Fläschchen zu viel, was Ponsonby?« Nach der soeben erfolgten schroffen Zurechtweisung versuchte er nicht, sich direkt an den Marquis zu wenden. Seine zittrige Stimme verriet, wie gern er diesen unangenehmen Zwischenfall beendet hätte.

»Ja«, wiederholte der Marquis langsam, als ob er Sir William nicht gehört hätte, »widerlich vulgär, Ponsonby! Ich wundere mich, daß ich es nicht schon früher bemerkt habe. Was mich betrifft, Ponsonby, so fühle ich mich unerträglich belästigt. Merkwürdig, nicht? Ich hätte nicht gedacht, jemals taktlose Bemerkungen darüber zu hören, wieviel Wein ich zu trinken beliebe. Wie dumm von mir. Sagten Sie betrunken, Sir William? Ich bin nicht so betrunken, daß ich nicht einen bösartigen kleinen aufgeplusterten Pfau erkenne, wenn ich ihn sehe.«

Einer der Zuschauer zog zischend den Atem ein. Sir William wich das Blut aus den Wangen. Diese Beleidigung konnte – nein, durfte er nicht schlucken, wenn er das Gesicht wahren wollte. Ponsonby, dem nicht entgangen war, wie es in Sir William kochte, fragte sich, wo das Ganze enden würde. Es war klar, daß der Marquis dem Kerl einen Zweikampf aufzwingen wollte, und das war eigentlich nicht seine Art. Gewiß, er hatte schon zwei Duelle hinter sich, aber Ponsonby hatte noch nie erlebt, daß er so zielbewußt einen Streit provozierte. Es kam ihm vor, als ob ... ja, als ob die bloße Erwähnung von Miss Quinceys Namen Auberon in Rage gebracht hatte. Bläst der Wind etwa aus dieser Richtung? fragte sich Ponsonby überrascht.

Sir William war außer sich vor Wut. »Solche Beleidigungen lasse ich mir nicht gefallen. Es ist empörend, einen Gentleman derart mit Schmutz zu bewerfen ... Nennen Sie mir Ihre Sekundanten,

Sir, oder entschuldigen Sie sich für Ihre Bemerkungen.«

»Ich glaube nicht, daß ich meine Beleidigungen zurücknehmen werde, Sir William«, erwiderte der Marquis mit aufreizender Gelassenheit. »Sie haben wohl vergessen, daß ich Sie gewarnt habe, Klatschgeschichten zu verbreiten, die mich etwas angehen. Miss Quincey geht mich etwas an. Ich wünsche nicht, daß Sie ihren Namen erwähnen. Habe ich mich deutlich ausgedrückt?«

Soviel Angst er auch hatte, Sir William konnte seine gewohnte Spottlust nicht unterdrücken. »Oh, die schöne Furie hat also Ihr Herz erobert, wie? Na, viel Glück. Vielleicht gelingt es Ihnen, ihren Drang, die Gesellschaft vor den Kopf zu stoßen, zu zügeln. Vielleicht aber auch nicht. Ich fürchte nämlich, Sie werden eine Enttäuschung erleben. Die Dame scheint Mr. Torrington den Vorzug zu geben. Ich glaube, ich werde meine Wette doch noch gewinnen.«

Diese Worte saßen, der Marquis wurde leichenblaß, aber sonst verriet er durch nichts, daß der Vulkan, der in ihm brodelte, unmittelbar vor dem Ausbruch stand. Mit einer bedächtigen Bewegung nahm er ein Glas Wein vom Tisch und schleuderte dessen Inhalt Sir William ins Gesicht.

Ohne davon Notiz zu nehmen, daß ihm die rote Flüssigkeit vom Gesicht tropfte, zog Sir William blank. Die Wut ließ ihn seine Angst vergessen. »Dafür werde ich mich rächen«, rief er dramatisch.

»Tun Sie das – falls Sie es können. Wir werden die Sache jetzt und hier austragen«, sagte der Marquis so prompt, daß Ponsonby erschrak. »Ich kann mich darauf verlassen, Ponsonby, daß du niemanden hereinläßt?«

Ponsonby nickte, dann blickte er sich in dem kleinen Zimmer um. »Das ist alles verdammt regelwidrig, Auberon. Hier ist viel zuwenig Platz. Wir müssen die Tische an die Wand schieben, und wir brauchen mehr Licht. Kerzen! Bringen Sie mehr Kerzen her!« befahl er einem verängstigten Diener. Dieses Duell verstieß in jeder Hinsicht gegen das Reglement. Auberon schien verrückt geworden zu sein. Er konnte nur hoffen, daß er Sir William nicht töten würde, aber als er die verbissene Miene seines Freundes sah, war er sich dessen nicht so sicher. Den Gegner unter solchen Bedingungen zu töten, würde einen Skandal entfesseln, dem vielleicht sogar der Marquis von Peterborough nicht gewachsen war.

Zischend fuhren die Degen aus der Scheide, und die Klingen

glänzten im Kerzenlicht. Man hatte die Kartentische an die Wand geschoben, und die Spieler drängten sich so eng wie möglich zusammen, voller Vorfreude auf diese Zugabe zum Abendvergnügen. Zwei verstörte Diener hatten Leuchter gebracht und auf die Tische gestellt. Die brennenden Wachskerzen warfen seltsame tanzende Schatten auf die Wände und die Decke des stickigen Raums, aber sie spendeten genug Helligkeit für die beiden Duellanten.

Sie kämpften schweigend, nur gelegentlich hörte man über dem Klirren und Zischen der Degen ein angestrengtes Keuchen oder einen Grunzlaut. Sir William war, wie die meisten seiner Zeitgenossen, kein schlechter Fechter. Er stieß und parierte mit einer Gewandtheit, die bewies, daß er einen guten Lehrer gehabt hatte, und bei jeder Bewegung glitzerten und funkelten die Edelsteine auf seinen Schuhschnallen und in seinem Jabot, während die Glanzplättchen auf seiner Weste im Kerzenlicht Blitze schossen.

Aber für den Marquis war er kein ebenbürtiger Gegner. Seine Geschicklichkeit konnte sich nicht mit der des Marquis messen, und er focht mehr nach den Regeln als mit Temperament. Der Marquis hingegen focht mit einer Wildheit, die die Zuschauer in Erstaunen setzte. Zwar hatte er seinen Körper perfekt unter Kontrolle, während die Klinge seines Degens mal hierhin, mal dorthin zuckte und nach einem schwachen Punkt in Sir Williams Abwehr suchte, aber der grimmig zusammengepreßte Mund und die funkelnden Augen sprachen Bände. Das ist ein richtiges Abschlachten, dachte Ponsonby. Er beobachtete, daß Sir Williams Atem schwerer ging und daß er immer mehr Mühe hatte, die Angriffe seines Gegners zu parieren. Was ging in dem Marquis eigentlich vor? Auf diese Art und Weise tötet man seinen Gegner nicht, dachte Ponsonby. Wenn Auberon das beabsichtigte, hätte er es in einem dem Reglement entsprechenden Duell auf einem freien Platz außerhalb der Stadt und in Anwesenheit von Sekundanten tun sollen. Eine solche Affäre hätte den Anstandsregeln der guten Gesellschaft entsprochen und wäre von ihr gebilligt worden. Aber das hier war etwas ganz anderes. Die Gesellschaft würde es nicht einmal dem fünften Marquis von Peterborough verzeihen, wenn er seinen Gegner in einem Kampf tötete, der im Grunde genommen nichts anderes war als ein Streit in einer Spielhölle. Ponsonby begann sich ernstlich Sorgen zu machen.

Der Marquis schlug eine Finte, um Sir William zu einem Fehler zu verleiten. Allem Anschein nach wollte er sich nicht mit einer Fleischwunde zufriedengeben, denn er hatte zumindest eine Chance bereits vorbeigehen lassen. Nein, er kämpfte, als ob er seinen Gegner ins Herz treffen wollte.

Plötzlich zuckte die Degenklinge des Marquis nach vorn, verharrte eine Sekunde, während Sir Williams Klinge vergeblich versuchte, sie wegzuschlagen, dann stieß sie weiter vor. Sir William keuchte und wankte hin und her. Auf seinem Gesicht breitete sich ein überraschter Ausdruck aus.

Er ließ den Degen fallen und preßte beide Hände gegen die Brust. Ein dünner, dunkler Blutstrom sickerte zwischen seinen Fingern hervor. Mit einem leisen Geräusch, das wie ein Seufzer klang, fiel er bewußtlos zu Boden.

Einen Augenblick lang stand der Marquis da und betrachtete den regungslosen Körper seines Gegners. Dann nahm er eine Serviette vom Tisch. Ponsonby glaubte schon, daß der Marquis den Verwundeten verbinden wollte, aber da hatte er sich geirrt. Der Marquis wischte nur das Blut von seinem Degen ab, bevor er ihn in die Scheide schob. »Wollen wir gehen, Ponsonby?« fragte er lässig.

»Den Teufel werden Sie tun!« schrie einer der Spieler, der sich über Sir William beugte, um das Blut zu stillen, das immer noch aus der Wunde strömte. »Bei Gott, Sie haben ihn getötet!«

»Bei Gott, das war meine Absicht«, sagte der Marquis kalt. Er ging auf die Tür zu.

»Sein Puls schlägt noch. Holt einen Arzt!« rief ein anderer Mann in der Gruppe, die um Sir William herumstand.

Der Marquis wandte sich an einen der Diener. »Anscheinend war meine Behauptung etwas zu voreilig. Haben Sie gehört, Mann? Holen Sie einen Arzt, und beeilen Sie sich!«

»Auberon, du kannst nicht einfach weggehen«, beschwor Ponsonby ihn. »Vielleicht stirbt er doch. Der Stoß ging sehr tief, wenn mich nicht alles täuscht.«

»Offensichtlich nicht tief genug«, stellte der Marquis lakonisch fest. »Ich bin hier fertig, Ponsonby. Was könnte ich für einen Verwundeten tun, selbst wenn ich ihm helfen wollte? Also komm schon, ich verlasse jetzt dieses höchst unamüsante Etablissement.«

Ponsonby zuckte hilflos mit den Schultern und folgte ihm durch die kleine Eingangshalle hinaus in die kühle Nachtluft. Sobald sie sich aus der Hörweite der anderen entfernt hatten, gab er sich einen Ruck und sagte: »Auberon, du solltest so schnell wie möglich ins Ausland gehen. Ich würde keine Wette eingehen, daß Sir William die Nacht überlebt, und wenn er stirbt, ist der Teufel los. Das Ganze war im höchsten Grade regelwidrig, und das weißt du. Es ist nicht ausgeschlossen, daß du des Mordes angeklagt wirst.«

»Ich glaube nicht, daß er sterben wird«, erwiderte der Marquis. »Ja, ich wollte ihn töten, aber anscheinend habe ich um eine Winzigkeit daneben getroffen. Das Licht war zu schlecht. Außerdem habe ich nicht die Absicht, London sofort zu verlassen. Ich muß noch etwas mit Miss Quincey regeln.«

»Auberon, sei kein Narr. Du wagst zuviel. Sag mir bloß nicht, daß du das Risiko eingehen willst, dich dem Gericht zu stellen.«

»Nein, nein, mein Freund, so verrückt bin ich nicht. Ich fahre nach Frankreich, sobald ich mit Miss Quincey gesprochen habe. Sei beruhigt, es ist noch genug Zeit. Aber da du so um meine Sicherheit besorgt bist, werde ich mein Gesinde warnen, daß meine morgige Abreise eventuell etwas – äh – überstürzt erfolgen wird.«

Ponsonby seufzte. Mehr konnte er nicht erreichen. Er konnte nur hoffen, daß der Marquis recht behielt und Sir William nicht starb, andernfalls sah es für Auberon schlecht aus. Eine wilde Flucht, die noch dazu unvorbereitet war, würde einen sehr ungünstigen Eindruck erwecken.

»Hör auf, dir meinetwegen Sorgen zu machen«, sagte der Marquis, der Ponsonbys Gedanken erriet, grinsend. »Ich komme schon durch, keine Angst. Ach ja, du darfst mir Glück wünschen.«

»Ich wußte gar nicht, daß ... daß Miss Quincey dir zugetan ist«, stotterte Ponsonby verdutzt. »Nach dem, was Sir William sagte, mußte ich annehmen, daß sie ihre Zuneigung jemand anderem geschenkt hat. Du hast ihr also einen Heiratsantrag gemacht?«

»Ja, das habe ich, und sie hat mich abgewiesen«, erwiderte der Marquis gelassen. »Aber sie gab mir ihr Wort, daß sie an niemanden gebunden ist. Ich glaube, ich weiß, was Miss Quincey in die Fleet Lane geführt hat, und ich befürchte, daß sie abermals in einen Skandal gerät.«

»Das Duell wird ihrem Ruf nicht förderlich sein«, sagte Ponsonby vorsichtig. »Bis morgen abend hat ganz London davon gehört.«

»Bis heute abend, meinst du wohl. Mitternacht ist lange vorbei«, entgegnete der Marquis. »Ich wette, daß ganz London schon beim Frühstück darüber klatscht.« Er sah bei diesen Worten so grimmig aus, daß Ponsonby es für klüger hielt, zu schweigen. Während die beiden Freunde einträchtig miteinander nach Hause gingen, zeigte sich am Himmel das erste zarte Licht der Morgendämmerung.

Als die Sonne hoch genug stand, um die ganze Stadt in ihr Licht zu tauchen, wachte Carina auf. Sie fühlte sich lustlos und verstimmt und sah dem kommenden Tag ohne Freude entgegen. Lady Talboys würde ihr wieder unangenehme Fragen stellen, und bestimmt würde sie sehr ärgerlich sein – und das leider zu Recht.

Lady Talboys war in der Tat verärgert, aber es blieb Carina erspart, ihr sofort gegenübertreten zu müssen. Krisen pflegte sie dadurch zu begegnen, daß sie den ganzen Vormittag im Bett blieb. Sie hatte angeordnet, daß ihre Enkeltochter sich bis mittags auf keinen Fall bei ihr sehen lassen dürfe. Pinkerton hatte diese Botschaft mit einem Schnauben, das ihre höchste Mißbilligung verriet, überbracht. Sie ließ Carina nicht im Zweifel darüber, daß sie über das Zerwürfnis mit Lady Talboys Bescheid wußte und auf der Seite ihrer Herrin stand.

Als Carina in den unteren Räumen erschien, warteten neue Prüfungen auf sie. Hitchens meldete, daß zwei Besucher auf Miss Quincey warteten, und fügte hinzu, daß er es für seine Pflicht halte, vorher mit ihr zu sprechen. Diese Bitte war so ungewöhnlich, daß Carina annahm, es handle sich um unerwünschte Gäste. Sie fragte Hitchens, wer gekommen sei.

»Lady Helen und Mr. Reddington, Miss«, antwortete der Butler und fuhr nach einer Pause verlegen fort: »Und ich befürchte, daß die beiden Sie wegen eines tragischen Vorfalls sprechen wollen, der sich letzte Nacht ereignet hat.«

Diese Worte jagten Carina einen Schrecken ein. »Kommen Sie in die Bibliothek und erklären Sie mir alles«, drängte sie den Butler. »Lady Helen und Mr. Reddington können ein paar Minuten warten.«

Als sie in der Bibliothek waren, räusperte sich der Butler verlegen. »Bitte verzeihen Sie, daß ich mir diese Freiheit herausnehme, Miss Quincey«, sagte er mit einer an ihm ganz ungewöhnlichen Unsicherheit. »Ich bin mir bewußt, daß es mir nicht zusteht, Ihnen Gerüchte über unglückliche Geschehnisse zu überbringen, aber ich glaube, daß es in diesem Fall meine Pflicht ist. Sehen Sie, Miss, es war ganz unvermeidlich, daß ich erfuhr, daß Mr. Reddington Ihnen seine besondere Aufmerksamkeit schenkt.«

»Darauf kann ich verzichten«, sagte Carina schnell, um keine Zweifel aufkommen zu lassen. »Meine Zuneigung gilt einem anderen Mann«, fügte sie hinzu und konnte es nicht verhindern, daß sie errötete. Sie hatte diese Worte kaum ausgesprochen, als ihr klar wurde, daß sie der Wahrheit entsprachen. Es traf sie wie ein Schock, als sie erkannte, daß sie sich verliebt hatte – in den Marquis von Peterborough.

Diese plötzliche Erkenntnis stürzte sie in eine so tiefe Verwirrung, daß sie die nächsten Worte des Butlers nur mit halbem Ohr hörte. »Das Hausmädchen hat nämlich eine Schwester, die im Haushalt des Marquis angestellt ist, und die hat uns die Nachricht überbracht. Anscheinend hat ihr Herr sich duelliert, und man sagt, daß es wegen einer Wette war, bei der es um Sie ging, Miss. Ich meine den Marquis von Peterborough, Miss«, fügte er hinzu, um einen Irrtum auszuschließen.

Carina kehrte jählings in die Gegenwart zurück. Als sie diesen Namen hörte, begann ihr Herz zu hämmern. »Was haben Sie gesagt?« fragte sie verstört. »Ein Duell? Meinetwegen? Aber mit wem denn?«

»Mit Sir William Goring Pelham, Miss. Es war letzte Nacht in einer Spielhölle, und beide Herren sollen betrunken gewesen sein. Er wurde genau ins Herz getroffen und fiel tot zwischen den Spielkarten zu Boden.«

»Der Marquis ist tot?« stammelte Carina. Das Zimmer schien sich vor ihren Augen im Kreise zu drehen. Sie umklammerte die Lehne eines Sessels, um sich zu stützen.

Wie aus der Ferne hörte sie den Butler sagen: »Nein, Miss, nicht der Marquis. Der hat keinen Kratzer abbekommen. Es ist Sir William, der getötet wurde. Und jetzt muß der Marquis entweder ins Ausland fliehen oder sich wegen Mordes den Prozeß machen lassen, aber das kann ich mir nicht vorstellen. Er hat seinen Dienern gesagt, daß er auf den Kontinent reisen will.«

Carina mußte sich Mühe geben zu begreifen, was der Butler berichtete. Das alles war einfach zuviel für sie – erst die von ihr mißverstandene Nachricht, daß er tot sei, jetzt die Nachricht, die immer noch schlimm genug war, daß er vor der Justiz fliehen mußte. »Oh, Hitchens«, murmelte sie, »ich kann jetzt keine Besucher empfangen.«

»Ich würde Ihnen diese Strapaze gern ersparen, Miss Quincey, aber ich kann es nicht. Lady Helen hat darauf bestanden, mit Ihnen zu sprechen, und als ich ihr mitteilte, daß Sie soeben erst aufgestanden seien, sagte sie, daß sie warten würde, bis Sie herunterkämen. Sie sagt, daß sie nicht eher geht, bis sie mit Ihnen gesprochen hat.«

»Dann muß ich wohl zu ihr gehen«, seufzte Carina. Allmählich fand sie ihre Beherrschung wieder. Jetzt ist alles aus, sagte sie sich, ich werde ihn niemals wiedersehen. Vielleicht reiste er gerade in dieser Stunde ab, und sie mußte allein hier in London bleiben und versuchen, mit dem Skandal fertig zu werden.

Ein dumpfer Schmerz erfüllte sie. Jetzt war alles gleichgültig geworden. Der Marquis war der einzige Mann, den sie liebte – den sie jemals lieben konnte. Zu spät erkannte sie, daß sie sich in dem Augenblick, als er sie im Hof des Gasthauses so schamlos küßte, in ihn verliebt hatte.

Plötzlich begriff sie, was in ihr selbst vorgegangen war. Seit jenem Kuß hatte sie gegen ihr eigenes Herz gekämpft. Sie hatte sich eingeredet, daß sie ihn haßte, aber der Haß, den sie empfunden hatte, war eher die andere Seite der Liebe gewesen. Jetzt, da es zu spät war und er sich auf dem Weg ins Ausland befand, erkannte sie, daß sie ihn von Anfang an geliebt hatte.

»Ich muß jetzt zu Lady Helen gehen«, murmelte sie. Hitchens, der ihr die Tür aufhielt, betrachtete sie besorgt. Miss Quincey war so blaß, dachte er, die Nachricht von dem Duell hat sie hart getroffen. War es nur die Angst vor dem Skandal, oder hatte sie sich etwa in den Marquis verliebt? Hitchens hatte ein Schwäche für den Marquis von Peterborough, der ihn so reichlich mit Trinkgeld bedacht hatte und ein echter Gentleman war. Sicher, er war für sein ausschweifendes Leben bekannt, aber das würde sich legen, wenn er erst einmal verheiratet war. Würde das Duell alles zunichte machen? Miss Quincey konnte sich wohl kaum an einen Mann binden, der auf der Flucht vor dem Gesetz war. Und welche Rolle spielte eigentlich der junge Mr. Torrington bei der ganzen Geschichte? Es liefen Gerüchte über ihn und Miss Quincey um. Der Butler seufzte leise, während er Carina in den Salon einließ.

»Miss Quincey, wir sind deswegen hierhergekommen!« sagte

Lady Helen mit harter Stimme, sobald Carina die Schwelle des Zimmers überschritten hatte, und drückte ihr ein Blatt Papier in die Hand. Sie befleißigte sich einer eisigen Zurückhaltung und machte keine Anstalten, Carina in der üblichen Form zu begrüßen.

Carina knickste flüchtig und faltete den Briefbogen auseinander. Sie erkannte Lizzies Handschrift auf den ersten Blick. Jetzt bricht der Sturm los, dachte sie, und begann zu lesen, was Lizzie ihren Eltern geschrieben hatte:

»Lieber Papa, liebe Mama, wenn Ihr diesen Brief lest, bin ich mit meinem Gatten Robert Torrington schon weit weg. Wir haben heimlich geheiratet, wovon ich Euch in ein oder zwei Tagen in Kenntnis setzen wollte. Aber die Umstände haben uns dazu bewogen, schon jetzt zu Roberts Bruder zu fliehen, der uns hoffentlich aufnehmen wird. Bitte, sagt meiner lieben Carina, daß wir so gehandelt haben, damit sie nicht unter den falschen Gerüchten, die über sie und Robert in Umlauf sind, leiden muß. Bitte, verzeih uns, Mama. Ich weiß daß Robert arm ist, aber mit Papas Hilfe wird er schnell Karriere machen. In der Hoffnung, daß Ihr mir Eure Liebe nicht entziehen werdet, verbleibe ich Eure Euch liebende Tocher

Lizzie.

Noch bevor Carina den Inhalt des Briefes richtig begriffen hatte, wandte sich James Reddington an sie und sagte in gemessenem Ton: »Miss Quincey, Ihre Unaufrichtigkeit hat mich überrascht, schockiert und tief verletzt. Leugnen Sie nicht; wir wissen alles! Diese erbärmliche Kreatur von einer Zofe hat uns berichtet, wie Sie meine Schwester dazu ermutigt haben, mit diesem nichtswürdigen jungen Mann davonzulaufen. Ich überlasse es Ihrer Phantasie, sich das Ausmaß meines Entsetzens vorzustellen. Ich preise mich glücklich, daß Sie meinen Heiratsantrag nicht angenommen haben, den ich hiermit in aller Form zurückziehe.«

»Ich bin Ihnen zu Dank verpflichtet, Mr. Reddington, daß Sie Klarheit zwischen uns geschaffen haben«, entgegnete Carina. In ihrem Schrecken über die Nachricht von dem Duell hatte sie Lizzie und Robert fast vergessen. Sie war froh, daß die beiden sich entschlossen hatten, eher reinen Tisch zu machen, als es geplant gewesen war. »Ich freue mich, daß Lizzie ihr Glück gefunden hat«, sagte sie herausfordernd. »Mr. Torrington ist ein ehrenwerter junger Mann, Lady Helen, und durch Lizzie weiß ich, daß der Admiral eine gute Meinung von ihm hat.«

»Mein Vater ist zu weichherzig«, sagte James Reddington mißbilligend. »Zu meiner Erschütterung mußte ich hören, daß er dieser Heirat seinen Segen erteilt. Ich habe ihm auseinandergesetzt, daß er mit dieser Einstellung den Ungehorsam seiner Tochter gutheißt und andere junge Mädchen ermutigt, ihrem Beispiel zu folgen. Meiner Ansicht nach muß Lizzie bestraft werden. Sie sollte von der Familie verstoßen und enterbt werden. Ein weiterer Verkehr zwischen ihr und den Eltern, denen sie so ungehorsam war, kann nichts Gutes bringen.«

»James, du hast uns deine Meinung heute schon hundertmal dargelegt«, sagte seine Mutter bissig, »und jetzt reicht es mir. Ich bin ebenso wie du über diese Heirat und Miss Quinceys empörend undankbares Verhalten entsetzt, aber ich kann und will mich nicht meiner einzigen Tochter entfremden. Das würde nicht nur meinen mütterlichen Gefühlen zuwiderlaufen, sondern uns alle in einen noch ärgeren Skandal stürzen. Wir müssen dafür sorgen, daß diese Heirat so wenig Aufsehen wie möglich erregt. Sie, Miss Quincey, können uns und Elizabeth am besten dadurch helfen, daß Sie mit niemandem darüber sprechen.«

»Dazu bin ich selbstverständlich gern bereit«, sagte Carina eifrig. »Ich bin so froh, Lady Helen, daß sie sich mit Lizzies Heirat abfinden wollen. Ich habe von Ihnen nichts anderes erwartet, und das habe ich auch zu Lizzie gesagt.«

»Das ist genug, Miss Quincey!« sagte Lady Helen erbittert. »Ich habe Sie heute nur aufgesucht, um mich Ihres Schweigens zu versichern. Es muß Ihnen bewußt sein, daß ich Ihr Verhalten scharf verurteile und daß es in Zukunft keine freundschaftlichen Beziehungen zwischen uns geben kann. Kurz gesagt: Ich bitte Sie, Lady Talboys mitzuteilen, daß sie sich nach einer anderen Anstandsdame für Sie umsehen muß. Ich lehne es ab, für ein Mädchen, das nicht nur sich selbst, sondern auch unsere Familie in Verruf gebracht hat, die Verantwortung zu tragen. Nein«, fügte sie hinzu und hob abwehrend eine Hand, »versuchen Sie nicht, sich zu rechtfertigen, Miss Quincey. Sie haben versprochen, daß Sie schweigen werden. Das ist alles, was ich wollte. Komm, James, wir werden dieses Haus sofort verlassen.«

Nach diesen Worten verließ sie in majestätischer Haltung das Zimmer.

10

»Du meine Güte, Mädchen, du kannst wirklich die Geduld einer Heiligen auf die Probe stellen, ganz zu schweigen von der einer alten Sünderin, wie ich es bin«, verkündete Lady Talboys, die kurz nachdem die Besucher gegangen waren, im Damenzimmer erschien. »Was ist denn jetzt schon wieder passiert? Ich habe gerade Lady Helen und ihren Esel von Sohn in der Eingangshalle getroffen, beide mit indignierten Gesichtern, und beide haben mich in meinem eigenen Haus beinahe geschnitten. Außerdem hat Hitchens mir eine haarsträubende Geschichte über ein Duell und deinen guten Ruf erzählt, als lese er neuerdings am späten Abend Liebesromane, statt meinen Portwein zu trinken.«

»Ach, liebste Großmama, endlich kann ich Ihnen alles erzählen«, seufzte Carina erleichtert. »Nicht ich habe Mr. Torrington geheiratet, sondern Lizzie! Deshalb haben Lady Helen und Mr. Reddington so böse ausgesehen. Lizzie ist heute früh mit ihrem Mann heimlich abgereist. Sie sind seit Monaten ineinander verliebt, und eine Hochzeit schien die einzige Möglichkeit zu sein, zu verhindern, daß man sie auseinanderreißt.«

Lady Talboys verschlug es den Atem. Auf diese Neuigkeit war sie nicht gefaßt gewesen. Verblüfft starrte sie ihre Enkelin an. Um sich zu stützen, legte sie eine Hand auf den Sims des prachtvollen Kamins. Dann warf sie einen hilfesuchenden Blick umher, und sich schwer auf ihren Stock stützend, hinkte sie zu der Sitzbank und ließ sich darauf niedersinken. Sie sah so blaß aus, daß Carina besorgt zu ihr eilte. »Soll ich Ihnen das Riechsalz holen, Großmama?« fragte sie.

»Zum Teufel mit dem Riechsalz«, erwiderte die alte Dame schnaufend. »Was ich brauche, ist eine Arznei gegen ungehorsame Kinder. Lizzie Reddington! Ausgerechnet dieses Unschuldslamm! Das hätte ich ihr nie zugetraut, es sei denn ...« Sie musterte ihre Enkelin scharf, dann sagte sie: »Ja, so muß es gewesen sein. Den Plan hat die kleine Lizzie niemals selbst ausgeheckt. So viel Grips hat sie nicht! Und dieser hübsche junge Bursche hätte nie den Mut aufgebracht. Ich wette meine Diamanten gegen einen Hornknopf, daß du es gewesen bist, Carina. Das ist also der Grund, warum du mir gestern nichts sagen wolltest. Du hast mir einen schönen Schrecken eingejagt! Vor lauter Angst, daß du diesen jungen Mann geheiratet haben könntest, habe ich die ganze

Nacht kein Auge zugemacht. Du hinterhältiges kleines Ding! Du wolltest die ganze Zeit nur Lizzie schützen!«

Carina warf einen etwas skeptischen Blick auf ihre Großmutter. Ihre Stimme schien zwar so etwas wie Bewunderung auszudrükken, aber das konnte auch die Ruhe vor dem Sturm sein. Deshalb sagte sie ziemlich zaghaft: »Es ist gar keine so schlechte Partie, Großmama. Der Admiral hat viel Einfluß im Kriegsministerium und wird sicherlich etwas für Mr. Torrington tun können. Lizzie sagt, daß er sehr gute Beziehungen zu hohen Militärs hat und Robert Torrington für einen hochachtbaren, begabten jungen Mann hält.«

»Was kümmert es mich, ob es eine gute oder schlechte Partie ist!« sagte Lady Talboys ungeduldig. »Ich brauche keine tröstlichen Zuspruch. Aber ich wette zehn gegen eins, daß Lady Helen Mr. Torrington nicht für eine gute Partie hält. Sie wollte für ihre Tochter höher hinaus. Jedenfalls wird dieses Ereignis sie hart getroffen haben, und du stehst im Augenblick bestimmt nicht in ihrer Gunst.«

»Das stimmt«, gab Carina zu. »Sie war sehr ungehalten. Sie muß sich mit Lizzies Heirat abfinden, weil sie einen Skandal vermeiden möchte. Genauso habe ich es mir vorgestellt. Sie kam hierher, um zu verlangen, daß ich über die Sache Schweigen bewahre. Wahrscheinlich werden die Reddingtons sich irgendeine Geschichte ausdenken, die einen plausiblen Grund für die überstürzte Heirat ihrer Tochter liefert.«

»Ich hätte sonstwas darum gegeben, ihre Gesichter zu sehen, als sie es erfuhren«, krächzte Lady Talboys schadenfroh. Es bereitete ihr ein boshaftes Vergnügen, daß ihre Verwandten eine solche Schlappe erlitten hatten. »Aber ich muß dir sagen, mein Kind, daß ich an Lady Helens Stelle den Wunsch hätte, dir eins auszuwischen, weil du bei dieser Affäre geholfen hast.« Sie schniefte und dachte ein paar Sekunden nach. Das Lächeln auf ihrem Gesicht machte einer grimmigen Miene Platz. Sie spitzte nachdenklich den Mund.

»Lady Helens Zorn kann für dich recht unangenehme Folgen haben«, warnte sie Carina. »Wenn ich es mir recht überlege, hast du es fertiggebracht, innerhalb von zwei oder drei Wochen die gesamte vornehme Welt gegen dich aufzubringen. Zuerst hast du eine Szene gemacht, die den Klatschmäulern reichlich Stoff zum Lästern lieferte; dann ist dein Name auf eine Art und Weise mit dem des Marquis in Verbindung gebracht worden, die für den Ruf jeder Frau schädlich gewesen wäre, und jetzt hast du geholfen, eine heimliche Trauung zu arrangieren. Gewiß, du bist nicht die Braut, aber es könnte kaum schlimmer sein, wenn du es wärst. Auf jeden Fall wird Lady Helen dir mehr Schuld daran geben als ihrer Tochter. Ich würde an ihrer Stelle genauso handeln. Sie hat keinen Grund dich zu schonen, und sie wird nicht zögern, dich anzuschwärzen, wann immer sich eine Gelegenheit bietet. Auf diese Weise wird es ihr leichter fallen, für das Benehmen ihrer Tochter Entschuldigungen zu finden.«

»Ach, das ist alles so unwichtig, Großmama«, sagte Carina müde. »Anscheinend mache ich alles falsch. Aber wenigstens habe ich Lizzie geholfen, und für mich ist Freundschaft mehr wert als gesellschaftlicher Erfolg.«

»Welch noble Gefühle!« spottete ihre Großmutter. »Aber sie werden dir nicht helfen, auf dem nächsten Ball, den wir besuchen, Partner zu finden, noch werden sie die Herren von dem Versuch abhalten, sich dir gegenüber Freiheiten herauszunehmen.«

Carina lief es kalt den Rücken hinunter. Welch schreckliche Aussicht eröffnete sich ihr da! Sie konnte sich vorstellen, wie es sein würde: Ein Ballsaal voller Menschen, unter denen sie und ihre Großmutter keine Freunde haben würden. Vielleicht würden einige Herren sie zum Tanz auffordern, aber dann würden sie ihr gegenüber die Grenze des Schicklichen überschreiten. Auf Schritt und Tritt würde man hinter ihr her tuscheln, ständig würde sie von mißbilligenden Blicken verfolgt werden. Zweifellos würden einige der älteren Damen, wie zum Beispiel Mrs. Milgrave und vielleicht auch Lady Helen, sie wie Luft behandeln. Vielleicht würde man sogar ihrer Großmutter am Spieltisch die kalte Schulter zeigen. Und das alles nur, weil sie versucht hatte, Lizzie und Robert zu helfen. Die beiden würden bestimmt ihre Freunde bleiben, aber sie würden wahrscheinlich so mit ihrem Glück beschäftigt sein, daß sie wenig Zeit haben würden, sich um sie zu kümmern. Und James Reddington würde es darauf anlegen, sie in aller Öffentlichkeit zu schneiden.

Sir William Goring Pelham würde gräßliche Dinge – nein, wenigstens das blieb ihr erspart. Sir William war tot oder lag im Sterben.

Und immer wieder sah sie in Gedanken die hochgewachsene Gestalt des Marquis vor sich. Sie liebte ihn, aber diese Liebe brachte ihr mehr Leid als Freude und war mit Zorn vermischt. Er war die Ursache ihrer Schwierigkeiten. Ja, es war seine Schuld gewesen, daß ihr Eintritt in die Gesellschaft von Anfang an unter einem Unstern stand. Er hatte ihr seine unerwünschten Küsse aufgezwungen, und nur so hatte diese widerwärtige Gouvernante durch ihr Geschwätz den ganzen Skandal ins Rollen bringen können. Er hatte sie dazu gebracht, ihre Empörung öffentlich zu zeigen, indem er ihr den Handschuh zurückgab, und hatte sie dann mit seinem höchst unschicklichen Heiratsantrag, den keine Frau, die einen Funken Verstand besaß, angenommen hätte, noch mehr beleidigt.

Und ausgerechnet der Marquis war es gewesen, der an jenem unseligen Vormittag in betrunkenem Zustand am Fleet-Gefängnis vorbeikutschierte, gerade als sie mit Mr. Torrington und Lizzie die Fleet Lane entlangging.

Das hatte den jüngsten Skandal entfesselt, der ihren Ruf ein für allemal zu ruinieren drohte. Wohin sie auch blickte, immer war es ein und derselbe Mensch gewesen, der sie in Schwierigkeiten gebracht hatte – der Marquis von Peterborough. Sie unterdrückte die aufsteigenden Tränen und sagte: »Wird es für Sie sehr schlimme Folgen haben, Großmama? Sollte ich nicht lieber wieder nach Hause fahren? Es ist nicht fair, daß Sie für meine Fehler bezahlen sollen. Außerdem gefällt mir das Leben in London nicht. Ich passe nicht hierher. Es ist besser, wenn ich in mein altes Leben zurückkehre. Damals war ich glücklich.«

»Es kommt überhaupt nicht in Frage, daß du wieder nach Hause fährst, mein Kind«, erklärte ihre Großmutter energisch. »Ja, ich weiß, daß ich dir gestern im Zorn angedroht habe, dich zurückzuschicken. Aber jetzt mußt du hierbleiben. Die Talboys kneifen nicht. Wir stellen uns dem Feind und kämpfen. Ja, wir müssen und werden die Gesellschaft zwingen, dich zu akzeptieren. Ich genieße einiges Ansehen und glaube nicht, daß ich es verloren habe. Auf einige meiner Bekannten kann ich mich verlassen – auf Lady Sefton, vielleicht auch auf Lady Betty Coke, ganz bestimmt auf Mrs. Molton. Lady Helen wird sicherlich auf uns wütend sein, aber ich kann mir nicht vorstellen, daß sie mich schneidet; denn sie ist auf die Verwandtschaft mit mir sehr stolz. Außerdem wird der Admiral ein gutes Wort für dich einlegen, mein Kind. Er hat ein weiches Herz. Und wenn ich ihr irgendwie klarmachen könnte... Wenn ich Lady Helen davon überzeugen könnte, daß es nicht zu ihrem Vorteil ist, dich zu schneiden... Wir werden es schon schaffen. Es wird weder leicht noch angenehm sein, aber es ist nicht das erste Mal, daß ich der Welt die Stirn biete und siege.«

»Ich frage mich, ob es die Mühe wert ist«, sagte Carina zögernd.

»Unsinn, Mädchen! Du kannst jetzt nicht weglaufen! Du mußt kämpfen und mich bei meinem Kampf unterstützen. Dir ist es vielleicht gleichgültig, aber ich will verdammt sein, wenn ich es zulasse, daß die Gesellschaft meine Enkeltochter wie eine Aussätzige behandelt, ohne nicht wenigstens zu versuchen, die Sache in Ordnung zu bringen. Außerdem bezweifle ich, daß du zu Hause wieder so glücklich sein würdest wie früher. Du bist nicht mehr das naive Mädchen vom Lande, das du einmal warst. Du hast inzwischen Geschmack an den Vergnügungen des Stadtlebens gefunden. Habe ich recht?«

Im ersten Augenblick wollte Carina ihrer Großmutter widersprechen, aber dann dachte sie nach. Ihre Worte enthielten viel Wahres. Ja, die alte Dame hatte sie richtig beurteilt. Sie interessierte sich jetzt für modische Dinge, und sie begann Gefallen an den Vergnügungen zu finden, die ihr hier geboten wurden – Bälle, Theaterbesuche, Kartengesellschaften. Und das war nicht alles. Sie hatte am eigenen Leib erfahren, wie faszinierend das Glückspiel sein konnte.

Nein, sie war nicht mehr dasselbe Mädchen, das sie bei ihrer Ankunft in London gewesen war. Ich bin ein verdorbenes Geschöpf geworden, dachte sie unglücklich. »Aber ich stehe Armut und Not und Elend nach wie vor nicht gleichgültig gegenüber«, sagte sie laut. »Und ich habe entdeckt, daß Menschen wie James Reddington, die ständig über Moral und Tugend reden, kein echtes Mitgefühl haben. Ich bin wirklich froh, daß er seinen Heiratsantrag zurückgezogen hat. Ich fand es einfach scheußlich, als er sagte, daß die Familie die arme Lizzie verstoßen sollte.«

»Ich habe oft genug versucht, dir klarzumachen, daß James Reddington ein hohler Schwätzer ist, aber du wolltest mir ja nicht glauben. Du hast ihn für einen guten Menschen gehalten, nur weil er keine Würfel anrührt. Aber die Freude am Glücksspiel ist nicht gleichbedeutend mit einem schlechten Charakter. Wie denkst du zum Beispiel über mich?«

»Es tut mir aufrichtig leid, Großmama«, sagte Carina zerknirscht. »Ich sehe ein, daß ich unrecht hatte. Früher habe ich geglaubt, das Glücksspiel sei etwas so Sündhaftes, daß sich nur schlechte Menschen damit befassen würden. Heute weiß ich, daß es auf ganz andere Eigenschaften ankommt. Sie haben ein gütiges Herz, Großmama, und deshalb sind Sie ein viel wertvollerer Mensch als jemand, der einfach nur das Kartenspielen verdammt.«

Lady Talboys war über dieses Kompliment sichtlich verlegen. Sie wollte es gerade mit einer zynischen Bemerkung abtun, als Hitchens erschien und meldete, daß die Marchioness von Peterborough den Damen einen Besuch abstatten wolle.

»Die Marchioness?« fragte Lady Talboys überrascht. »Was kann denn Anne von uns wollen? Geh schnell hinauf, Carina, und kleide dich um. Dieses Baumwollkleid ist ganz und gar unpassend. Zieh das Blauseidene mit dem Reifrock an und dazu das Unterkleid mit der weißen Stickerei. Du mußt unbedingt ordentlich und gepflegt aussehen. Es ist wichtig, daß du einen guten Eindruck machst. Und jetzt beeile dich!«

»Ich möchte Miss Quincey bitten, nicht fortzugehen«, sagte die Marchioness, die inzwischen in das Zimmer gekommen war und Lady Talboys' letzte Worte gehört hatte. Sie trug ein schlichtes Kleid aus gestreiftem Glanztaft ohne Reifrock. Der Strohhut, der auf ihrem ungepuderten Haar saß, war ebenso schlicht. Wieder einmal wunderte sich Carina darüber, daß die Mutter des stets hochelegant gekleideten Marquis anscheinend keinen Sinn für Mode hatte.

»Mein Besuch gilt in erster Linie Miss Quincey, Lady Talboys. Bitte verzeihen Sie, daß ich hier so formlos eingedrungen bin. Ich werde Ihnen später alles erklären. Aber jetzt möchte ich gern mit Miss Quincey sprechen, wenn sie so freundlich ist, mir ein paar Minuten Zeit zu schenken.«

Carina knickste errötend. »Möchten Sie, daß wir nach oben in mein Zimmer gehen?« fragte Carina unsicher und warf ihrer Großmutter einen hilfesuchenden Blick zu.

»Nein, meine Lieben, bleibt, wo ihr seid«, sagte Lady Talboys energisch. »Ich werde gehen. Es ist nett von Ihnen, Anne, daß Sie sich Carinas wegen die Mühe gemacht haben, zu uns zu kommen. Und du, Carina, halte deine Zunge im Zaum und versuche, dich halbwegs anständig zu benehmen. Ich weiß zwar nicht, worum es geht, aber der Besuch der Marchioness ist eine unverdiente Ehre für dich.«

»Lady Talboys kann manchmal ziemlich furchterregend sein«, sagte die Marchioness mitfühlend, nachdem die alte Dame hinausgegangen war. »Ich erinnere mich sehr gut daran, wie oft sie mich ausgezankt hat, als ich ein junges Mädchen war und gerade in die Gesellschaft eingeführt wurde. Es war ein Zeichen dafür, daß sie mich mochte. Sie hat ein gutes Herz, aber eine stachelige Zunge.«

»Ja, das weiß ich«, erwiderte Carina. Dann raffte sie ihren Mut zusammen und fragte: »Wollen jetzt Sie mich auszanken, weil ich gestern beim Spiel mein Armband einsetzen wollte? Ich bedaure aufrichtig, daß ich das getan habe. Ich fürchte, daß es einen sehr schlechten Eindruck gemacht hat, denn es war wirklich ein grober Fauxpas. Ich gebe mir zwar Mühe, die Grenzen des guten Geschmacks nicht zu überschreiten, aber leider passiert es mir immer wieder. Jedenfalls verspreche ich Ihnen, daß ich so etwas nie wieder tun werde. Oh, hier sind übrigens die zehn Guineen, die ich Ihnen schulde. Ich möchte in Ihren Augen nicht als eine säumige Schuldnerin dastehen.«

»Danke, mein Kind. Aber ich bin nicht hier, um Sie zu schelten. Mich hat es amüsiert, daß Sie sich vom Spiel so mitreißen ließen. Nein, nein, deswegen bin ich nicht hergekommen, sondern weil ich Sie um einen Gefallen bitten möchte, Miss Quincey.«

»Sie wollen mich um einen Gefallen bitten? Ist das Ihr Ernst?« fragte Carina verblüfft. »Aber Sie wissen doch, daß das ganz unnötig ist. Sie sind so gütig zu mir gewesen, daß ich Ihnen jederzeit mit Freuden zu Diensten stehe.«

»Wenn Sie hören, worum es sich handelt, werden Sie vielleicht nicht mehr so gern bereit sein, mir Ihre Dienste anzubieten, Miss Quincey«, erwiderte die Marchioness. Dann blickte sie einen Augenblick schweigend vor sich hin. Offenbar fiel es ihr schwer, die richtigen Worte zu finden.

»Bitte, nennen Sie mich Carina«, sagte das junge Mädchen schnell. »Es klingt so förmlich, wenn Sie mich mit Miss Quincey anreden. Es wäre mir viel lieber, wenn Sie mich bei meinem Vornamen nennen würden.«

Lady Peterborough lächelte dankbar. »Das ist sehr lieb von Ihnen, Carina. In gewisser Hinsicht schafft es eine Verbindung zu dem, was ich Ihnen sagen möchte. Ich möchte nämlich nicht nur das Recht haben, Sie bei Ihrem Vornamen zu nennen, sondern ich wünsche mir sehr, daß Sie in eine noch engere Beziehung zu mir treten – als eine Art Tochter.«

»Wollen Sie damit sagen, daß ich ... daß es Ihr Wunsch ist, daß ich Ihren Sohn ... Nein, das kann ich nicht glauben«, stammelte

Carina fassungslos.

»Ich möchte Sie zur Schwiegertochter haben«, sagte die Marchioness ruhig. »Ja, es ist mein Wunsch, daß Sie die Frau meines Sohnes werden. Auberon hat mir erzählt, daß er Sie um Ihre Hand gebeten hat und abgewiesen worden ist.«

»Hat er Ihnen auch erzählt, wie er um mich angehalten hat? Ja, er hat mich um meine Hand gebeten, aber in einer Art und Weise, daß ich ihn nicht ernst nehmen konnte. Ich sage es nicht gern, weil Sie seine Mutter sind, aber der Form nach zu urteilen, in die er seinen Antrag gekleidet hat, mußte ich annehmen, daß er sich über mich lustig machte oder sich einbildete, daß er auf diese Weise seine Wette gewinnen könne. Einem Mann wie ihm traue ich es zu, daß er es amüsant findet, meine Zuneigung zu gewinnen, ohne die leiseste Absicht zu haben, sie zu erwidern.«

Carina war so aufgeregt, daß sie kaum sprechen konnte. Alles, was sich an Empörung, Zorn und Kummer in ihr aufgestaut hatte, brach sich mit Gewalt Bahn.

»Ich weiß, daß er sich Ihnen gegenüber unfair benommen hat, Carina. Sie haben mir ja erzählt, wie beleidigend er Sie damals im Hof eines Gasthauses behandelt hat, aber das war doch, bevor er wußte, wer Sie ...«

»Wissen Sie, daß er mir gegenüber nicht ein einziges Mal von Liebe gesprochen hat?« fiel Carina ihr ins Wort. »Sein Antrag war eine einzige Beleidigung! Nur ein Mädchen, das jede Hoffnung aufgegeben hat, noch einen Mann zu finden, hätte es über sich bringen können, ihn anzunehmen. Außerdem ist ja bekannt, daß er Miss Milgrave versprochen ist, und ich bin sicher, daß die beiden großartig zusammenpassen.« Bei diesen Worten stahlen sich zwei Tränen aus ihren Augen, die sie hastig mit dem Handrücken wegwischte.

»Hören Sie, Carina, ich glaube, Sie verstehen meinen Sohn nicht –«, begann die Marchioness.

»Ich verstehe ihn nur zu gut! Ich verstehe, daß er ein Libertin ist! Ich verstehe, daß er ein Spieler ist! Und ich verstehe, daß er Frauen gegenüber kein Herz hat!«

»So hören Sie mir doch eine Minute zu! Lassen Sie mich nur eine Minute zu Ihnen sprechen«, sagte die Marchioness geduldig. Carina schniefte und suchte nach ihrem Taschentuch. Sie konnte es nicht verhindern, daß immer mehr Tränen aus ihren Augen quollen. Die Marchioness fuhr fort: »Mein Sohn mag Sie beleidigt haben, aber was habe ich Ihnen getan, daß Sie mir nicht zuhören wollen?« Die Stimme der Marchioness klang immer noch freundlich und sanft.

Endlich hatte Carina ihr Taschentuch gefunden. Sie haderte mit sich selbst, weil sie ihre Gefühle so offen zeigte. Schweigend hörte sie der Marchioness zu, fest entschlossen, sich durch nichts in ihrer Meinung über den Marquis beeinflussen zu lassen.

»Sie haben recht, wenn Sie sagen, daß mein Sohn ein Libertin und ein Spieler ist. Fast alle Leute denken wie Sie, und bis vor ein paar Tagen hätte ich mich, wenn auch ungern, diesem Urteil angeschlossen. Ich will Ihnen nicht verhehlen, daß sein ausschweifender Lebenswandel mir viel Kummer bereitet hat und daß ich Angst um ihn hatte. Aber ich weiß auch, daß es nicht so weitergehen muß. Auberon war der liebevollste und netteste Sohn, den man sich wünschen kann, und mir gegenüber hat er sich nicht geändert. Er war nicht immer so zügellos, wie er heute ist, und ich bin ganz sicher, daß er es in Zukunft nicht mehr sein und sich ändern wird.

Auf die Gefahr hin, daß sie mich auslachen, will ich Ihnen verraten, daß er sehr romantische Ansichten in bezug auf Frauen hat, und er hat mir oft gesagt, wie gern er sich verlieben würde. Vor etwa zwei Monaten erklärte er mir, er sei zu der Überzeugung gelangt, daß er nie ein Mädchen finde werde, das er lieben könnte. Da es für ihn an der Zeit sei, eine Familie zu gründen, habe er daran gedacht, mit Miss Milgrave eine Vernunftehe einzugehen. Mir persönlich gefällt diese junge Dame nicht; sie ist gefühlsarm. Aber ich will zugeben, daß sie für einen Mann, der nur auf Schönheit und Geld, nicht aber auf das Herz Wert legt, eine sehr geeignete Braut ist. Wie ich bereits sagte, hatte mein Sohn sich entschlossen, ohne Liebe zu heiraten, weil er nicht mehr daran glaubte, daß er sich jemals verlieben würde.«

»Was hat das mit mir zu tun? Er hat mir gegenüber mit keinem Wort erwähnt, daß er mich liebt!« sagte Carina erbittert.

»Und doch ist es so, mein Kind. Vielleicht hat er zu Ihnen nichts dergleichen gesagt, aber mir hat er gestanden, daß er sich unsterblich in Sie verliebt hat; er war verzweifelt darüber, daß Sie seinen Antrag abgelehnt haben. Es war ihm bewußt, daß er sich in der Wahl seiner Worte vergriffen hatte. Finden Sie es nicht merkwürdig, Carina, daß ein Mann, der so viel Erfahrung im Flirten hat, sich wie ein Tölpel benahm, als er Sie um Ihre Hand bat? Die einzige Erklärung dafür ist, daß seine Gefühle stärker waren als sein Verstand.«

»Aber warum hat er nicht gesagt, daß er mich liebt? Und was ist mit dieser Wette? Selbst wenn ich es wollte – ich wage einfach nicht, Ihnen zu glauben«, wandte Carina ein. In ihrem Herzen tobten die widersprüchlichsten Gefühle: Zorn, Ungeduld, Sehnsucht und Seligkeit.

»Darauf wollte ich gerade zu sprechen kommen. Ich weiß nicht, wer es Ihnen erzählt hat, aber Sie scheinen das Ganze mißverstanden zu haben. Nicht mein Sohn hat die Wette abgeschlossen, sondern Lord Mountford und Sir William Goring Pelham. Sir William hat die Wette vorgeschlagen, um meinen Sohn zu ärgern. Bitte glauben Sie mir, wenn ich Ihnen versichere, daß Auberon diese Wette nicht streichen lassen konnte, ohne zu riskieren, daß Ihr Name noch mehr kompromittiert würde. Es war ihm ja nicht entgangen, daß über sein Interesse für Sie bereits gelästert wurde. Wenn er gegen die Wette protestiert hätte, wäre das noch am gleichen Abend in aller Munde gewesen. Außerdem gibt es noch etwas, das Sie wissen sollten.«

»Und das wäre?« fragte Carina zögernd.

»Mein Sohn hat sich Ihretwegen mit Sir William duelliert. Um Ihren Namen aus der Affäre herauszuhalten, hat er das Gerücht ausstreuen lassen, daß er betrunken gewesen sei. Die Wahrheit ist, daß Sir William eine infame Geschichte über Sie und irgendeine heimliche Trauung verbreitet hat. Mein Sohn wollte ihn zum Schweigen bringen, aber leider hat er für diesen Zweck die falscheste Methode gewählt. Ich mißbillige Duelle, und ich finde Auberons Hitzköpfigkeit unverzeihlich. Aber so unüberlegt und dumm er auch gehandelt haben mag – er hat es Ihretwegen getan, Carina.«

»Warum erzählen Sie mir das alles?« fragte Carina. »Jetzt ist es doch zu spät. Ich habe gehört, daß Ihr Sohn außer Landes geflohen ist. Was nützt es mir, wenn ich jetzt alles weiß?«

»Er ist noch nicht abgereist, mein Kind. Ich konnte ihn nicht dazu überreden. Er befindet sich in großer Gefahr, obwohl Sir William lebt. Ich habe ihn beschworen, London zu verlassen, aber er will Sie unbedingt vorher noch einmal sehen.«

»Und warum sind *Sie* zu mir gekommen? Warum spricht er nicht für sich selbst?« fragte Carina.

»Weil ich ihn gebeten habe, draußen zu warten. Ich wollte sichergehen, daß Sie alles wissen; denn vielleicht hätten Sie ihn nicht angehört. Ich glaube, daß ich richtig gehandelt habe. Mir scheint, daß Sie sich gegen ihn wehren und sich nicht dazu entschließen können, ihm Gerechtigkeit widerfahren zu lassen. Darf ich ihn jetzt holen?«

»Ich weiß nicht, was ich tun soll... Lady Talboys... Eine Anstandsdame...«, stammelte Carina ganz verwirrt. Die Marchioness lächelte, als sie sah, daß das Gesicht des jungen Mädchens purpurrot geworden war. Ohne ein weiteres Wort ging sie hinaus.

Carina blieb mit klopfendem Herzen zurück. Eine Ewigkeit schien zu vergehen. Ihre Gefühle waren in einem solchen Aufruhr, daß sie nicht mehr klar denken konnte. Liebte sie ihn? Ja. Aber gleichzeitig haßte sie ihn auch. Sie war ihm nicht gewachsen.

Konnte sie seiner Mutter Glauben schenken? Immerhin war er ein Spieler, der seinen Gegner im Duell getötet oder fast getötet hatte und außer Landes fliehen mußte. Die Vernunft riet ihr, ihn zu vergessen, die Klugheit gebot ihr, den Gedanken an eine Heirat mit ihm von sich zu weisen, der Verstand sagte ihr, daß sie in ihr Unglück rannte, wenn sie ihr Schicksal an das eines Mannes band, der so offensichtlich ein züggelloser Spieler und Libertin war.

Aber Vernunft, Klugheit und Verstand konnten nicht die Stimme in ihrem Innern übertönen, die ihr zuflüsterte, diesen Mann zu heiraten. Immer wieder sagte Carina sich, daß es Wahnsinn wäre, und jedesmal flüsterte die Stimme, daß sie ihn liebe, daß sie in seinen Armen glücklich sein, daß ihre Liebe einen anderen Menschen aus ihm machen werde. Sie versuchte, sich gegen diese Einflüsterungen zu wehren – vergeblich. Alles, was ihr Vater sie gelehrt hatte, sprach dafür, daß sie einen Fehler begehen würde. Oder vielleicht doch nicht? Hatte ihr Vater nicht oft gesagt, daß die Liebe wichtig sei? Hatte er sie nicht oft genug ermahnt, keinem Mann die Hand fürs Leben zu reichen, dem sie nicht auch ihr Herz schenken konnte?

In diese Gedanken versunken, nahm sie nur undeutlich wahr, daß die Tür sich geöffnet hatte, und dann fühlte sie, daß er gekommen war. Eine seltsame Scheu hinderte sie daran, ihn anzusehen. Mit ein paar schnellen Schritten war er bei ihr, und ehe sie wußte, wie ihr geschah, lag sie in seinen Armen, und er küßte sie.

Im ersten Augenblick wollte Carina sich gegen ihn wehren, aber plötzlich wallte wieder jenes seltsame Gefühl in ihr auf, das sie schon einmal erlebt hatte. Ihr Körper, ihr ganzes Sein gab sich seiner Berührung hin, und dann versank die Welt für sie, und es gab nur noch ihn.

Der Marquis löste seine Lippen von den ihren und blickte auf ihr Gesicht hinunter. Seine dunklen Augen schienen sie spöttisch und belustigt und doch so zärtlich zu betrachten. Carina erwiderte seinen Blick voller Hingabe und mit einer Intensität des Gefühls, die sie beinahe erschreckte.

»Willst du meine Frau werden, du kleine Prüde?« fragte er mit einem kleinen Lachen. Seine Stimme klang so arrogant wie eh und je. »Ich muß sagen, daß deine Küsse schockierend feurig sind. Schon damals auf dem Hof habe ich gespürt, daß unter dem Eis ein Vulkan glüht, schöne Furie.«

»Sie sollen mich nicht so nennen!« sagte Carina heftig. Noch kämpfte sie dagegen an, sich ihm bedingungslos auszuliefern. »Dieser gräßliche Spottname erinnert mich an dieses Scheusal Sir William. Ich wünschte, daß ich mich mit ihm hätte schlagen können. Es wäre mir eine Wonne gewesen, ihm den Degen in das Herz zu stoßen, wie Sie es getan haben.«

»Er wird dich nie wieder belästigen«, sagte der Marquis blasiert. »Es ist mir gleichgültig, ob er lebt oder stirbt. Von mir aus kann er am Leben bleiben. Solange er nicht über meine Frau lästert, habe ich keinen Grund, ihm Beachtung zu schenken.«

»Oh!« entfuhr es Carina. Dieser eingebildete Mensch hielt es für selbstverständlich, daß sie einwilligte, seine Frau zu werden! »Sie haben mich noch nicht um meine Hand gebeten«, sagte sie unmutig. »Woher wollen Sie wissen, daß ich Ihnen keinen Korb gebe?«

»Was bist du doch für ein anstrengendes Geschöpf!« sagte der Marquis immer noch spöttisch. »Zuerst schockierst du die Gesellschaft, dann läßt du dich bei Lady Sefton vom Spielteufel überwältigen – ja, ja, ich weiß alles, mein Kind. Du hast den Matronen wirklich Gesprächsstoff geliefert. Als nächstes treibst du mich so weit, daß ich mich deinetwegen duelliere, und jetzt hast du mich wie ein richtiges loses Frauenzimmer geküßt und sagst seelenruhig, daß du mich nicht heiraten willst. Hör mir genau zu, mein Mädchen: Du wirst mich heiraten, auch wenn ich dich mit Gewalt vor den Altar schleppen müßte. Du weißt, daß ich dazu fähig bin.«

Er blickte sie mit einer seltsamen Mischung aus Zärtlichkeit und Entschlossenheit an. Carina fühlte, wie ihr Herz pochte. Sie liebte ihn, doch gleichzeitig fürchtete sie ihn – oder war es ihr eigenes Herz, vor dem sie Angst hatte? »Und Sie, Sir«, fragte sie und bemühte sich, ihre Stimme ebenfalls spöttisch klingen zu lassen, »wie steht's denn mit Ihnen? Waren Sie nicht die Ursache all meiner Schwierigkeiten?«

»Versuche ich etwa nicht, den Kummer, den ich dir bereitet habe, wiedergutzumachen?« erwiderte er. »Ich bin ein seriöser Mensch geworden. Du hast kein Monopol auf tugendhaftes Benehmen. Schließlich biete ich dir den Schutz meines Namens an.«

Bei diesen Worten beschlich sie ein schreckliches Gefühl. War das sein Motiv? Hatte seine Mutter ihn dazu überredet, seinen Heiratsantrag zu erneuern? »Es ist nicht nötig, daß Sie mich heiraten«, sagte sie hölzern. »Wenn das Ihr Beweggrund ist, kann ich Ihren Antrag nicht annehmen. Ich brauche den Schutz Ihres Namens nicht und würde ihn niemals annehmen, nur um meinen Ruf zu retten. Es wäre für Sie viel vorteilhafter, wenn Sie Charlotte Milgrave heirateten, dann hätten Sie eine Frau, die sich im Gegensatz zu mir stets tadellos benimmt.«

Der Marquis warf den Kopf zurück und lachte schallend. Er legte die Hände auf ihre Schultern und hielt sie auf Armeslänge von sich entfernt. »Hitzkopf!« sagte er neckend. »Täusche ich mich, oder habe ich eine leise Eifersucht in deiner Stimme entdeckt? Ärgert sich die schöne Furie darüber, daß ich um Miss Milgrave geworben habe? Du hast natürlich ganz recht. Sie würde wirklich eine Ehefrau sein, die sich besser aufführt als du. Vermutlich werde ich dich in einem fort aus allen möglichen Klemmen retten, mich um zerlumpte Gossenkinder kümmern und deine Spielschulden bezahlen müssen. Charlotte würde niemals soviel Wirbel machen.«

»Na, dann heiraten Sie sie doch«, sagte Carina mürrisch.

»Es gibt einen Grund, der mich daran hindert«, erwiderte er, indem er sie so dicht an sich heranzog, daß sie kaum atmen konnte. »Was glaubst du wohl, warum ich ein Mädchen heiraten will, dessen Kapriolen mir allerhand Überraschungen bereiten werden?«

Sie heftete ihren Blick auf einen der Perlmuttknöpfe an seiner Satinweste, die mit einem Blumenmuster bestickt war. Dicht neben dem Knopf wuchs eine rote Rose aus einem Geißblattzweig. Die Weste muß sehr teuer gewesen sein, dachte sie. Ein Stück höher konnte sie die Spitzenrüschen seines Jabots und die funkelnde Diamantnadel sehen, die er stets trug.

»Was glaubst du, warum ich dich heiraten will?« wiederholte er seine Frage.

»Um das wiedergutzumachen, was Sie mir angetan haben und um meinen Ruf zu retten, denke ich mir«, sagte sie mit einer dünnen Stimme.

»Unsinn! Du törichtes kleines Ding! Glaubst du etwa, daß ein Mann wie ich eine Frau heiratet, nur weil er ihr ein Unrecht angetan hat? Wenn es so wäre, hätte ich eine ganze Horde von Ballettänzerinnen heiraten müssen!«

»Das weiß ich«, sagte Carina mit der gleichen dünnen Stimme wie zuvor.

»Also«, sagte er, »dann begreife ein für allemal, daß ich mich den Teufel um deinen Ruf schere und daß ich nicht im Traum daran denke, dich nur zu heiraten, um dir den Schutz meines Namens anzubieten. Von solchen Albernheiten habe ich noch nie etwas gehalten. Aber seit ein gewisser kleiner Wildfang so mir nichts, dir nichts in mein Leben hineingeplatzt ist und sich selbst und mir so viele Scherereien gemacht hat, habe ich an anderen Frauen kein Interesse mehr, weder an der wohlerzogenen Miss Milgrave noch an Ballettänzerinnen. Ich habe nämlich keine von ihnen geliebt. All diese Frauen haben in meinem Leben keinen Platz mehr. Ich werde so damit beschäftigt sein, mich um dich zu kümmern, mein Liebling, daß ich keine Zeit für etwas anderes haben werde.«

Er schob eine Hand unter ihr Kinn und zwang sie mit sanfter Gewalt, ihn anzusehen. »Hast du mich verstanden, Carina? Ich liebe dich. Ich bin verrückt nach dir, und ich will und werde dich bekommen!«

Mit einem leisen Aufschrei stürzte sich Carina in seine Arme. Ihr Herz jauchzte, und aus ihren Augen strömten Tränen des Glücks. Endlich hatte sie sich von der Liebe bezwingen lassen.

Ausgerechnet in diesem Augenblick kamen Lady Talboys und die Marchioness zur Tür herein. Beim Anblick des Paares, das in inniger Umarmung in der Mitte des Zimmers stand, strahlten beide. Carina versuchte, sich aus den Armen des Marquis zu befreien, und er ließ ihr sichtlich ungern ihren Willen. Um ihre Befangenheit zu überspielen, griff sie nach ihrem Fächer und fächelte sich heftig. Der Marquis hingegen zeigte nicht die leiseste Verlegenheit. Unbekümmert zupfte er die Rüschen an den Manschetten zurecht und sagte: »Du darfst mir gratulieren, Mama.«

»Mein liebster Auberon, ich bin ja so froh! Aber auch wir haben gute Nachrichten«, erwiderte seine Mutter freudig. »Vor ein paar Minuten kam dein Kammerdiener hierher, und da ich euch nicht stören lassen wollte, hat er mir die Botschaft ausgerichtet. Sir William wird am Leben bleiben!«

»Na und?« entgegnete der Marquis, während er ein Stäubchen von seinem Ärmel entfernte. »Von mir aus darf er weiterleben. Das ist mir völlig egal.«

»Aber Auberon, das bedeutet doch, daß du nicht ins Ausland fliehen mußt«, sagte seine Mutter, die über den Gleichmut, mit dem ihr Sohn diese Nachricht aufnahm, enttäuscht war. »Es wäre furchtbar gewesen, wenn er gestorben wäre. Du hättest vielleicht ein ganzes Jahr auf dem Kontinent bleiben müssen. Ich habe geglaubt, du freust dich darüber, daß er durchkommen wird. Natürlich wird es Wochen dauern, bis er das Bett verlassen kann, aber die Ärzte sagen, daß er nicht mehr in Lebensgefahr schwebt.«

»Es ist mir gleichgültig«, wiederholte der Marquis. »Ich hatte sogar daran gedacht, mein Mädchen auf der Stelle zu heiraten und es nach Paris mitzunehmen. Hätte dir das Gefallen, mein Kleines? Ich wette, daß du all die französischen Schönheiten in den Schatten gestellt hättest.« Er streckte ihr lächelnd die Hände entgegen.

Carina wäre gern zu ihm hingelaufen, aber sie traute sich nicht. »Paris...«, sagte sie verträumt. »Auf die Idee wäre ich nicht gekommen. Ich würde sehr gern mit dir dorthin fahren.« Dann bemerkte sie die unzufriedene Miene ihrer Großmutter. »Nein, ich glaube, ich sollte lieber vom Haus meiner Großmutter aus heiraten, Sir«, fuhr sie fort. »Es wäre einmal eine Abwechslung, streng auf die Konventionen zu achten. Ich meine, daß ich die Gesellschaft für eine Weile genug schockiert habe.«

»Wenn ich nur eine Minute lang glauben würde, daß es dir mit diesem Blödsinn ernst ist, würde ich meinen Antrag zurückziehen«, erwiderte der Marquis prompt. »Und rede mich nicht mit Sir an. Ich heiße Auberon.«

»Wie du willst, Auberon«, sagte Carina fügsam.

»Deine Hochzeit muß mit aller Pracht und Feierlichkeit stattfinden«, erklärte Lady Talboys entschieden. »Nein, keine Widerrede! Ich bin eine alte Dame, und du bist meine einzige Enkelin, und deshalb wird es nach meinem Kopf gehen. Und was Sie betrifft, Sir, wird es Ihnen nichts schaden, wenn Sie einmal in Ihrem Leben auf ältere und klügere Leute hören. Ich kann meinen

Willen genauso gut durchsetzen wie Sie, vergessen Sie das ja nicht. Ich sage, daß Carina so heiraten wird, wie es sich gehört, und dabei bleibt es.«

»Ich weiß, wann ich geschlagen bin!« rief der Marquis mit gespielter Verzweiflung aus. »Ich sehe schon, daß ich eine Menge Schnickschnack mit Würde ertragen muß.«

»Komm her, mein Kind, und gib mir einen Kuß. Jetzt bist du endlich meine Tochter«, sagte die Marchioness zu Carina, die dieser Aufforderung sofort Folge leistete. »Ich bin so froh, daß ihr euch gefunden habt. Es war mir von Anfang an klar, daß eine lebende Marmorstatue wie Charlotte Milgrave niemals das Herz meines Sohnes erobern könnte. Aber ich habe befürchtet, daß er sie heiraten würde, weil er keine Hoffnung hatte, eine Frau zu finden, die er lieben könnte.«

Carina umarmte die Marchioness. »Ich bin begeistert von meiner Schwiegermama«, sagte sie. »Aber irgendwie tut mir die arme Charlotte leid. Ich gebe zu, daß ich sie nicht mag, aber wird sie nicht sehr traurig sein? Schließlich hat sie dich verloren, Auberon.«

»Sie hat mich nicht eine Sekunde lang besessen«, sagte er schroff. »Außerdem hat sie sich nichts aus mir gemacht, nur aus meinem Titel und meinem Vermögen. Bestimmt wird sich die schöne Charlotte schnell trösten.«

»Wie meinst du das?« fragte Carina.

»Ich will damit sagen, daß Charlotte sich diesem Schaumschläger James Reddington zuwenden wird, wem sonst?« klärte der Marquis sie auf. »Schließlich habe ich Augen im Kopf. Was könnte natürlicher sein, als daß diese beiden einander trösten?«

»Du hast recht«, stimmte Carina ihm zu. »Die beiden sind füreinander geschaffen. Und das wird auch für Miss Humphries, die Gouvernante der Milgraves, sehr angenehm sein. Wenn die jüngeren Töchter erwachsen sind, kann sie Charlottes Kinder erziehen. Aber jetzt wüßte ich gern, warum du mir wegen Robert Torrington nie Fragen gestellt hast, Auberon.«

»Warum hätte ich das tun sollen? Du hattest mir ja dein Wort gegeben, und das genügte mir. Als ich dich mit Mr. Torrington und Miss Reddington in der Fleet Lane sah, habe ich zwei und zwei zusammengezählt. Ich wußte ja, daß du und er kein Liebespaar wart, also nahm ich an, daß er Miss Reddington geheiratet hatte. Natürlich hat diese Giftspritze, Sir William, sofort herumerzählt, du hättest heimlich geheiratet. Deshalb mußte ich ihm das Maul stopfen.«

»Du hast mir die ganze Zeit vertraut?« fragte Carina gerührt.

»Komm her, mein Mädchen, und hör endlich auf, an mir zu zweifeln«, befahl der Marquis.

Aber Carina blieb, wo sie war. »Wirst du mich immer so herumkommandieren? Ich fürchte, du wirst kein guter Ehemann sein«, sagte sie scherzend.

»Dieses eine Mal hast du recht, schöne Furie, ich werde ein Teufel von Ehemann sein. Und jetzt komm her.«

»Ich finde es nicht anständig von dir, daß du mich drangsalierst«, beschwerte sich Carina. Sie hatte die Anwesenheit der beiden älteren Damen völlig vergessen, die lächelnd das Geplänkel der Liebenden verfolgten. »Übrigens muß ich doch noch etwas fragen. Was hast du mit dem kleinen Frank gemacht?«

»Er ist bei meinen anderen Waisenkindern«, schaltete die Marchioness sich ein. »Es geht ihm gut, und er hat sich schon eingewöhnt. Ich zähle darauf, daß du mir bei der Arbeit im Waisenhaus helfen wirst, Carina.«

Jetzt ergriff Lady Talboys das Wort: »Dies ist nicht der geeignete Zeitpunkt, um sich über Straßenjungen Sorgen zu machen, Anne. Wir beide müssen überlegen, was wir tun können, um den Skandal zu vermeiden, der sich andernfalls todsicher um diese Hochzeit ranken wird. Gehen wir in die Bibliothek, wo wir miteinander reden können, ohne von den beiden gestört zu werden.«

Die Marchioness folgte Lady Talboys lächelnd.

»So, mein Mädchen, jetzt gibt es keine Ausrede mehr. Komm sofort her«, befahl der Marquis seiner Braut.

»Wenn ich das tue, wirst du mich doch bloß wieder küssen«, sagte Carina, während sie auf ihn zuging.

»Stimmt!« erwiderte der Marquis und ließ seinem Wort die Tat folgen.